Juli.Mord.

Für Klaus

Bodo Manstein

Juli.Mord.

Sylt Krimi

Bei diesem Buch handelt es sich um einen Roman. Sämtliche Handlungen und Personen sind frei erfunden. Ähnlichkeiten mit lebenden oder toten Personen sind rein zufällig und nicht beabsichtigt.

Impressum

Bodo Manstein
24211 Preetz

Umschlagfoto: Photography by Daniel Manstein

Mein besonderer Dank geht an meine Testleser Inge Wagner und Dr. Dirk Vorlauf, die sich akribisch und mit viel Hingabe den kleinen Fehlerteufeln entgegengestellt und so manche wertvolle Anmerkung gemacht haben.

Prolog

Die dunklen Schatten der Abendsonne wurden von Minute zu Minute länger und kündigten das Ende des letzten schönen Sommertages für Henning Paulsen an. Nichts würde nach heute mehr so wie früher sein. Schon bald würden ihn Albträume durchs Leben und schließlich in den Tod hetzen. Doch davon ahnte er nichts, als er ohne Eile mit seinem roten Golf I auf den Parkplatz am Lister Weststrand abbog.

Nur wenige Touristen hielten sich um diese Zeit noch am Strand auf, sodass er nicht lange nach einer Parklücke suchen musste. Vor drei Stunden wäre es ihm wahrscheinlich noch wie Herbert Grönemeyer in 'Mambo' gegangen.

Er entschied sich für einen Platz direkt am Aufgang zur Strandhalle und ließ den Wagen langsam ausrollen. Zwei samtweiche Mädchenarme schlangen sich um seinen Hals und zogen ihn so unvermittelt zu sich herüber, dass sein Fuß von der Kupplung rutschte. Der Golf machte einen kurzen Satz nach vorne, als die blockierten Räder den Motor abwürgten.

»Langsam«, brummte Henning leicht verstimmt und war froh, dass ihn niemand beobachtet hatte. Doch dann waren da auch schon Sandras weiche Lippen, die sich zärtlich auf die seinen legten. - Entschuldigung angenommen.

Ein dezenter Duft wachsiger Rosenblätter und Orangenschalen stieg von ihrer warmen Haut und ließ ihn die Augen schließen. Sie liebte Chanel N° 5, und er liebte Chanel N° 5 an ihr. Nach einer wunderschönen gefühlten Ewigkeit lösten sie sich wieder voneinander und sahen sich für einen Moment schweigend an.

»Ich liebe dich«, hauchte Sandra in die Stille und ihre glänzenden Augen schienen sein gesamtes Gesicht abzutasten. Henning lächelte und strich ihr sanft eine blonde Strähne, die sich aus ihrem Pferdeschwanz gelöst hatte, aus dem Gesicht. Was sollte er ihr darauf antworten? - Vielleicht ein unehrliches 'Ich liebe dich auch'? - Aber das wollte nicht so einfach über seine Lippen kommen. - Nicht heute. Nicht morgen. Nie mehr.

»Wer zuerst am Strand ist«, unterbrach Sandra jäh seine Gedanken und löste damit seinen Konflikt, zumindest für diesen Moment, in Luft auf. Hals über Kopf sprang sie aus dem Wagen und rannte los. Obwohl Henning ihre erfrischende Spontanität kannte - bei ihr musste man wirklich stets auf alles gefasst sein -, schaffte sie es doch jedes Mal, ihn aufs Neue zu überraschen. So auch jetzt. Und so dauerte es auch jetzt wieder ein paar Sekunden, bis er seine Überraschung überwunden hatte. Ihr Vorsprung war bereits beachtlich. Rasch beugte er sich zur Beifahrertür, drückte den Verriegelungsknopf herunter und schwang sich aus seinem Wagen.

»Hey, warte! - Das ist unfair«, rief er Sandra hinterher, und taxierte, während er noch hektisch mit dem Schlüssel im Türschloss stocherte, ihren Vorsprung.

»Los, du lahme Ente!« Auf halber Strecke war Sandra stehen geblieben und winkte ihm herausfordernd zu.

»Na warte«, knurrte Henning. »Ich krieg dich schon!« Endlich verriegelte das Schloss mit einem metallischen Klacken und gab damit gleichzeitig den Startschuss für seine Aufholjagd.

Sandra quiekste lachend, als sie ihn losrennen sah, und setzte ihren Spurt hinauf zur Strandhalle fort. Oben angekommen blickte sie kurz über die Schulter zurück. Henning hatte schon kräftig aufgeholt. Zum Glück ging es für sie nun bergab. Hinunter zum Strand. Hinunter ans Meer. Dorthin, wo sie ihn haben wollte. Doch auf den Fuß folgte die Ernüchterung: Sie hatte nicht den tiefen Sand bedacht, der mit jedem Schritt nachgab und ihr das Gefühl gab, auf der Stelle zu laufen. Und auch ihre sündhaft teuren Sandalen, die sie erst vor zwei Tagen in einer Edelboutique, in Kampens legendärem Strönwai, erstanden hatte, waren ihr keine wirkliche Hilfe. Im Gegenteil, wie kleine Schaufeln gruben sie sich bei jedem Schritt tiefer in den feinen Sand und hätten sie schon nach wenigen Metern fast stürzen lassen.

Auch Henning war inzwischen oben angekommen und sah mit Genugtuung, wie Sandra mühsam versuchte sich ihrer Schuhe zu entledigen. Halb auf einem Bein hüpfend, halb laufend stolperte sie nur noch zwanzig Meter entfernt von ihm den Strand hinunter. Er grinste zufrieden. Mit seinen Ledermokassins war er hier eindeutig im Vorteil.

Sandra hatte sich endlich auch von ihrer zweiten Sandale befreien können und sah sich unsicher um. Ob sie es noch schaffen würde?

Sie zuckte zusammen. - Nein, konnte sie nicht. Zu ihrem Erstaunen war Henning bereits unmittelbar hinter ihr. Dass er so schnell war, damit hatte sie wirklich nicht gerechnet. Mit einer ergebenden Geste ließ sie sich in den weichen Sand fallen und blieb mit ausgestreckten Armen lachend auf dem Rücken liegen. Henning schlug einen engen Haken und warf sich auf sie. Seine Hände drückten ihre Handgelenke mit sanftem Druck auf den Boden. Schwer atmend sah er auf sie herab.

»Ich ergebe mich«, sagte Sandra und lächelte. »Ich gehöre nun dir.«

Henning rollte von ihr herunter und blieb ebenfalls auf dem Rücken liegen. Sein Blick verlor sich in der Weite des Abendhimmels, der sich in einem verheißungsvollen Farbenspektrum präsentierte. Eine Möwe segelte, aufmerksam nach Beute Ausschau haltend, vorbei.

»Warum können meine Eltern nicht noch 'ne Woche bleiben?«, klagte Sandra enttäuscht und wandte sich zu ihm. »Dann könnten wir wenigstens noch meinen Geburtstag zusammen feiern!«

»Weil sie wieder arbeiten müssen!«, sagte Henning ohne seinen Blick von der kreisenden Möwe zu nehmen.

»Es ist doch ihr Geschäft! - Die eine Woche mehr oder weniger ...«

»Mit der Einstellung wären sie sicher nicht zu einem Haus in Kampen gekommen«, erwiderte er lächelnd. Unversehens stieß die Möwe, wie ein Adler herab, packte sich einen kleinen Krebs, den das ablaufende Wasser zurückgelassen hatte und flog kurz darauf mit ihrer Beute davon. Henning sah blinzelnd zu Sandra hinüber. »Das ist es ja gerade«, schimpfte sie. »Haben hier ein Haus und machen nur zwei Wochen Urlaub. Wenn ich wenigstens alleine hierbleiben dürfte. Das ist so gemein.«

Sie wechselte in den Schneidersitz und sah mit vorgeschobener Unterlippe auf ihn herab.

»Du musst dich auf dein Abitur vorbereiten«, äffte sie ihren Vater nach. »Überleg dir 'mal: Ich werde nächste Woche zwanzig. Ich hätte nicht übel Lust ...«

»Hättest ja keine Ehrenrunde drehen müssen«, stichelte Henning und drehte sich auf die Seite. Er stützte sich auf seinen Ellenbogen und malte kleine Wellen in den feinen Sand. »Sie werden schon ihre Gründe haben, dich nicht alleine zu lassen. Du könntest dir ja einen Seemann anlachen und das wäre überhaupt nicht standesgemäß.« Mit verschmitzter Miene schielte er zu ihr hinauf. Sandra warf sich lachend auf ihn und gab ihm einen Kuss.

»Wenn die wüssten, dass ich den schon habe.«

»Ja«, sagte Henning und schob sie sanft aber bestimmt zur Seite. Er setzte sich auf und umklammerte mit den Armen seine angewinkelten Beine. Dann stützte er sein Kinn auf die Knie und blickte seufzend aufs Meer hinaus. »Darüber wollte ich noch mit dir sprechen.«

»Worüber?«, fragte Sandra verwundert und rutschte näher an ihn heran. »Was ist los?«

Besorgt legte sie ihre Hand auf seinen Arm und sah ihn fragend von der Seite an. Woher kam auf einmal sein Stimmungsumschwung? Hatte sie irgendetwas falsch gemacht oder lag es einfach nur daran, dass heute ihr letzter gemeinsamer Abend war?

Henning beobachtete, wie die Sonne soeben den Horizont zum allabendlichen Schauspiel berührte. Dann sagte er ohne seinen Blick von der See zu nehmen: »Es hat keinen Sinn mehr mit uns.« Und nach einer kurzen Pause fügte er hinzu: »Ich mach Schluss!«

Endlich war es raus.

»Wie du machst Schluss?«, stammelte Sandra ungläubig. Das konnte doch nicht sein, nicht nach den letzten zwei Wochen, diesen so glücklichen und unbeschwerten Tagen. - Nein, er wollte sie sicher nur wieder auf den Arm nehmen. Gewissermaßen als Rache für ihren Ausreißer von vorhin.

»Lass den Scheiß!«, lachte sie unsicher und schubste ihn von der Seite an. Henning merkte, wie sich kleine Schweißperlen auf seinem Rücken sammelten. Er hatte geahnt, dass es nicht leicht werden würde, aber es gab keinen anderen Weg.

»Ich mein' es ernst«, antwortete er mit belegter Stimme und räusperte sich schwach. Dann drehte er sich zu ihr um und sah sie eindringlich an. »Sieh doch 'mal. Wir haben uns vor einem Jahr das letzte Mal gesehen und jetzt gehst du wieder nach Hamburg und wer weiß, wann wir uns das nächste Mal wiedersehen ...«

Sandra hatte nun beide Hände auf seinen Arm gelegt und rüttelte ihn aufmunternd.

»Das Jahr ist doch wie im Flug vergangen. Und das nächste wird genauso schnell vergehen. Glaub mir. Vielleicht können wir uns ja auch zwischendurch mal treffen. Hamburg - Sylt ist ja nun wirklich keine Weltreise.«

»Nun sei doch vernünftig ...«, setzte Henning erneut an, wurde aber sofort wieder von ihr unterbrochen.

»Nächstes Jahr baue ich mein Abi. Dann suche ich mir hier einen Job und wir können jeden Tag zusammen sein.«

Henning schüttelte den Kopf und sah den Strand hinunter. Sie waren nun schon fast alleine hier draußen. Nur noch ein paar Gäste stapften durch den feinen warmen Sand zu ihren Autos jenseits der Strandübergänge. Er stand auf, machte einen Schritt in Richtung Meer und drehte sich dann wieder schwerfällig zu Sandra um.

»Hört sich ja toll an. Aber was ist, wenn ich dann nicht mehr hier bin? Ich habe jetzt all meine Lehrgänge hinter mir und wahrscheinlich bin ich schon bald auf See. Was ist dann?«

»Na, dann werde ich halt wirklich die Braut eines Seemanns!« Sandra war ebenfalls aufgestanden und hatte sich trotzig vor ihm aufgebaut. Ohne Zweifel war ihr der Ernst seiner Worte noch nicht bewusst. Verliebt wie eh und je sah sie ihn mit ihren stahlblauen Augen an und sprühte nur so vor Zuversicht. Sanft griff sie nach seiner Hand und sagte: »Wir schaffen das. Du wirst sehen. Ich werde immer und überall auf dich warten.«

Henning wurde es jetzt mulmig. Er stand mit dem Rücken zur Wand. Er mochte Sandra wirklich. Hätte er sonst sein kleines Doppelleben so lange aufrechterhalten? Im Grunde war er von Anfang an nicht davon ausgegangen, jemals wieder etwas von ihr zu hören, nachdem sie sich letztes Jahr Lebewohl gesagt hatten. Mit dem einen oder anderen Brief hatte er ja vielleicht noch gerechnet, doch dann war es nicht dabei geblieben. Irgendwann hatte er die Sache dann Woche für Woche vor sich hergeschoben, immer in der Hoffnung, sie würde von sich aus aufhören ihm zu schreiben. So hatte er sich über die Zeit vertröstet bis ... bis sie ziemlich genau vor zwei Wochen wieder vor ihm gestanden hatte. Heiß und kalt war es seinen Rücken herunter gelaufen, und er war froh gewesen, dass seine Frau noch in Flensburg wohnte und er Sandra damals nur seine Dienstadresse gegeben hatte.

Anja kannte er schon aus dem Sandkasten. Letztes Jahr hatten sie geheiratet und im Februar hatte ihre kleine Familie Zuwachs bekommen. Eigentlich Gründe genug, den unnötigen Ausrutscher mit Sandra längst beendet zu haben. Aber ...

Stattdessen befand er sich nun hier in dieser unangenehmen Zwickmühle. Die Wahrheit konnte er Sandra, auch wenn es der ehrlichste Weg gewesen wäre, auf keinen Fall sagen. Was wäre wenn sie seiner Frau ...?

Nein! - Es ging nur über eine Lüge. Die von seiner bevorstehenden Zeit auf See.

»Schatz, hast du mir überhaupt zugehört?« Sandras Stimme holte ihn aus seinen Gedanken zurück. Sie legte den Kopf etwas schief und lächelte. Er musste sie wirklich lieben, wenn er sich solche Sorgen um sie machte und ihre zugegeben nicht ganz einfache Beziehung nicht auf die leichte Schulter nahm. Was das angeht, hatte sie schon mit anderen Kerlen genug schlechte Erfahrungen gesammelt.

In ihrem Blick erkannte Henning, dass er ihr nun wehtun musste, wenn er sich endgültig von ihr lossagen wollte. Er nahm all seinen Mut zusammen und sprach endlich das aus, was er schon längst in dieser Deutlichkeit hätte sagen sollen: »Es ist aus. Akzeptier das jetzt bitte!«

Erschreckt rückte Sandra von ihm ab. Diese harsche Reaktion hatte sie nicht erwartet. Mit großen Augen und leicht geöffnetem Mund sah sie ihn an.

»Tut mir leid«, entschuldigte sich Henning, über sich selbst erschrocken, sogleich. »Aber ich kann das wirklich nicht mehr.«

»Die letzten zwei Wochen waren dann aber doch noch ganz toll, oder?«, giftete Sandra jetzt auf einmal los und ihre Augen schienen Funken zu sprühen.

»Ja, es war schön«, antwortete Henning mit betretener Stimme. »Vielleicht zu schön, um eine erneute Trennung zu verkraften.« Jetzt war er es, der nach ihrer Hand griff. Mit einer schnellen Drehung entzog Sandra sich jedoch seiner Annäherung und verschränkte die Arme vor der Brust.

»Du brauchst gar nicht so zu tun«, stieß sie wütend hervor. »Ich habe schon verstanden. Der Herr macht sich noch flott ein paar schöne Wochen und dann ...« Sie machte eine Handbewegung als ob sie etwas über die Schulter werfen würde.

»Nein«, protestierte Henning. »Das stimmt nicht ...«

»Vielleicht hat der Herr aber ja auch inzwischen eine Andere.« Sie merkte, wie die zunehmende Wut ihr Tränen in die Augen trieb. »Hier eine Freundin für zwei Wochen, und wenn die Ferien zu Ende sind, kommt die nächste.« Sie fuhr herum und blickte ihn wutentbrannt an, während die ersten Tränen ihre

Wangen herabrannen. Ihre Hände hatte sie so fest zu Fäusten geballt, dass die Knöchel weiß hervortraten. »Du bist so ein Schwein!«

»Nun hör aber auf«, herrschte Henning sie hilflos an. Nun war genau das passiert, wovor er sich die ganze Zeit so gefürchtet hatte. Sie war zutiefst verletzt und er merkte, dass seine eigentliche Absicht, ein frommer Wunsch bleiben würde. Als gute Freunde würden sie sicher nicht auseinandergehen.

Verdammt, fluchte er in sich hinein. Und alles nur wegen diesem Macho aus dem zweiten Zug. - Diesem blöden Andreas. Nur zu gut konnte Henning sich an den Tag erinnern, an dem er Sandra das erste Mal begegnet war: Wie jeden Mittwoch war er mit einigen Kameraden aus der nahe gelegenen Marinekaserne zum Feiern in die Inseldisco gekommen. Es war der einzige Tag in der Woche an dem sie bis elf Ausgang hatten. Sonst hieß es immer schon um zehn Uhr: Ruhe im Schiff, Licht aus!

Hier in der kleinen Disco des nördlichsten Dorfes Deutschlands fanden sie die Zerstreuung, die sich ihnen sonst nur im fünfzehn Kilometer entfernten Westerland bot. Die meisten waren damals noch ohne Auto oder scheuten die teuren Übersetzkosten und hatten ihre Wagen daher unter der Woche auf dem Festland gelassen.

An jenem Abend hatte Andy mal wieder einiges über den Durst getrunken, was gewöhnlich dazu führte, dass er sich für unwiderstehlich hielt. Mit seinen untersetzten 170 Zentimetern und seinem schon dünnen, immer fettigen Haar war er das jedoch ganz und gar nicht. Und obwohl er regelmäßig duschte -

darauf achteten schon seine Ausbilder - stank er stets nach kaltem Schweiß. Vermutlich lag es daran, dass er ständig die selben Sachen trug. Und dieser Möchtegernmacho hatte sich mit dummen Aufreißersprüchen an Sandra herangemacht. Sie hatten nur zwei Plätze von ihm entfernt am Tresen gesessen, sodass er trotz der lauten Musik jedes Wort mitbekommen hatte. Die Rückwand des Thekenbereichs war bis hinauf zu der niedrigen Decke verspiegelt und ließ dadurch die schmale Gasse, in der sich die Bedienung bewegte, großzügiger wirken. Und dort, zwischen den auf gläsernen Regalböden aufgereihten Rum- und Whiskeyflaschen, hatte er ihr trauriges Spiegelbild beobachten können. Hilflos hatte sie in ihren Campari-O gestiert, den sie fest mit beiden Händen umklammert hielt. In ihrem hübschen Gesicht mit den funkelnden blauen Augen, die unter einem fransigen, hellblonden Pony ab und zu hervorgelugt hatten, war deutlich zu erkennen gewesen, wie unwohl sie sich gefühlt hatte. Hier und da hatte sie angewidert ihr Gesicht verzogen, wenn ihr schmieriger Verehrer ihr mal wieder mit seinem nach Alkohol und Zigaretten stinkenden Atem auf die Pelle gerückt war. Irgendwann hatte er sich das nicht mehr mit ansehen können. Ohne seinen angetrunkenen Kameraden zu beachten, hatte er Sandra zum Tanz aufgefordert. Mit einem dankbaren Lächeln hatte sie ihm die Hand gereicht und war von ihrem Hocker gerutscht. Andy hatte ihnen noch etwas wie 'Hey, das ist meine Braut!' hinterhergelallt, sich aber dann doch nach einem neuen Opfer umgesehen. Schließlich konnte er ja jede haben.

Von da an hatten sie sich noch einige Male getroffen. Aus Tanzen waren immer längere Gespräche geworden, die sie dann auch bald nach draußen und an romantischere Orte als die verrauchte Disco verlegt hatten. Dem ersten Abschiedskuss waren weitere Küsse gefolgt und auf einmal hatte er gespürt, wie viele kleine Schmetterlinge in seinem Bauch gekitzelt hatten. Ein Gefühl, das in seiner Ehe, auch wenn er Anja über alles liebte, schon etwas verloren gegangen war.

»Ich denke gar nicht dran aufzuhören«, keifte Sandra. »Ganz im Gegenteil, ich fang jetzt erst an!« Was bildete er sich eigentlich ein. Erst machte er so mir nichts, dir nichts mit ihr Schluss und dann erwartete er offenbar auch noch, dass sie das so einfach hinnehmen würde. Sie war doch kein Spielzeug, das man einfach so wegschmeißen konnte, wenn man seiner überdrüssig geworden war. Wie hatte sie sich nur so in ihm täuschen können? Die Warnung ihrer besten Freundin hatte sie seinerzeit mit einer Handbewegung abgetan. Lass die Finger von Marinesoldaten, hatte Melanie ihr geraten. Doch damals war sie sich sicher gewesen, dass 'ihr' Henning anders war. Aber jetzt ... Wieder spürte sie, wie eine neue Welle aufsteigender Wut sie durchströmte. - Nein, so billig würde er nicht davonkommen.

»Wenn du meinst, du kannst mich so einfach abservieren und morgen mit der Nächsten ins Bett steigen, dann hast du dich aber mächtig geschnitten«, drohte sie und wischte sich mit den Handrücken die Tränen aus den rotgeränderten Augen.

»Es gibt keine Andere«, beteuerte Henning. Und da er dies ausschließlich auf eine Geliebte und nicht auf seine Frau bezog, klang er auch ausgesprochen überzeugend. So überzeugend, dass er Sandra ein leises 'Wirklich?' entlockte.

»Ganz wirklich. Ich schwöre.«

»Aber warum können wir dann nicht zusammenbleiben?«

»Versteh' doch endlich. Diese langen Trennungen halte ich einfach nicht mehr aus.«

»Dann liebst du mich auch nicht wirklich«, erwiderte Sandra trotzig und drehte ihm wieder schmollend den Rücken zu. Auf eine Reaktion Hennings wartend, wanderte ihr Blick hinaus aufs Meer. Hinaus zu dem Punkt, wo die Sonne unaufhaltsam hinter den Horizont kroch und den Himmel in ein flammendes Farbenmeer verwandelt hatte.

»Gerade weil ich dich ...« Er zögerte. Das Wort 'liebe' war ihm wieder im Hals stecken geblieben. »Gerade deswegen«, stammelte er schnell die Verbesserung hinterher. Behutsam trat er hinter sie und hob die Hände. Doch kurz bevor er Sandras Schultern berührte, hielt er inne und ließ sie wieder sinken.

»Dann sag, dass du mich liebst«, forderte sie leise aber mit fester Stimme ohne den Blick vom Horizont zu nehmen.

»Das ändert doch auch nichts«, erwiderte er. »Mein Entschluss steht fest!« So langsam wurde ihm das alles jetzt doch zu viel. Sie musste seine Entscheidung jetzt akzeptieren, ob sie es wollte oder nicht.

»Komm, lass uns fahren. Ich bring dich noch nach Hause.« Müde drehte er sich um und machte Anstalten, den Rückweg anzutreten.

»Wenn du jetzt gehst, wirst du es bereuen«, drohte Sandra mit bebender Stimme.

Henning blieb stehen. Er zögerte. Doch seine Entscheidung stand. Er warf noch einmal einen kurzen Blick über die Schulter und fragte mit einem unüberhörbaren mahnenden Unterton in der Stimme: »Kommst du nun mit? Sonst fahre ich ohne dich!« Sandra blickte regungslos hinaus aufs Meer und presste die Lippen zusammen. Dann eben nicht, dachte Henning achselzuckend und stapfte zielstrebig den Strand hinauf.

Sandra dachte gar nicht daran, ihm zu folgen. Das wäre ja noch schöner. Niemals würde er es wagen, ohne sie zurückzufahren, da war sie sich sicher. Angestrengt versuchte sie irgendwelche Geräusche aufzuschnappen, die darauf hindeuteten, dass er noch ganz in ihrer Nähe war und auf sie wartete. Doch das sanfte Plätschern der Wellen, die sich auch immer weiter von ihr zurückzogen und sich der Anziehungskraft des Mondes beugten, übertönte jedes andere Geräusch. Sie überlegte. Sollte sie einen vorsichtigen Blick wagen? Konnte sie es überhaupt, ohne sich eine Blöße zu geben? Auf der anderen Seite, welche Alternative hatte sie? Ewig konnte sie schließlich hier auch nicht so stehen bleiben. Vorsichtig wagte sie einen verstohlenen Blick über die Schulter. In ihrer Nähe war Henning offensichtlich nicht. Dadurch ermutigt drehte sie nun den Kopf noch ein Stückchen weiter. Dann sah sie ihn.

Schritt für Schritt stapfte er den Strand hinauf und hatte schon fast die Strandhalle erreicht. Rasch drehte sie sich wieder zurück. Wenn er oben angekommen war, würde er nach ihr rufen. Keine Zweifel. Und sie? Sie würde ihn natürlich noch etwas zappeln lassen. Nein, niemals würde er sie hier zurücklassen.

Doch die Minuten vergingen, ohne dass sie ein Rufen vernehmen konnte. Vielleicht hatte es ja das Rauschen des Meeres übertönt? Angestrengt lauschte Sandra weiter. - Nichts. - Allmählich wuchsen ihre Zweifel. Er wird doch nicht wirklich ...? Sie begann langsam herunterzuzählen: »Zehn, neun, acht, ...« Sollte sie bei Null nichts von Henning gehört haben, so hatte sie beschlossen, dann würde sie ihm folgen. Und wenn er wirklich gefahren sein sollte, dann könnte er sein blaues Wunder erleben. Sandra spürte, wie wieder die Wut in ihr hochkochte. »... zwei, eins, null!« - Nichts. - Sie drehte sich um und schaute zu der Dünenkette hinauf, wo in unmittelbarer Nähe zur Strandhalle der Weg zum Parkplatz entlang führte. Der Strand war inzwischen wie leer gefegt. Nirgendwo war noch eine Menschenseele zu sehen. Niemand, der sie im Falle eines Falles mitnehmen konnte. Sie griff nach ihren Sandalen und ihrer Tasche und eilte den Strand hinauf. Oben angekommen duckte sie sich hinter einen kleinen Syltrosenbusch, der etwas abseits des Weges stand. Von hier aus konnte sie den Parkplatz gut überblicken, ohne selber gesehen zu werden.

Hab' ich's doch gewusst, dachte sie triumphierend, als sie Henning erblickte. Er lehnte an der Motorhaube seines Wagens und hatte sich eine Zigarette angezündet.

Hast du es dir also doch anders überlegt. Sandra lächelte und hatte auch schon eine Idee, wie sie ihn für immer an sich binden konnte. Ohne den Blick von ihm zu nehmen, griff sie nach ihrer Handtasche und förderte nach kurzer Suche ein ausgedientes Brillenetui hervor. Rasch sah sie sich um und prüfte noch einmal ihr Versteck. Ja, für das, was sie vorhatte, war der Platz ideal. Von hier aus konnte sie jeden sehen, der den Strandübergang überquerte, sie selbst war jedoch so gut wie unsichtbar. Mit einem erneuten Blick auf den Parkplatz vergewisserte sie sich, dass Henning noch da war. Und richtig: Er hatte soeben seine Zigarette vor sich auf den Boden geschnippt und sich von der Motorhaube abgestoßen. Sorgfältig trat er den glimmenden Stummel mit der Fußspitze aus und blickte unvermutet zu ihr hinauf. Instinktiv duckte sie sich, ohne ihn dabei aus den Augen zu lassen. Ihr Versteck war wirklich perfekt. Sie beobachtete, wie er sich langsam wieder in Richtung Strand in Bewegung setzte. Es war so weit. Mit zittrigen Fingern öffnete Sandra das Brillenetui. Zum Vorschein kam ein kleines Küchenmesser, das sie fast immer bei sich hatte, um Kerngehäuse aus Äpfeln zu entfernen. So sehr sie die herbsäuerliche Frische eines Boskop liebte, so sehr hasste sie das harte Kerngehäuse. Diese Marotte sorgte bei ihren Freundinnen regelmäßig für Erheiterung, wobei sie Kommentare wie 'Alte Pingelliese' schon gar nicht mehr wahrnahm.

Zögernd hob sie das Messer und hielt es prüfend vor ihre Augen. Dann war sie sich sicher. Es gab nur diesen einen Weg. Nach dieser Vorstellung könnte Henning gar nicht mehr anders, schließlich müsste er als ihr Lebensretter eine ewige Verpflichtung eingehen.

Nach ein paar Schritten blieb Henning auf dem leeren Parkplatz stehen. Sandra war immer noch nirgends zu sehen. Auf seinem Weg vom Strand hatte er aus dem Augenwinkel mitbekommen, wie sie sich einmal kurz zu ihm umgedreht hatte. Mit Sicherheit hatte sie nur noch gewartet, bis er hinter der Düne verschwunden war, und war ihm dann gefolgt.

Irgendwo da oben versteckst du dich, dachte er und versuchte ihre blonden Haare zwischen Strandhafer und Syltrosen vor dem glutroten Abendhimmel zu entdecken. Doch vergeblich. Er formte die Hände zu einem Trichter und rief laut: »Saaaandra!« Dann lauschte er in die nachfolgende Stille. ... Keine Antwort. »Saaaaannndra! Ich fahre jetzt wirklich!«

Sandra zuckte zusammen. Sie hatte es tatsächlich getan. Tief hatte die Klinge in ihr Fleisch geschnitten. Drei Versuche waren letztlich nötig gewesen, doch jetzt blickte sie, teils über ihre eigene Courage überrascht, teils über die stark blutende Wunde erschrocken, auf ihren Unterarm. In der Ferne hörte sie Hennings Rufe. Sie sah hinüber zum Strandübergang. Auf gar keinen Fall durfte sie verpassen, wenn er dort gleich auftauchen und nach ihr suchen würde. Vor ihrem geistigen Auge sah sie bereits, wie er, nachdem sie ihn mit leidender Stimme gerufen hatte, auf sie zustürmte. Dann sein besorgtes Gesicht, während er neben ihr knien und hektisch ihre Blutung stillen würde.

Schnell konzentrierte sie sich wieder auf ihr Ziel. Wo er nur blieb? Sandra spürte, wie es ihr nach und nach, trotz der milden Abendtemperatur, kalt wurde. Ihr linker Arm hing schlaff an ihr herunter und im Rhythmus eines verliebten Herzschlages schoss ihr Blut in den weißen Sylter Sand.

Henning lauschte. ... Immer noch keine Antwort. Jetzt reicht's, dachte er ärgerlich. Seine Geduld war nun endgültig zu Ende. Er machte auf dem Absatz kehrt und ging entschlossen zu seinem Wagen zurück. Und während er ein letztes Mal zum Strandübergang hinauf blickte, ließ er noch einmal mahnend den Motor des Golfs aufheulen. Doch Sandra blieb weiter verschwunden. - Vielleicht bringt dich etwas frische Luft ja wieder zur Vernunft, dachte er. Und wenn nicht, ist's mir jetzt auch egal.

Die Straße in Richtung List war wie leer gefegt. Im Rückspiegel sah er, wie die dunkle Dünenkette, die sich vor dem flammenden Abendhimmel erhob, von Minute zu Minute kleiner wurde. »Ciao Bella!«, sagte er laut zu sich selbst. »Auf Nimmerwiedersehen!«

Nur mit Mühe konnte Sandra sich noch aufrecht halten. Sie fühlte sich auf einmal so müde. Ihr Blick wanderte von dem Punkt, den sie nun schon die ganze Zeit unaufhörlich fixiert hatte, nach links. Auch die Konzentration fiel ihr nun zusehends schwerer. Zwischen zwei Rosen hindurch sah sie hinaus aufs Meer. Die Sonne war inzwischen hinter dem Horizont verschwunden und nur ein paar letzte Strahlen tauchten kleine Schönwetterwolken in ein warmes Rot.

Wie schnell es auf einmal dunkel geworden ist, wunderte Sandra sich. Kaum noch in der Lage ihre Augen offen zu halten, dachte sie an Henning. Wo er nur blieb? ... Waren da nicht seine Schritte auf dem Holzsteg? Wie durch einen Schleier blickte sie noch einmal in Richtung des Weges. »Henning!«, rief sie mit schwacher Stimme. »Henning, hier bin ich ...«

1.

»Strawberries, cherries and an angel's kiss...«

Benning liebte Sonnenaufgänge über dem Watt. Er liebte die Farben, die sich fast minütlich änderten und ständig neue Stimmungen erzeugten. Er liebte das Meer, das gerade versuchte, dem schönen Antlitz des Himmels ein würdiger Spiegel zu sein. Und er liebte die Herausforderung, dies auf eine Leinwand zu bannen. Eigentlich ein schier unmögliches Unterfangen, wie er fand, aber die Ergebnisse sprachen jedes Mal aufs Neue für sich.

Was er jedoch hasste, waren nervige Handys und noch viel mehr hasste er es, wenn er selbst vergaß, das eigene auszuschalten. Für einen Moment dachte er daran, es einfach zu ignorieren. Doch die Ruhe, die Stimmung, ... alles war zerplatzt. Wie eine Seifenblase.

»...in spring, my summer wine is really...«

Benning fischte das iPhone aus seinem Rucksack, der am Dreibein seiner Staffelei lehnte, und blickte genervt aufs Display.

»Ja, Silke!«, grummelte er unwirsch.

»Robert?«

»Dir auch einen schönen Morgen«, antwortete er mit aufgesetzter Freundlichkeit.

»Natürlich. Morgen Robert«, sagte die Stimme am anderen Ende mit hörbarem Bedauern. »Tut mir leid. Habe ich dich geweckt?«

»Nein! Ich wollte eigentlich nur mal wieder was für meinen Lebensunterhalt tun«, entgegnete Benning wichtig. »Was gibt's denn so früh?«

Silke Ingwersen war sein vorwurfsvoller Unterton nicht entgangen und sie schämte sich etwas dafür, ihn an einem Sonntagmorgen um diese Uhrzeit gestört zu haben. Immerhin war es gerade erst kurz nach sechs.

»Malst du?«, fragte sie vorsichtig und bemühte sich, die Wogen ein wenig zu glätten, indem sie ihn auf seine Leidenschaft ansprach.

»Jetzt nicht mehr!«

Nicht nur, dass sie ihn um diese Uhrzeit angerufen hatte, jetzt folgte offenbar noch der Versuch eines überflüssigen Small Talks. Benning blickte über den Rand der Leinwand. Die Sonne kletterte unaufhaltsam über dem Festland in die Höhe. Von Minute zu Minute änderte sich das Bild und daher konnte er jetzt auf lange Gespräche sehr gut verzichten.

»Tut mir total leid ...«

»Silke! Bitte!«, unterbrach er sie mahnend. »Komm zur Sache!«

»Ich hätte dich auch nicht gestört, wenn es nicht so wichtig wäre.«

Benning verdrehte die Augen und selbst die Sonne schien nun keine Lust mehr zu haben, noch länger Modell zu stehen. Jedenfalls kam es ihm so vor, als ob sie es auf einmal besonders eilig hatte, ihren Weg am Himmel fortzusetzen und für einen heißen Sommertag zu sorgen. Dass Frauen aber auch nie auf den Punkt kommen konnten.

»Hinrichs hat mich gerade aus dem Bett geholt ...«

Benning horchte auf. So schnell, wie sein Ärger gekommen war, war er auch schon wieder verflogen. Wenn die Westerländer Kripo an einem Sonntagmorgen die Chefredakteurin der *Sylter Zeitung* anrief, musste schon etwas Außergewöhnliches vorgefallen sein. Ein Einbruch in einer Kampener Promivilla? - Oder gar ein Raubüberfall auf eine VIP?

»Es gibt eine Tote am Weststrand.«

Ein Klatschpresse-Sternchen ist aus Liebeskummer ins Wasser gegangen, mutmaßte Benning weiter und überlegte, welcher Promi gerade mit seiner Gespielin auf der Insel weilte. Er legte Pinsel und Palette zur Seite. Nun hatte ihn die Neugier gepackt.

»Selbstmord?«

»Ich weiß auch nichts Genaues. Du kennst Hinrichs ja. Könntest du eventuell hinfahren? Vielleicht kriegen wir ja noch eine Schlagzeile für morgen! Ich würde in der Zeit schon mal in der Redaktion alles so weit vorbereiten.«

Ja, man kannte sich auf Sylt und das Verhältnis zwischen Polizei und Lokalpresse war nicht annähernd so schlecht, wie man es aus einschlägigen Kriminalfilmen kannte. Schließlich gab es schon genug Paparazzi und Klatschreporter, die regelmäßig auf die Insel der Reichen und Schönen strömten und für Unruhe sorgten. Silke Ingwersen hingegen war mit ihrer Redaktion ein Garant für seriöse Berichterstattung und so half man sich eben gerne gegenseitig.

»Wo muss ich hin?« Benning hatte angebissen. Auch wenn er sich seinen Vormittag deutlich anders vorgestellt hatte, durfte er sich das auf keinen Fall entgehen lassen. Etwas Bedauern lag allerdings doch in seinem Blick, als er noch einmal sein unvollendetes Werk betrachtete, das nun ein Fall für die Mülltonne geworden war.

Na, dann halt das nächste Mal, tröstete er sich selbst. - Und dann ganz sicher ohne Handy.

»Wir sehen uns heute Nachmittag in der Redaktion. Sagen wir so gegen drei? Und den Artikel schicke ich dir wie immer vorher zu.«

Damit verabschiedete Benning sich von Silke Ingwersen und blickt noch einmal hinaus aufs Watt. Hinaus auf das Schauspiel, dessen Finale er nun verpassen würde. Seufzend schob er sein Smartphone in die Hosentasche.

Nach Silkes Angaben lag der Strandabschnitt, an dem man die Tote gefunden hatte, nur ein paar Minuten von seiner Wohnung entfernt. Benning verstaute Staffelei und Leinwand zusammen mit den restlichen Malutensilien im Kofferraum seines MX 5. Er klappte das Verdeck zurück und ließ sich auf den Sitz sinken. Hätte er gewusst, wie sehr das, was ihn gleich erwarten würde, von nun an sein Leben verändern würde, er hätte seine Staffelei wohl sofort wieder ausgepackt.

Der Parkplatz neben der Nordseeklinik war um diese Zeit, trotz seiner Nähe zum Strand, noch weitgehend leer. Genau genommen befanden sich nur drei Autos dort: ein kleiner Opel Corsa mit NF-Kennzeichen, der, wie Benning vermutete, einer Krankenschwester gehörte. Er liebte es, anhand von Kennzeichen, Modell und Aussehen der Fahrzeuge Rückschlüsse auf ihre Fahrer oder andere Besonderheiten zu ziehen. Und für dieses Rätselspiel gab es hier auf der Insel mehr als genug Gelegenheiten. Früher als Gunda noch ein Kind gewesen war, hatten er mit ihr regelrechte Wettbewerbe veranstaltet, wenn sie über die Strandparkplätze gegangen waren oder an der Autoverladung gestanden hatten. Der alte VW-Bully am hinteren Ende des Parkplatzes zum Beispiel: Ohne jeden Zweifel gehörte er einem der vielen Surffreaks, die immer und überall auf der Suche nach der perfekten Welle waren. Eine Batterie von Surfbrettern ruhte in u-förmig gebogenen Halterungen, die seitlich an dem weißen Hochdach angebracht waren. Der Rest des Wagens war in einem Gelb lackiert, das man häufig auf den Straßen sah, insbesondere in der Verbindung mit einem schwarzen hornförmigen Logo. Nach seiner Pensionierung hatte dieser ausgemusterte Paketwagen offenbar einen zweiten Frühling als Wohnmobil erfahren und bereiste nun von Hannover aus die Welt, wovon zahlreiche Aufkleber erzählten.

Auf der anderen Seite des Platzes stand das genaue Gegenteil: Ein nagelneuer silberfarbener Mercedes C 280. Ein älterer Herr beugte sich soeben in den geöffneten Kofferraum und verstaute sorgfältig Mantel und Spazierstock, während sich eine korpulente Dame mühsam auf den Beifahrersitz wuchtete. Die beiden hatten vermutlich gerade ihren Sonntagmorgenspaziergang beendet und Benning schätzte, dass sie ihr nächster Weg gewohnheitsmäßig in die Kirche führen würde.

Er parkte den MX 5 neben dem Mercedes und stieg aus, worauf ihm der ältere Herr einen ärgerlichen Blick zuwarf. Demonstrativ umständlich zwängte er sich danach in sein hochglänzendes Prachtstück. Hoch hinter seinem Lenkrad aufgerichtet und tunlichst darauf bedacht, das niedrige Cabrio ja nicht zu berühren, setzte er langsam zurück. Dabei ignorierte er pikiert Bennings Anstalten ihn herauszuwinken. Dann hatte er es endlich geschafft. Im Zeitlupentempo schob sich der Wagen an Benning vorbei und erneut traf ihn eine Breitseite giftiger Blicke. Diesmal vom Beifahrersitz.

»Ihnen auch einen schönen guten Morgen«, winkte er ihnen hinterher und klappte das Verdeck des Cabrios zu. Seit eine Möwe mit einer ordentlichen Ladung ihrer ätzenden Verdauungsrückstände einmal fast seine Ledersitze ruiniert hätte, schloss er grundsätzlich das Dach, sobald er den Wagen irgendwo abstellte.

Nach einigen Metern überquerte Benning den Strandübergang. Dabei genoss er den Blick über die weite See. Der unter ihm liegende Strand schien noch einmal Luft zu holen, bevor ihn in wenigen Stunden die nächste Armada sonnenhungriger Urlauber bevölkern würde. An einer Stelle herrschte allerdings schon jetzt auffälliges Treiben. Um einen Strandkorb hasteten einige Männer hin und her und dazwischen veranstaltete ein Fotograf ein wahres Blitzlichtgewitter. Mittendrin stand, einem Dirigenten gleich, ein mittelgroßer, leicht untersetzter Mann in einer abgegriffenen Schimanskijacke. Wild gestikulierend gab er seine Anweisungen. Auf den ersten Blick hätte es sich bei der Szene um ein Fotoshooting für irgendeine Modezeitschrift handeln können - nichts Ungewöhnliches für Sylt -, wären da nicht die vielen uniformierten Polizisten und das rot-weiße Flatterband gewesen. Das wiederum war ungewöhnlich. - Auch für Sylt.

Langsam trottete Benning den Strand hinab, ohne die Szene aus den Augen zu lassen. Einige Morgenspaziergänger reckten bereits neugierig tuschelnd an der Absperrung ihre Hälse, während zwei junge Saisonbeamte sich eifrig bemühten, sie auf Abstand zu halten.

»Schon gut«, rief der Mann in der Schimanski-Jacke und nickte einem der beiden Beamten zu, der gerade im Begriff gewesen war, auch Benning den Zutritt zu verwehren.

»Moin Robbie«, begrüßte Hauptkommissar Hinrichs ihn und konnte sich ein schadenfrohes Grinsen nicht verkneifen. »Hat's dich also erwischt? Hätte ich mir ja denken können. Aber tröste dich, ich hatte mir heute auch was anderes vorgenommen. Mal wieder schön ausschlafen ... Na, ja!«

»Da sagst du was«, antwortete Benning. »Was ist denn passiert?«

Hinrichs legte freundschaftlich seine Hand auf Bennings Schulter und dirigierte ihn zum Tatort.

»Ich habe euch angerufen, weil ich eure Hilfe brauche. Schafft ihr es morgen noch einen Artikel in die Zeitung zu kriegen? ... Mit einem Zeugenaufruf? ... Du weißt ja, der nächste Gästewechsel steht an und bevor mir womöglich noch wichtige Hinweise flöten gehen ...«

»Das kriegen wir hin«, nickte Benning zuversichtlich. »Die Ingwersen ist schon auf dem Weg in die Redaktion. Sie will unbedingt noch einen Artikel reinquetschen.«

Hinrichs blickte erleichtert zu ihm auf.

»Das sind ja schon mal gute Aussichten«, sagte er und wies in den zurückgeklappten Strandkorb. »Im Gegensatz hierzu. Ein Jogger hat sie vor 'ner knappen Stunde entdeckt.«

Benning hatte schon die ganze Zeit vergeblich versucht, einen Blick in den Strandkorb zu werfen, aber immer wieder hatte ihm irgendjemand die Sicht versperrt. Jetzt hatte er endlich die Gelegenheit. Er beugte sich über den Rand des Korbes und sah nun auch das, was der Fotograf vorhin so eifrig auf die Speicherkarte seiner Kamera gebannt hatte: Eine junge Frau, mit schulterlangen blonden Haaren, die mit ihren geschlossenen Augen aussah, als ob sie nur schlafen würde. Benning schätzte sie auf Anfang zwanzig, also ungefähr in Gundas Alter.

»Geh' nicht zu dicht ran«, ermahnte ihn Hinrichs. »Die Spusi ist noch nicht durch.«

Benning nickte. Nur schwer konnte er sich vorstellen, dass er sich hier möglicherweise am Tatort eines Kapitalverbrechens befand.

»Wie ist sie gestorben?«, fragte er leise. Fast hätte er sogar geflüstert, um das fremde Mädchen nicht zu wecken. So friedvoll wirkte die Szene auf den ersten Blick. »Selbstmord?«

Hinrichs schüttelte ernst den Kopf. Er wies auf den Hals des Mädchens.

»Siehst du die Male? Wahrscheinlich erdrosselt.«

Tatsächlich. Bisher hatte er sich ausschließlich auf das Gesamtbild der jungen Frau, die auf dem blauweißen Polster des Strandkorbes lag, konzentriert. Doch bei näherer Betrachtung erkannte auch er die schwachen dunklen Streifen oberhalb des Kragens ihres gelben T-Shirts. Ein wenig wurmte es ihn, dass ihm die Male nicht selbst aufgefallen waren. Er beschloss, den leblosen Körper von nun an genauer zu betrachten. Kein Detail durfte ihm entgehen. Schließlich war es ja nicht die erste Leiche, die er sah. Im Rahmen seiner Sanitätsausbildung bei der Marine und später als Medizintechniker hatte er schon den einen oder anderen Toten gesehen. Einmal hatte er sogar bei einer Sektion zugeschaut. Allerdings hatte es sich damals nicht um eine junge Frau gehandelt, die darüber hinaus auch noch so viel Ähnlichkeit mit seiner Gunda hatte.

Die Tote war mit einer geblümten Sommerbluse, die sie offen über dem T-Shirt trug, und einer hautengen weißen Jeans bekleidet. An ihren Füßen trug sie blauweiße Segeltuchschuhe über marineblauen Füßlingen. Ihre Arme lagen locker ausgestreckt neben dem Körper.

Benning richtete sich langsam wieder auf.

»Und die Rosa Rugosa?«, fragte er und wies auf den Brustkorb der Toten.

»Rosa was?« Hinrichs sah ihn verwundert an. »Ach so, du meinst die Rose.«

Benning nickte. Jemand hatte der Ermordeten eine Sylt- oder Kamtschatkarose auf den Oberkörper gelegt. Eine Blume, die hier überall auf der Insel wucherte.

»Die lag schon da, als sie gefunden wurde«, erklärte Hinrichs. »Das hat zumindest der Jogger ausgesagt.«

»Und der kleine verwischte Fleck auf der Wange?«, fragte Benning. Ja, er hatte diesmal wirklich ganz genau hingesehen. So ein Lapsus wie vorhin passierte ihm in der Regel nur einmal.

»Möglicherweise Blut«, antwortete Hinrichs mit einem anerkennenden Nicken. »Dass dir das aufgefallen ist. Wir müssen abwarten, was das Labor sagt. Mit etwas Glück hat sich der Mörder ja an der Rose gestochen! Dann hätten wir zumindest schon mal seine DNA. Meine Leute suchen oben bei den Büschen am Strandübergang. Womöglich wurde die Rose ja dort abgeschnitten und es gibt weitere Spuren. Aber davon noch nichts in deinem Artikel! Möglicherweise ...«

»Ja, schon klar«, unterbrach ihn Benning. »Wie immer keine Infos aus laufenden Ermittlungen an die Öffentlichkeit. Auch wenn die Zeit heute drängt, bekommst du meinen Artikel wie gewohnt vorab als Mail...«

»Entschuldigung?«

Benning und Hinrichs drehten sich um. Vor ihnen stand die Notärztin und streifte sich ihre Gummihandschuhe ab. »Braucht ihr mich noch?«

Sie hatte die flüchtige Untersuchung der Toten abgeschlossen und wies mit einer Kopfbewegung auf den Strandkorb. Ohne eine Antwort abzuwarten, fuhr sie fort: »Zweifelsfrei kein natürlicher Tod. Alles Weitere muss die Obduktion klären. Ich will euch auch jetzt nicht noch mögliche Spuren verwischen.«

»Todeszeitpunkt?«, fragte Hinrichs knapp.

»Schwer zu sagen ...«, antwortete die Ärztin und reichte die Handschuhe nach hinten zu einem der Rettungsassistenten, der sich gerade den Notfallrucksack geschultert hatte und sie abwartend ansah.

»Ihr könnt ruhig schon los«, entließ sie ihn. »Ich komm gleich nach.« Dann wandte sie sich wieder Hinrichs zu. »Aufgrund der Temperatur und dem Fortschritt der Leichenstarre würde ich sagen so vor acht bis zehn Stunden!«

»Danke, Beate! Den Rest machen dann die Kieler.« Hinrichs gab ihr die Hand und lächelte sie freundlich an. Er kannte Beate Folkerts schon seit vielen Jahren. Auf Sylt geboren, hatte sie nach dem Abitur in Berlin Medizin studiert. Dort hatte sie danach auch eine Zeit lang gelebt und gearbeitet. Doch letztlich hatte sie das Heimweh wieder zurück an die Küste gezogen. Jetzt arbeitete sie im UKE in Hamburg und kam ein- bis zweimal im Jahr auf ihre Heimatinsel zurück, um in der Saison, für zwei bis drei Monate, den Notarztdienst zu unterstützen.

»Und dir einen schönen Sonntag«, rief Hinrichs ihr noch rasch hinterher, als sie bereits auf dem Weg zu ihrem Pajero war, den sie unten am Strand abgestellt hatte. Im Gehen wandte sie sich noch einmal um und lachte: »Dein Wort in Gottes Gehörgang. Es ist Hochsaison! - Da ist es ja in Hamburg ruhiger ... Also macht's gut!«

»Gegen Mitternacht also«, sagte Hinrichs. Grübelnd blickte er zu Benning herüber: »Vielleicht haben wir ja Glück und jemand hat auf der Suche nach einem lauschigen Plätzchen irgendetwas beobachtet.«

Robert Benning nickte nachdenklich und ließ seinen Blick noch einmal über den Tatort gleiten. Ab und zu hielt er inne und notierte ein paar Stichworte in seine in Leder eingebundene Kladde.

»Okay«, sagte er zufrieden, klappte das kleine Notizbuch zu und klemmte den Kugelschreiber an den vorderen Deckel. »Ich glaube, ich hab für den Anfang erst mal alles. Ich melde mich nachher wie besprochen bei dir.«

»Gut«, antwortete Hinrichs. »Und schon mal vielen Dank.« Er wandte sich wieder seinen Kollegen zu und klatschte aufmunternd in die Hände. »So, Leute, wie weit sind wir denn nun?«

Mit einem routinierten Schwung bog Benning von der Norderstraße in seine Auffahrt. Hier in der Marinesiedlung im Norden Westerlands besaß er seit einigen Jahren ein kleines Haus. Er hatte damals, als die Marine sich nach und nach von der Insel zurückzog und der Bund sein Tafelsilber verschacherte die Gunst der Stunde genutzt und zwei Haushälften erstanden. Die ehemalige Festung Sylt war nach vielen Jahrzehnten wieder eine entmilitarisierte Zone geworden und ein Teil davon gehörte nun ihm.

Nach einer Reihe von Umbauarbeiten waren die Doppelhaushälften nach seinen Wünschen innen zu einem Häuschen verschmolzen. Äußerlich nahezu unverändert - lediglich das zerfranste Reetdach war neu eingedeckt worden - präsentierte sich hinter rotem Klinker und kleinen weißen Sprossenfenstern sein Reich. Das hierfür erforderliche 'Kleingeld' hatte er kurz vorher völlig überraschend geerbt. Überraschend war dabei nicht nur der viel zu frühe Tod seines Vaters, sondern auch dass dieser, der nie ein Händchen für Geld gehabt hatte, ihm einen siebenstelligen Betrag hinterlassen hatte. Bis dahin hatte Benning lediglich gewusst, dass sein alter Herr Mitte der achtziger Jahre - wie so viele andere auch - fast seine gesamten Ersparnisse in ein vielversprechendes Vorhaben namens 'Neue Heimat' gesteckt hatte. Ein Projekt der leeren Versprechungen und der leeren Kassen, wie sich bald herausgestellt hatte. Doch damit nicht genug: auch das danach mühsam zusammengesparte Eigenheim war einige Jahre später ein Opfer der Scheidung geworden.

Erst sehr viel später hatte Benning herausgefunden, dass das Glück irgendwann eine kurze Stippvisite bei seinem Vater gemacht und ihm die richtigen Lottozahlen ins Ohr geflüstert hatte. In finanziellen Dingen vorsichtig geworden, wollte Benning senior nun nicht auch noch Neider und falsche Freunde auf den Plan rufen und so hielt er seinen plötzlichen Reichtum geheim. Auch vor seinem Sohn. Von da an hatte er sein Leben völlig unauffällig und sorgenlos weitergelebt. - Sorgenlos? - Nein, bedauerlicherweise nicht ganz. - Längst hatte der Krebs seine schwarzen Krallen nach ihm ausgestreckt. »Geräuchertes hält sich länger«, hatte der alte Benning gerne gescherzt. - In seinem Fall galt das dann aber letztlich leider doch nicht.

Noch Wochen nach der Testamentseröffnung hatte Benning immer wieder ungläubig auf seine Kontoauszüge starren müssen. Und dann hatte auch er hin und her überlegt. Schließlich war er zu dem Ergebnis gekommen, dass sein Vater gar nicht so verkehrt gelegen hatte, in dem er seinen Reichtum bis zuletzt geheim hielt. Also, was lag näher, als sein Hobby zum Beruf zu machen und sich eine Fassade aufzubauen, hinter der es sich gut leben ließ. Da störte es auch nicht, dass die mageren Einkünfte als Inselmaler und Gelegenheitsredakteur immer wieder, trotz Bennings unbestrittenen Talents, aus seinem Geheimvermögen aufgestockt werden mussten. Und dass ein Großteil seiner 'verkauften' Bilder ihr Dasein in einer alten gemieteten Scheune in Sprakebüll fristete, anstatt in der Eingangshalle einer Hamburger Elbvilla oder über dem Sofa eines Dortmunder Reihenhauses zu hängen, gehörte ebenfalls zu diesem Geheimnis.

Benning klappte sein Verdeck zu, nahm die Malutensilien aus dem Kofferraum und stellte sie gleich links neben der Haustür in das zum Abstellraum degradierte Gäste-WC. Im Flur ließ er die Autoschlüssel in Papas alten Messingaschenbecher plumpsen, der extra für diesen Zweck auf dem schmalen Sideboard stand, und ging weiter in die Küche. Jetzt brauchte er erst einmal einen Kaffee.

Mit einem lauten Zischen nahm die Kaffeemaschine kurz darauf ihre Arbeit auf. Zufrieden wandte sich Benning als Nächstes seinem Notebook zu, das auch nicht mehr das jüngste war und dementsprechend Zeit zum Hochfahren brauchte. Und während seine elektrischen Helferlein nun mehr oder weniger fleißig ihren zugeteilten Aufträgen nachkamen, nahm er sich Bleistift und Zeichenblock. Noch waren die Bilder in seinem Kopf frisch und mit einigen schnellen Strichen entstand eine grobe Skizze von dem eben erst verlassenen Tatort. Ja, ein Zeichentalent konnte man ihm wirklich nicht absprechen.

Ein röchelndes Geräusch aus der Küche unterbrach zu Bennings Freude nach einigen Minuten seine Arbeit. Der Kaffee war endlich fertig. Und auch auf dem Bildschirm seines Computers wanderte, wie er beim Aufstehen feststellte, das Windows-Logo rastlos hin und her. Etwas erinnerte es ihn an das tischtennisähnliche Telespiel, das er als Zehnjähriger auf dem Fernseher seiner Eltern gespielt hatte.

Mit einem Kaffeepott bewaffnet, der das Bild des Kampener Leuchtturms, eines seiner Lieblingsmotive, trug, kehrte er an den Tisch zurück. Auch wenn im Grunde noch genug Zeit war, rechnete er jederzeit damit, dass Silkes Nummer auf dem Display seines Telefons erscheinen und ihn zur Eile mahnen würde. Dafür kannte er sie inzwischen lange genug. Mit flinken Fingern begann er also brav, Buchstabe für Buchstabe in die Tastatur zu hacken. Die Zehn-Finger-Methode beherrschte er zwar nicht, gleichwohl hatte er sich über die Jahre einen eigenen zweckmäßigen Schreibstil angewöhnt, der deutlich schneller war, als die Ein-Finger-Suchmethode seines Freundes Michael. Und so lehnte er sich bereits kurze Zeit später zufrieden zurück und ging noch einmal alles in Gedanken durch. Er wollte sichergehen, auch nichts vergessen zu haben. Also: Da war die Rose, der Blutfleck, vermutlicher Todeszeitpunkt ...

Riiiiiing, Riiiiiing, Ring.

Mit ihrem schrillen Ton, der ihn an die Alarmglocke des Minensuchers erinnerte, auf dem er einige Zeit gefahren war, unterbrach die Haustürklingel brutal seine Konzentration. Dah, Dah, Dit. Zweimal lang und einmal kurz. Das stand im Morsealphabet für Golf, also den Buchstaben G. Und das hieß in diesem Fall, dass Gunda vor der Tür stand. Mit diesem inzwischen lieb gewonnenen Ritual, mit dem sie für gewöhnlich ihre Besuche ankündigten, hatten sie irgendwann einmal begonnen. Wann und aus welchem Grund vermochte er nicht mehr zu sagen. Vielleicht ein gemeinsamer maritimer Virus, der sie letztlich auch nach Sylt verschlagen hatte? Infiziert, als Gundas Vater und er Anfang der achtziger Jahre gemeinsam ihren Dienst bei der Marine in List verrichteten. Wie auch immer. Jedenfalls war nun dieses Signal für sie in gewisser Weise mit der Rufnummernanzeige eines Telefons vergleichbar: Man erkannte schon am Klingeln, ob die beste Freundin oder wie in seinem Fall der beste Freund vor der Tür stand. Folglich sendete er ein Romeo, wenn er Gunda in ihrer Wohnung besuchte.

Benning stand auf und ging mit vor Freude pochendem Herzen zur Tür. Ein Gefühl, das er in der Form neuerdings häufiger verspürte, wenn Gunda in seiner Nähe war und das ihn zunehmend verwirrte. Er hatte kaum die Tür einen Spalt geöffnet, als ihm auch schon eine zarte Frauenhand eine Tüte mit herrlich duftendem Backwerk unter die Nase hielt.

»Frische Croissants!« Gunda schob sich an der Tür vorbei und umarmte ihn fröhlich. Mit einem lauten Schmatzer drückte sie ihm einen Kuss auf die Wange.

»Dich schickt der Himmel!«, sagte Benning. Tatsächlich hatte erst vor wenigen Minuten sein Magen ihn missmutig knurrend darauf aufmerksam gemacht, dass er nicht bereit war, zwei Tassen Kaffee als vollwertiges Frühstück zu akzeptieren.

»Stell' dir vor«, rief Gunda ihm über die Schulter zu, während sie ohne weitere Aufforderung den Flur in Richtung Esszimmer durchquerte. »Beim Bäcker haben sie von einer Toten am Strand erzählt!« Er stand immer noch leicht überrumpelt an der offenen Tür und schaute ihr verblüfft hinterher.

»Wirklich?«

Er schloss die Tür und folgte ihr in die Küche, wo sie bereits damit begonnen hatte, Wasser in einen Stieltopf zu füllen.

»Ja, soll sogar hier ganz in der Nähe gewesen sein.« Sie nahm zwei Eier aus dem Kühlschrank und legte sie in den Topf. Mit einem kurzen Blick auf den Herd vergewisserte sie sich, den richtigen Schalter für die Platte ausgewählt zu haben und fuhr aufgeregt fort: »Irgendwo bei der Nordseeklinik!«

Benning schmunzelte. Es war wirklich bemerkenswert, wie gut und vor allen Dingen wie schnell doch die Sylter Gerüchte- und Tratschküche funktionierte.

»Ja. Ein junges Mädchen«, sagte er fast beiläufig und bemühte sich so gut es ging, keine Miene zu verziehen. »Ermordet.«

Er nahm das Tablett, das mit Ausnahme von Milch und Butter immer fix und fertig mit einer friesischen Zuckerdose, drei Marmeladengläsern und einem Honigspender aus Plastik bestückt war, von der Arbeitsplatte und trug es ins Esszimmer. Er konnte förmlich spüren, wie sich ihr ungläubiger Blick in seinen Rücken bohrte.

»Auch noch ein Mädchen? Beim Bäcker sagten sie was von einer Frau.«

»Eine junge Frau«, korrigierte Benning und stellte das Tablett auf den Esstisch. »So in deinem Alter.«

»Ich bin kein Mädchen mehr«, protestierte Gunda lauthals aus der Küche. »Gewöhn dich mal daran, dass ich inzwischen erwachsen bin.«

Benning stützte sich mit beiden Händen auf den Tisch und lauschte grinsend in Richtung Küche. Das konnte ja noch nicht alles gewesen sein.

»Überhaupt, woher weißt du denn das schon wieder?«, fragte sie auch schon und ließ sein Grinsen nun noch ein Stückchen breiter werden. Er drehte sich gemächlich um und sah sie wissend an.

»Ich war schließlich heute Morgen schon am Tatort«, antwortete er vollmundig. Gunda stand mit dem gefüllten Brotkorb in der Küchentür und sah ihn mit weit geöffnetem Mund entsetzt an.

»Dann hast du ... sie gefunden?«

»Nein.« Er schüttelte den Kopf und nahm ihr den Brotkorb ab. »Ich war beruflich dort. Die Ingwersen hat mich gebeten, dort für einen Artikel zu recherchieren. Michael hatte sie über die Tote informiert.«

Er stellte den Korb auf den Tisch und drängelte sich anschließend sanft an Gunda vorbei, die immer noch ungläubig staunend im Türrahmen stand. Aus dem quietschgelben Hängeschrank über der Spüle nahm er zwei Teller und einen frischen Kaffeebecher, den er neben seinen an die Kaffeemaschine stellte.

»Während die Dame noch tief und fest geschlafen hat, haben andere nämlich schon gearbeitet.« Er sah sie mit erhobenen Augenbrauen an und reichte ihr die Teller.

»Ha, ha«, sagte Gunda abfällig und tat so, als ob sie mit den Tellern nach ihm werfen wollte. »Los erzähl' schon. Was ist passiert?«

Ohne sie zu beachten, goss Benning ihnen Kaffee ein und folgte ihr, die Kaffeebecher in der einen und die Eier in der anderen Hand balancierend, ins Esszimmer.

Vorsichtig stellte er alles neben Gunda, die inzwischen Platz genommen hatte, ab. Fast wäre ihm dabei ein Becher weggerutscht, doch ihre Aufmerksamkeit verhinderte Schlimmeres.

»Danke«, sagte er und ließ sich neben sie auf seinen Stuhl sinken.

»Mensch, Robbie«, drängelte Gunda und zappelte voller Neugier auf ihrem Stuhl herum. »Nun spann mich nicht so auf die Folter.«

»Mehr kann ich dir auch nicht sagen«, antwortete er mit gespielt wichtiger Miene. »Du weißt doch: Berufsgeheimnis!« Es bereitete ihm doch immer wieder ein diebisches Vergnügen, sie zappeln zu lassen. Gundas Neugier war einfach grenzenlos, wenn es darum ging, Neuigkeiten zu bekommen, die andere erst am nächsten Tag aus der Zeitung erfuhren.

Gunda holte erneut aus. Diesmal hatte sie allerdings ein Ei in der Hand, mit dem sie nach ihm zielte.

»Ich warne dich!«

»Schon gut! Schon gut!«, rief er lachend und griff hinter sich zu dem kleinen Drucker, der auf dem untersten Regalboden seines Sekretärs stand. Er nahm den Ausdruck seines Artikels heraus und schob ihn zu ihr herüber. In null Komma nix griff sich Gunda das Blatt, so als ob sie Angst hätte, er könnte es sich noch einmal anders überlegen.

»Ist das alles?«, fragte sie enttäuscht, nachdem sie zu Ende gelesen hatte. »Das hätte ich auch in der Zeitung lesen können.«

Benning zuckte bedauernd die Schulter und nahm einen Schluck Kaffee.

»Viel mehr weiß ich wirklich nicht. Die Ermittlungen sind ja gerade erst angelaufen.«

»Rooobbiee«, bettelte Gunda. Sie wusste ganz genau, dass das nicht stimmte und er sicher noch mehr Einblick in die Geschehnisse am Strand hatte.

»Komm mir nicht so«, wehrte Benning energisch ab. Gunda hatte den Kopf etwas schief gelegt und sah ihn mit ihrem süßen Schmollmund von der Seite an. Er kannte diesen Blick nur zu gut. Es war dieser gefährliche Blick, mit dem sie ihn schon als Kind immer um den Finger gewickelt hatte. Ein Blick, dem er bisher nur ganz selten widerstanden hatte, aber heute ...

»Also gut«, gab er dann doch nach. »Du versprichst nichts weiterzusagen? ... Du kennst Michael. Der reißt mir den Kopf ab.«

Gunda nickte eifrig. Natürlich kannte sie Hauptkommissar Hinrichs. Schließlich war er früher oft genug hier ein- und ausgegangen. Benning hatte mit ihm fast jeden Sonntag Formel 1 geguckt. Zu ihrem Leidwesen meistens hier. Michael Hinrichs war alleinstehend und lebte, soweit sie wusste in Tinnum, wo er eine kleine Zweiraumwohnung unmittelbar neben den Bahngleisen gemietet hatte. Auf ihre Frage, warum sie nie dort gucken würden, hatte Benning ihr einmal diplomatisch geantwortet, dass es bei Hinrichs 'ein wenig an Gemütlichkeit fehle'. So akribisch, wie Hinrichs angeblich bei der Arbeit war, so chaotisch musste es bei ihm zu Hause aussehen. Sie war sich sicher, dass er damals aus Freundschaft bewusst auf die Bezeichnung Messie verzichtet hatte. Nur wenn sie gelegentlich selbst Besuch von ihren Freundinnen erwartet hatte, war er zähneknirschend nach Tinnum ausgewichen. Doch nachdem Michael Schumacher vor drei Jahren seinen Rücktritt verkündet hatte, war es sonntags wieder merklich ruhiger in der Norderstraße geworden. Ihr Bedauern darüber hatte sich seinerzeit allerdings deutlich in Grenzen gehalten.

»Wehe, wenn du ...«, drohte Benning und ließ keinen Zweifel, dass er es nun wirklich ernst meinte.

Gunda fuhr mit Daumen und Zeigefinger über ihren Mund, so als ob sie einen Reißverschluss zuziehen würde. »Meine Lippen sind versiegelt!«, nuschelte sie anschließend durch ihre zusammengepressten Lippen. Benning griff seufzend erneut hinter sich und gab ihr diesmal seine Tatortskizze.

»Ist sie das?«, fragte Gunda leise mit beklommener Stimme und er merkte, wie sich offenbar das Bild eines toten Menschen in ihrem Kopf zusammensetzte, das Betroffenheit auslöste.

»Ja! So hat sie ein Jogger gefunden.«

»Wieso hat sie eine Blume auf dem Bauch?«

Benning zuckte mit den Achseln. »Michael vermutet, dass sie der Mörder da hingelegt hat.«

»Warum sollte er das tun?« Gunda legte die Zeichnung zur Seite und sah ihn fragend an. »Meinst du, dass das was zu bedeuten hat?«

»Vielleicht! Ich hoffe, dass die Polizei bald ein paar Antworten mehr hat.«

Die beiden unterhielten sich, bei heißem Kaffee noch einige Zeit über das schreckliche Ereignis. Der Appetit auf frische Croissants war ihnen inzwischen allerdings vergangen. Auf einmal erklang Natalia Avelons sanfte

Stimme hinter dem Brotkorb und wie schon beim ersten Mal an diesem Tag war es wieder Silke Ingwersen, die am anderen Ende der Leitung war.

»Ja, Silke!« Benning sah Gunda mit einem entschuldigenden Lächeln an. »Ja! ... Natürlich!... Ja, Silke, ich bin fast fertig. Ich will den Artikel nur noch schnell einmal querlesen... Ja, ich beeile mich«. Leicht genervt zog er die Augenbrauen hoch und ahmte mit der freien Hand einen schnatternden Schnabel nach. Gunda grinste und begann derweilen den Frühstückstisch abzudecken. Während er weiter den mahnenden Worten seiner Chefredakteurin lauschte, die ihm gerade zum wiederholten Male klarmachte, dass er sie jetzt auf keinen Fall mehr hängen lassen durfte, beobachtete er Gunda bei ihrer Arbeit. Sie trug heute mal wieder eine von ihren knackig engen Jeans, die ihren süßen Po genau so verpackte, wie ein Mann sich das wünschte. Ihr kurzes T-Shirt hatte blau-weiße Querstreifen und einen so perfekt taillierten Schnitt, dass jede Kurve ihres Körpers zur Geltung kam. Der geöffnete Kragenausschnitt, dessen Weite sich durch ein weißes Band regulieren ließ, präsentierte einen gebräunten Busenansatz.

Wie schön sie ist, dachte Benning und seufzte vernehmlich.

»Is' was?«, tönte es vom anderen Ende der Leitung.

»Nein, nein, Silke«, antwortete er hastig und konzentrierte sich wieder auf das Gespräch.

»Ich kann mich also auf dich verlassen?«

»Natürlich! Spätestens um eins hast du die Mail ...« Sein Blick wanderte hinüber zur Wanduhr, deren

Pendel gemächlich hin- und herschwang. Dabei schien ihr leises gleichmäßiges Klacken daran erinnern zu wollen, dass Zeit sich nicht aufhalten ließ.

Viertel vor elf. Er hatte also noch gut zwei Stunden. Zufrieden nickend sagte er: »Wenn du mich nicht noch länger aufhältst, ...«

»Ja, ja«, antwortete Silke Ingwersen. »Du hast ja recht. Also, bis nachher.«

Benning legte das Smartphone auf den Tisch und ging in die Küche, wo Gunda gerade das Geschirr in die Spülmaschine räumte. Er schenkte sich noch einmal Kaffee nach und hielt ihr die Kanne hin.

»Du auch?«

»Nein, danke.« Sie ließ den Geschirrspüler zuklappen und sah ihn an. »Wie ich vermute, hast du jetzt zu tun.«

»Nur schnell den Artikel fertigmachen, damit ihn Michael abnicken kann.«

»Dann muss ich mich eben alleine in die Sonne legen«, sagte sie und warf ihm einen bedauernden Blick zu, während sie sich in der schmalen Pantryküche an ihm vorbeischob. Benning griff behutsam nach ihrem Arm und sah ihr tief in die Augen.

»Ich habe mich bei dir noch gar nicht für das schöne Frühstück bedankt.«

»Das wäre ja auch noch schöner«, antwortete sie empört. »Du weißt doch, wie sehr ich unsere gemeinsamen Sonntagsfrühstücke genieße. Sind sowieso schon viel zu selten. Wenn ich daran denke, dass ich nächste Woche um diese Zeit schon wieder vier Stunden im Hotel gestanden habe, ...!« Sie küsste ihn auf die Wange und verließ mit einem Lächeln die Küche.

»Schon fertig?« Gunda blinzelte zu ihm aus dem Strandkorb auf, wobei sie mühsam versuchte, die grelle Sonne mit der Hand abzuschirmen. Sie hatte sich in Bennings Ferienwohnung, in der sie noch bis vor Kurzem gewohnt hatte und die er immer noch für sie frei hielt, umgezogen. Neben Bikinis hatte sie vor allen Dingen noch eine kleine Auswahl an Laufsachen hier. So musste sie nicht jedes Mal vorher in ihre Wohnung, wenn sie nach der Arbeit noch gemeinsam laufen wollten.

»Ja«, antwortete Benning und stemmte die Hände in die Hüfte. »Mit Michael habe ich auch schon gesprochen. Er schickt mir alles bis zwölf zurück.«

Benning sah zu ihr in den ausgemusterten Strandkorb hinab, den er vorletztes Jahr von der Stadt erworben hatte und der sicher nicht noch einen Winter in seinem Garten überstehen würde. Gunda hatte sich ihres Oberteils entledigt, was ihn nicht überraschte. Er wusste, wie sehr sie die hellen Bikinistreifen, die immer und überall hervorlugten, hasste. Von ihrer sonnengewärmten Haut stieg der Duft von frisch aufgetragener Sonnencreme auf. Ein Duft, den Benning liebte, roch er doch so herrlich nach Sommer, Sonne und Urlaub.

Er zog sich einen Gartenstuhl heran, ließ sich nach hinten hineinfallen und stellte die Lehne so weit es ging zurück. Dann schloss er entspannt für einen kurzen Moment die Augen und atmete tief durch.

»So kann man's aushalten«, murmelte er.

»Mmmmh«, folgte sogleich die Bestätigung aus dem Strandkorb. Auch Gunda hatte sich wieder ausgestreckt und die Augen geschlossen. Schon nach wenigen Minuten spürte Benning die Kraft der Sonne, die unaufhaltsam ihrem Höchststand zustrebte. Der Schweiß durchnässte bereits an einigen Stellen sein weißes T-Shirt und auch auf seiner Stirn bildeten sich erste Schweißtropfen. Er zog sich das Hemd über den Kopf und dabei fiel sein Blick auf Gunda. Vollkommen entspannt und ruhig atmend lag sie dort auf ihrem Handtuch. Das, was er vorhin unter ihren Kleidern nur erahnen konnte, lag nun nahezu unverhüllt vor ihm. Benning konnte sich noch gut daran erinnern, wie er sie das erste Mal nackt gesehen hatte. Es musste ziemlich genau vor fünfundzwanzig Jahren gewesen sein, als sich jemand verzweifelt bemüht hatte, ihr eine Windel anzulegen. Während eine Hand hektisch damit beschäftigt war, das kleine zappelnde Menschenbündel zu bändigen, hatte die andere mit spitzen Fingern versucht die stinkende Pampers aus dem Gefahrenbereich zu entfernen. Auch heute musste er noch lächeln, wenn er an diese Szene dachte. Ja, Windelwechseln war wirklich nicht gerade eine Stärke ihres Vaters gewesen.

Gunda wischte sich eine Fliege vom Bauch und holte ihn aus seinen Gedanken zurück. Ihre festen Brüste erzitterten leicht unter der Bewegung. Irritiert wanderte sein Blick weiter über ihren durchtrainierten Bauch und es schien ihm fast, als ob er ihre Aorta unter der nass glänzenden Haut pulsieren sehen konnte. Wie anders war da doch das Bild, das sich ihm zunehmend in der Stadt und am Strand bot: Schwitzende Fleischberge, die sich die Friedrichstraße hinauf zum Meer wälzten. Aus viel zu engen Hüfthosen schoben sich unbändige Fettpolster und zerrten dabei tief ins Fleisch schneidende Tangas hervor. Er schüttelte sich, so als könne er auf diese Weise diese Bilder loswerden. - Ja, wer sehen wollte, zu was Fastfood und Bewegungsmangel führten, dem empfahl er gerne einen kurzen Besuch am Strand. Dort gab es leider Gottes mehr als genug Anschauungsmaterial.

Nein, unter Bewegungsmangel litt Gunda wirklich nicht. Nicht nur, dass sie regelmäßig das Fitnessstudio besuchte, vor allen Dingen hielt sie sich mit Laufen fit. Und damit teilte sie eine seiner großen Leidenschaften.

Ja, seine Gunda war schon ein ganz besonderer Mensch, dachte er glücklich und ließ sich wieder nach hinten sinken. Schon kurz darauf machten sich Fantasien in seinem Kopf breit, die zwar zunächst angenehm in den Eingeweiden kitzelten, gleichzeitig aber auch Unbehagen in ihm auslösten. Was war eigentlich neuerdings mit ihm los? Diese Art der Gefühle hatte er schon lange Zeit nicht mehr für eine Frau verspürt und schon gar nicht für Gunda. Vor vielen Jahren hatte ihn seine letzte große Liebe verlassen. Von heute auf morgen. Mit einem anderen. Lange hatte er sich von dieser Überraschung nicht erholt, und als dann endlich die Schmerzen verflogen waren, da hatte er geschworen, sich nie wieder so verletzbar zu machen. Und so hatte es danach nur gelegentliche Liebschaften gegeben, bei denen er nie die für eine festere Beziehung notwendige Tiefe erlaubt hatte. Aber nicht nur deswegen waren die Schmetterlinge, die jetzt wieder in seinem Bauch flatterten, so verwirrend und fremd. Und als er noch so grübelte, war da auf einmal dieser alte Hit: Tausendmal berührt, tausendmal ist nichts passiert. Tausendundeine Nacht und es hat zoom gemacht ...'

War es tatsächlich so?... Hatte es wirklich zoom gemacht?... Der Gedanke machte ihm Angst. - Nicht, weil er Panik hatte sich wieder zu verlieben. Das war es nicht. Nein, er durfte sich nicht verlieben. - Nicht in Gunda. - Jeder andere, aber nicht er.

Noch einmal sah er zu ihr herüber, während sich die Gedanken in seinem Kopf überschlugen. Schließlich drückte er sich mit einem Ruck aus seinem Stuhl und ging zum Haus. Wenn da doch nur nicht dieses Versprechen wäre, das er einst seinem besten Freund gegeben hatte.

»Gehst du schon?«, murmelte Gunda ohne aufzusehen. Benning öffnete das kleine Gartentor und blickte zu ihr zurück.

»Ja, ich habe noch was vergessen«, log er. »Wegen dem Artikel.«

»Bringst du was zu trinken mit, wenn du zurückkommst?« Sie hatte sich jetzt doch aus ihrer relaxten Lage hochgequält und sah ihn über die Seitenwand des Strandkorbes bittend an.

»Natürlich«, lächelte er zurück. »Wie immer?«

»Wie immer«, bestätigte sie mit einem zustimmenden Nicken und ließ sich wieder zufrieden nach hinten fallen.

Den Rest des Tages verbrachten die beiden so wie fast an jedem Sonntag, wenn sie mal nicht arbeiten mussten. Mit einer Ausnahme: Nach dem Mittagessen war Benning noch kurz in die Redaktion gefahren, wo Silke Ingwersen ihn schon sehnsüchtig erwartet hatte.

Zwei aus ihrer Sicht notwendige redaktionelle Änderungen seines Entwurfs hatten sie unbedingt noch besprechen müssen. Doch bereits eine halbe Stunde später hatte er Gunda schon wieder von ihrer Gartenliege gescheucht, auf die sie zwischenzeitlich umgezogen war.

»Los, nicht so müde!«, hatte er ihr zugerufen. »In zehn Minuten laufen wir los.«

Sie hatten sich den Kopf freigelaufen und auch die Tote vom Weststrand war zunehmend in den Hintergrund gerückt. Und dann war auf einmal wieder alles so wie immer gewesen. - Sogar ein Fläschchen Wein hatten sie sich an diesem Abend nach Ewigkeiten mal wieder gegönnt. Hätten die beiden geahnt, welche furchtbaren Schatten dieser sonnige Juli noch auf sie werfen würde, wären sie sicher nicht so glücklich nebeneinander auf dem Sofa eingenickt.

2.

»Guten Morgen, Robbie!« Sanft küsste ihn Gunda auf die Wange.

»Morgen! Na, gut geschlafen?« Benning sah kurz von seiner Zeitung auf und schloss sofort die Augen. Mit einem tiefen Atemzug sog er den Duft ihres Parfums, der noch von der Bettwärme, die schwer an ihrem Körper haftete, getragen wurde, voller Genuss in sich auf.

Nachdem sie gestern auf dem Sofa eingeschlafen waren, hatte ihn irgendwann in der Nacht ein stechender Nackenschmerz geweckt. Sich die verspannte Muskulatur massierend hatte er sich umgesehen und verwundert festgestellt, dass er alleine war. Gundas Beispiel folgend, war auch er nach oben in sein Bett gegangen.

»Wie ein Murmeltier«, erwiderte sie und hastete auch schon weiter. »Und frischer Kaffee ist auch schon da«, tönte es freudig von nebenan.

Aus dem Augenwinkel hatte Benning verstohlen beobachtet, wie sie schwungvoll in die Küche abgebogen war. Für einen kurzen Moment hatte ihr kleiner Pantyslip neugierig unter der weiten Jacke des Seidenpyjamas hervorgeblitzt. Dabei hatte der Blick auf ihren knackigen Po sofort wieder Zweifel in ihm aufkeimen lassen. Unsicher hatte er sich daraufhin wieder der Zeitung zugewandt.

»Da ist ja dein Artikel!«

Gunda war mit einem großen Pott Kaffee hinter ihn getreten und hatte einen Blick über seine Schulter geworfen.

»Ja«, verkündete er mit einem gewissen Stolz. »Erste Lokalseite!« Langsam ließ sie sich neben ihn auf ihren Stuhl sinken, ohne dabei die Augen von dem Artikel zu nehmen. Hierbei hatte sie die Zeitung einfach zu sich herübergezogen, was Benning mit einem großzügigen Lächeln quittierte. Aufmerksam las sie Zeile für Zeile und nippte gelegentlich an ihrem dampfenden Muntermacher.

Ihr Kamm würde es heute zweifelsohne nicht so leicht haben, dachte Benning, während er ihre blonde Mähne eingehend betrachtete. In der Nacht hatte ihr Kissen für einen ganz besonderen Style gesorgt. Eine besonders hartnäckige Strähne wehrte sich bereits jetzt vehement gegen eine neue Ordnung. Zum zigten Male versuchte Gunda nun schon die Locke hinter ihr Ohr zurückzustreichen. Im gleichmäßigen Rhythmus des Zeilenwechsels huschten ihre blauen kristallklaren Augen über seinen Bericht. Diese Augen, die schon immer eine besondere Magie auf ihn ausgeübt hatten. Wie oft hatte sie ihn in den letzten Jahren mit ihrem unwiderstehlichen Augenaufschlag angesehen und so mancher ihrer Bitten erfolgreich Nachdruck verliehen? Mit einem Schmunzeln musste er an gestern denken. Und obwohl Benning auch jetzt wieder die sich einschleichende Verliebtheit bemerkte, mit der er sie gerade ansah und die ihm so fremd und unwirklich war, glitt sein Blick weiter über die niedliche Stubsnase, und den kleinen Schmollmund zu ihrem ...

»Und nun?«, fragte Gunda und blickte unvermittelt zu ihm auf. Dabei registrierte sie seinen geistesabwesenden Gesichtsausdruck. »Ist was?«

»Nein, nein«, antwortete er hastig und griff nach seiner Tasse. »Ich habe nur überlegt.«

»Wie geht's nun weiter?«, hakte sie noch einmal nach. »Bleibst du an der Geschichte dran?«

Benning nickte und setzte die Tasse ab. »Michael hält mich auf dem Laufenden. Wie es im Moment aussieht, braucht er auch weiterhin die Mithilfe aus der Bevölkerung. Und da die zurzeit hauptsächlich aus Touristen besteht, ist er ziemlich unter Druck. Schließlich steht der nächste Ferienwechsel bevor. Da kommt ihm der Artikel mit dem Zeugenaufruf gerade recht. Apropos ...« Benning trank mit einem großen Schluck seinen Kaffee aus und stand auf. »Ich muss in die Redaktion. Silke will noch das weitere Vorgehen besprechen. Würdest du ...?« Er deutete mit dem Finger über den Frühstückstisch.

»Natürlich. Lass alles stehen. Ich kümmere mich nachher darum.«

»Du bist ein Schatz,« bedankte er sich und gab ihr einen Kuss auf die Wange.

»Ich frühstücke auch nur noch schnell zu Ende«, sagte Gunda. »Ich muss noch in meine Wohnung und mich umziehen. Pünktlich um eins muss ich wieder an der Rezeption stehen.«

»Dann sehen wir uns ja frühestens morgen wieder«, stellte er mit einem leichten Bedauern fest und wandte sich zur Tür.

»Ja, ich melde mich dann«, rief Gunda ihm hinterher. »Mach's gut.«

»Mach's besser«, kam es aus dem Flur. Dann fiel die Haustür mit einem dumpfen Schlag ins Schloss.

Die Redaktionskonferenz ging erwartungsgemäß zügig über die Bühne. Silke Ingwersen und er arbeiteten nun schon einige Jahre zusammen und da verstand man sich auch ohne viele Worte. Im Grunde bestätigte sie nur noch einmal ihren Auftrag von gestern: Benning sollte an dem Fall dranbleiben und so schnell wie möglich Neuigkeiten beschaffen. Nach einer knappen halben Stunde verließ er bereits wieder die Räume der *Sylter Zeitung* im Stadtzentrum Westerlands.

Auf dem Weg zu seinem Wagen überlegte Benning, ob er es vielleicht schon wagen könnte, Michael anzurufen. Und obwohl er wusste, dass die Wahrscheinlichkeit bereits so früh am Tag an neue Informationen zu gelangen nicht gerade groß war, öffnete er die Kontaktliste seines Handys.

»Michael? - Robert hier«, begann er vorsichtig. »Ich hoffe, ich stör' nicht. Ich wollte nur kurz hören, was unser Fall macht!«

»Was erwartest du denn? - Fall gelöst?«, folgte dann auch augenblicklich die befürchtete Reaktion des Inselkommissars. »Wir haben gerade mal viertel vor zehn.«

»Hätte ja sein können.«

»Also«, entgegnete Hinrichs etwas ungehalten. »Die Tote hat den ersten Autozug genommen und ist auf dem Weg nach Kiel. Selbst einen vorläufigen Bericht der Gerichtsmedizin kriege ich frühestens übermorgen. Und, nein, Zeugen haben sich noch nicht gemeldet. War's das?«

»Nun sei doch nicht gleich so geladen«, beschwerte sich Benning. Schließlich war er es, der noch keine neue Schlagzeile hatte. Selbst auf die Gefahr hin, es sich noch mehr mit seinem Freund zu verscherzen, bohrte er vorsichtig weiter. »Wisst ihr wenigstens mittlerweile, wer sie ist?«

In der Zwischenzeit hatte er das Dach seines MX 5 zurückgelegt und sich auf den Fahrersitz sinken lassen. Mit der freien Hand angelte er umständlich im Handschuhfach nach dem Notizbuch. Dann notierte er auch schon eilig, was Hinrichs ihm mürrisch durchgab.

»Doreen?«, wiederholte Benning. »Gut, hab ich! ... Und sie war mit ihren Eltern hier im Urlaub?« Eifrig kritzelte er mit dem schon etwas eingetrockneten Kugelschreiber Stichworte in sein Büchlein, während er gleichzeitig verzweifelt bemüht war, das zwischen Kinn und Schulter eingeklemmte Telefon mitsamt dem jetzt doch noch auskunftsfreudigen Kommissar am anderen Ende nicht zu verlieren. Er fragte sich, wann er sich wohl endlich aufraffen würde, um die blöde Freisprecheinrichtung reparieren zu lassen?

»Hmmmh. - Ja ...«, bestätigte er in regelmäßigen Abständen die Angaben, die Hinrichs ihm durchgab. Demnach war die Ermordete mit ihren Eltern für drei Wochen nach Sylt gekommen, um hier Urlaub zu machen. Am kommenden Freitag wollten sie ursprünglich wieder zurück nach Leipzig fahren. Mehr hatte die Polizei allerdings bisher nicht herausbekommen. Aber eine Sache war da noch. Und obwohl er genau wusste, wie Michael reagieren würde, konnte er sich diese letzte Frage dann doch nicht verkneifen: »Wie sagtest du, war noch ihr Nachname?«

Ein herzhaftes Lachen ertönte vom anderen Ende der Leitung. Immerhin hatte sein durchsichtiger Versuch diese sensible Information zu bekommen die Laune seines Freundes wieder leicht verbessert.

»Du kannst es wirklich nicht lassen, was? Wie oft hast du diese Nummer nun schon abgezogen?«

»Wenigstens den Anfangsbuchstaben«, bettelte Benning. »Bitte ... Wie sieht das denn sonst in der Zeitung aus?«

»Aber nur weil du es bist«, lenkte Hinrichs ein und Benning malte mit fetten Strichen seines inzwischen klecksenden Stiftes ein großes N hinter den Vornamen der Ermordeten.

»Danke Michael. Dafür hast du einen gut.«

»Vergiss es nur nicht«, mahnte der Kommissar.

»Und du meldest dich, wenn ...« Bevor er noch ganz zu Ende sprechen konnte, signalisierte ein Tuten, dass der Leiter der Westerländer Kripo die Fragestunde nun für beendet hielt.

Von der Redaktion in der Andreas-Dirks-Straße bis zur Marinesiedlung waren es nur knapp fünf Autominuten. Trotz der zahlreichen Sonntagsfahrer, für die es auf Sylt offenbar eine Ferienfahrschule geben musste, in der sie ihr Können vertiefen konnten, brauchte er kaum länger. Benning stellte den Motor ab. Für einen Augenblick überlegte er, ob er erst schreiben oder erst sein Läufchen machen sollte. Im Nu erleichterte ihm die Sonne, die jetzt, so ganz ohne Fahrtwind, noch unbarmherziger in sein Cabrio brannte, die Entscheidung. Und so nahm er sein Notizbuch aus dem Handschuhfach und begab sich schnurstracks an seinen Computer.

So, habt ihr sie also gefunden! Aufmerksam las der mittelgroße Mann, der sich lässig auf einen Stehtisch vor der Arko-Filiale stützte, über einen Mord am Sylter Weststrand. '...*Wie die Polizei mitteilte, wurde am frühen Sonntagmorgen eine junge Frau in Höhe der Nordseeklinik tot am Strand aufgefunden. Nach ersten Ermittlungen wurde die Tote, deren Identität bei Redaktionsschluss noch nicht bekannt war, offensichtlich ermordet. Als Todeszeitpunkt wird derzeit von einem Zeitraum zwischen Samstagabend, 23 Uhr und Sonntagmorgen 1 Uhr ausgegangen.'*

»Ziemlich dicht dran«, bemerkte der sportlich gekleidete Anfangfünfziger leise. Mit einem wissenden Lächeln schielte er zu einem älteren Ehepaar am Nachbartisch, das sich mit rheinischem Dialekt lautstark über die ihrer Meinung nach in diesem Jahr mal wieder viel zu hohe Kurtaxe unterhielt.

'... Sachdienliche Hinweise nimmt die Polizei Westerland oder jede andere Polizeidienststelle entgegen.'

Sichtlich amüsiert legte der Mann die an einem hölzernen Zeitungshalter befestigte Gazette vor sich auf den Tisch und schaute mit überheblichem Blick in die Runde. Doch niemand nahm Notiz von ihm.

Eure Suche nach Hinweisen könnt ihr euch sparen, dachte er. Bisher habt ihr mich nicht gekriegt und daran wird sich auch in Zukunft nichts ändern. Er war eben einfach zu clever. Was sollte man auch sonst von jemandem erwarten, der in den letzten zwanzig Jahren nach eigenem Gusto über Leben und Tod entschieden hatte? So wie gestern. Doreen hatte jemanden gesucht, der ihr die große weite Welt der Reichen und Schönen zeigen würde. Und zu ihrem Glück hatte sie ihn gefunden. Es musste doch ein Glück sein, für einen, wenn auch nur kurzen Moment, diesen Traum leben dürfen.

Oh, wie hatte sie diesen Abend genossen: Champagner in Kampen, danach edle Köstlichkeiten in der *Sansibar*. Versonnen blickte er vor sich hin. Und wenn es am schönsten ist, dachte er, soll man ja bekanntlich gehen. Und Doreen war gegangen. Mit seiner Hilfe. Gegangen in eine Welt ohne Enttäuschungen und ohne falsche Illusionen.

Doreens selbst ernannter Erlöser richtete sich auf und genoss dieses, wie er persönlich fand, viel zu seltene Gefühl der Überlegenheit und Stärke. All die ganzen Durchschnittsbürger, in ihren geschmacklosen Hawaihemden, mit billigen Strohhüten und Plagiaten teurer Sonnenbrillen auf der Nase, die sich direkt vor ihm die Friedrichsstraße in Richtung Strand schoben, lösten in ihm Ekel und tiefste Verachtung aus. Immer auf der Suche nach dem ultimativen Urlaubskick zertrampelten sie Jahr für Jahr die spärlichen Reste norddeutscher Kultur. Die Steigerung waren im Grunde nur noch alkoholgefüllte Plastikeimer, aus denen meterlange Strohhalme ragten ... Er warf einen Blick auf seine Uhr und stand auf. Den Zehneuroschein, den er auf den Tisch legte, war, wie er fand, auch für Sylter Verhältnisse einem Cappuccino einschließlich Trinkgeld angemessen.

Der Mann schlenderte in die Mitte der Westerländer Fußgängerzone, wo er wie ein Fels in der Brandung stehen blieb. Ein Pulk von Tagestouristen, die soeben mit dem Zug aus Hamburg eingetroffen sein mussten, zog eilig an ihm vorbei. Er erkannte sie sofort: Am kühlen Morgen noch gut eingepackt in den Zug gestiegen, hatten sie sich Kilometer für Kilometer, Stunde um Stunde ihrer inzwischen viel zu warmen Kleidung entledigt. Diese hatten sie anschließend mühsam in ihre mit Reiseproviant bereits überfüllten Rucksäcke gestopft, sodass hier und da noch ein Ärmel oder eine Kapuze heraushing.

Oh, ihr Ahnungslosen, dachte er, während er sich angewidert abwandte. Wenn ihr wüsstet ... Vielleicht sollte er sich ja mal eine von denen aufreißen. Auch bei den Kurzbesuchern war hier und da sicher ein abenteuerlustiges Mädchen, das etwas Luxus schnuppern wollte. Vielleicht schon heute Abend? Noch bevor der letzte Zug die Insel verlässt?

Nein! - Sein Plan, der über viele Jahre gereift war, ließ Spontanität oder gar überhastetes Handeln nicht zu. Auch mit ein Grund dafür, dass man ihm trotz der Hinweise, die er an jedem Tatort hinterlassen hatte, bisher nicht auf die Spur gekommen war. In diesem Geduldsspiel machte er die Spielregeln. Er legte die nächsten Züge fest und kannte die weiteren Schritte der Gegenseite genau: In den folgenden Tagen und Wochen würden die Zeugenaufrufe abnehmen. Allenfalls würde noch ein Bild von Doreen veröffentlicht werden. Gewissermaßen als letzter Versuch, um vielleicht doch noch irgendwo eine Erinnerung aufzufrischen. Das waren alles alte Hüte für ihn. Nach ihm hatte man sogar schon im Fernsehen gefahndet. Bei Sabine Zimmermann. Auch wenn das nun schon Ewigkeiten zurücklag, erfüllte es ihn doch immer noch mit einem gewissen Stolz. Allerdings hatte auch das den Fahndern nichts genützt. Er war ja schließlich nicht auf den Kopf gefallen.

Zufrieden lächelnd vergrub er seine Hände tief in den Hosentaschen und schlendert die Friedrichsstraße weiter in Richtung *HB Jensen* hinunter. Fast schon provozierend langsam und natürlich entgegen dem Strom.

Robert Benning hatte geschrieben und gelöscht, umformuliert, ausgedruckt, gelesen, korrigiert, zerknüllt und neu verfasst. Aber das bisschen, das er an Neuigkeiten zusammengekratzt hatte, reichte hinten und vorne nicht. Mitten in seiner Schaffenskrise hatte er letztlich beschlossen erst einmal seinen quälenden Hunger zu stillen. Im Kühlschrank hatte er noch ein Stück Putenbrust vom Vortag gefunden und ganz hinten in seinem Vorratsschrank ein Glas *Uncle Bens* 'süß-sauer'. Dazu gab es etwas Reis, den er eigentlich immer im Haus hatte. Nach dem Essen, als er gerade mit der obligatorischen Tasse Kaffee in den Garten gehen wollte, hatte unerwartet Hinrichs vor der Tür gestanden. Mit all seinen Überredungskünsten hatte er Doreens Eltern ein Passbild ihrer Tochter abringen können.

»Kriegt ihr das morgen noch rein?«

Mit seinem alten quietschenden Flachbettscanner hatte Benning das Foto, nachdem Hinrichs wieder gegangen war, hochgeladen. Zusammen mit seinem dürftigen Bericht war es dann kurz darauf an die Redaktion gegangen.

»Wenigstens etwas«, war dann auch prompt Silke Ingwersens einziger Kommentar gewesen, als er anschließend mit ihr telefoniert hatte.

Jetzt am späten Nachmittag war dafür nun endlich seine Zeit gekommen. Die lang ersehnte Auszeit. Cruisen durch die Natur. Abschalten. Keine Türklingel und keine Anrufe. Wer ihn kannte, wusste, dass ihm seine tägliche Laufrunde heilig war, und wusste auch, dass man gut beraten war, ihm besser aus dem Weg zu gehen, wenn er sie mal hatte ausfallen lassen müssen.

Begonnen hatte seine Begeisterung fürs Laufen genau hier, nachdem es ihn als jungen Zeitsoldaten damals nach Sylt verschlagen hatte.

»Versehen Sie Ihren Dienst dort, wo andere Urlaub machen«, hatte in dem Begrüßungsschreiben der Bundeswehr gestanden, mit dem er zum Dienstantritt gerufen worden war. Grundausbildung auf Sylt? - Er hatte sich wahrlich Schlimmeres vorstellen können. Und so hatte Robbe, wie seine Mitschüler den wohl genährten Jungabiturienten bis dahin gerne genannt hatten, am 01. Juli 1982 in Westerland das erste Mal nordfriesischen Boden betreten.

Beim Barras hatte er dann auch schon nach wenigen Tagen ihm bis dato unbekannte Muskeln kennengelernt. Muskeln, wie man sie eben für einen Frühmarsch, eine Hindernisbahn und ein Zirkeltraining benötigte. An der Innenseite der Tür zu seiner neuen Stuben war ihm in jenen Tagen eine kleine Tafel aufgefallen. Die darauf abgebildeten Sirenensignale hatte eine unbekannte Hand mit krakeliger Schrift ergänzt. Obermaat Altmeier, laufen, laufen, laufen, ... hatte dort gestanden.

Zunächst hatte er sich noch nichts dabei gedacht. Erst als sich ihnen beim ersten Antreten ihr Gruppenführer vorgestellt hatte, war der erste Teil der Prophezeiung erfüllt: Obermaat Altmeier.

Und von da an war er gelaufen, gelaufen, gelaufen. Sobald sie das Gebäude verließen, hatten sie laufen müssen: zum Essen, zum Unterricht, zum Sport, beim Sport, ... Einmal war er sogar im Traum gelaufen und dabei fast aus seiner schmalen Koje, so wurden auch an Land die Betten bei der Marine genannt, gefallen.

Wie oft hatte der Matrose Benning daran gedacht, aufzugeben? Doch es hatte kein Zurück mehr gegeben. Sein Wehrdienstberater im Kreiswehrersatzamt Bergisch-Gladbach hatte ihn mit vollmundigen Karriereversprechungen auf moderne Art und Weise schanghait und ihm ein Vier-Jahres-Ticket ohne Rückfahrkarte ausgestellt. Unzählige Male hatte Benning ihn dafür in den folgenden Wochen verflucht.

Doch mit der Zeit war es besser geworden. Und als dann auch noch die Pfunde gepurzelt waren und von Tag zu Tag, von Woche zu Woche aus Robbe ein Robbie geworden war, hatte der Spaß begonnen und mit ihm auch die Begeisterung. Am Ende der Grundausbildung hatte er auf stolze fünfzehn Kilo zurückgeblickt, die in Form von literweise Schweiß die Lister Dünen getränkt hatten. Seitdem war seine tägliche Zehnkilometer-Runde nicht mehr wegzudenken.

Die Temperaturen waren jetzt, wo sich die Sonne langsam dem Horizont entgegensenkte, einigermaßen erträglich. Noch einmal kontrollierte Benning den Sitz seiner Socken und los ging es. Am Fußweg angekommen, der nur getrennt durch die Randdünen parallel zum Strand verlief, bog er unwillkürlich nach rechts ab: Kurs Nord. Mit dem Abschalten, so wie er sich das vorgestellt hatte, war es dann aber doch nichts. Jedenfalls befand er sich zu seiner Verwunderung auf einmal genau an dem Strandübergang, hinter dem man gestern die unglückliche Doreen gefunden hatte. Instinktiv verkürzte er seine Schritte. Im lockeren Trab achtete er auf mögliche Besonderheiten rechts und links des Weges.

Du Dummerchen, dachte er schließlich kopfschüttelnd und lächelte über seine eigene Naivität. Eine Armada von Polizisten hatte hier alles umgekrempelt und dabei etwas übersehen, das er jetzt so eben mal im Vorbeilaufen entdecken würde.

Benning nutzte den Schwung der abschüssigen Strecke zum Wasser, um wieder Tempo aufzunehmen.

Normalerweise sah er vorher auf den Tidenkalender, der bei ihm an der Küchentür hing, wenn er beabsichtigte am Strand zu laufen. Doch heute war er ohne es geplant zu haben hier gelandet.

Man muss auch mal Glück haben, dachte er mit Blick auf das ablaufende Wasser, das ihm seine Laufstrecke befestigt hatte und sich nun immer weiter zurückzog. Er genoss den ersten tiefen Atemzug, der ihm den Geruch von Meer und Schlick, den er so liebte, in die Lungen spülte.

Am Strand herrschte bereits Aufbruchstimmung: Strandmuscheln flatterten im Wind, während man versuchte, sie sorgsam zusammenzurollen. Aus großen Strandtaschen entführten kleine Kinderhände immer wieder ihre Schäufelchen und Förmchen, die Mutti eben erst dort verstaut hatte. Offenbar waren sich die

Generationen über die Dauer des Strandaufenthalts noch nicht ganz einig. Und so hingen kurz darauf kleine revoltierende Frechdachse an den Händen ihrer Eltern, die mit ihrem Strandhausrat bepackt zu den Dünendurchlässen strömten, wo sie sich, einer Karawane gleich, durch das Nadelöhr fädelten.

Ein langer Strandtag neigte sich so seinem Ende zu und in den Pensionen, Hotels und Unterkünften traf man sich einige Zeit später zum Après-Beach. Für die einen war dies das gemütliche gemeinsame Abendbrot in der Ferienwohnung, nachdem man zuvor eng umschlungen in der Abenddämmerung über die Strandpromenade geschlendert war. Andere entschieden sich, sportlich leger gekleidet, für einen kleinen Imbiss bei Gosch mit anschließendem Kneipenbummel. Exclusive Restaurants verwöhnten ihre gut situierten Gäste mit den neuesten Kreationen aus ihren Sterneküchen und die Jugend stahl sich nach dem gemeinsamen Abendbrot mit der Familie nach Sonnenuntergang wieder an den Strand. Dort glühte man dann abseits in kleinen Strandkorbburgen mit hochprozentigen Getränken aus dem Supermarkt vor. Gegen Mitternacht füllten sich sodann die einschlägigen Discos und Klubs mit von außen und innen glühenden Tanzwütigen.

Für Benning war das jetzt die schönste Zeit am Strand: Die Sonne hatte an Kraft verloren und den ganzen Tag über Sand und Wasser aufgeheizt. Das Gewimmel und turbulente Treiben war einer wohl tuenden Ruhe gewichen, die nur hier und da der Schrei einer Möwe unterbrach. Von Zeit zu Zeit nahm ihn diese entspannende Atmosphäre derart gefangen, dass er sich noch das i-Tüpfelchen am Ende so eines Abendlaufs gönnte: Die Laufsachen am Strand zurücklassend stürzte er sich dann in die warme Wasserflut und ließ sich entspannt in der sanften Meeresdünung treiben. Diese Ruhe, die ihn auch jetzt mehr und mehr einnahm, übertrug sich gleichzeitig auf seinen Laufrhythmus: Locker trabend folgte er dem Spülsaum immer weiter in Richtung Norden.

In Wenningstedt verließ er einige Zeit später den Strand. Mit einem kurzen Spurt jagte er die Treppe zum *Kliffkieker* hinauf und trieb damit seinen Puls in die Höhe. Diese regelmäßig eingestreuten Temporeize sollten ihm helfen, eine gewisse Grundschnelligkeit zu erhalten. Über das Jahr schaffte er sich so die Grundlagen, um beim jährlichen Sylt-Lauf, der sich von Hörnum nach List zog, im ersten Drittel der Läufer ins Ziel zu kommen.

Vorbei am Wenningstedter Dorfteich ging es nun zur Ostseite der Insel. In Höhe des Kampener Leuchtturms begegnete ihm eine Frau, die dort mit ihrem Schäferhund spazieren ging. Auf ihr Kommando machte Hasso artig am Wegesrand Sitz und sein Frauchen sah Benning freundlich an.

»Danke«, lächelte er zurück. Es war weiß Gott keine Selbstverständlichkeit, dass Hundebesitzer so auf Läufer reagierten. Normalerweise rannten ihm Hunde ohne Leine wild kläffend entgegen oder hetzten hinter ihm her. Meistens blieb er dann stocksteif stehen und wartete bis Herrchen oder Frauchen ihren Vierbeiner wieder unter Kontrolle hatten. 'Keine Angst, der will nur spielen!' war nur einer der Kommentare, die er sich dann als Dank dafür anhören durfte, dass er seinen Lauf unterbrochen hatte. - Warum fragte ihn eigentlich nie jemand, ob er auch spielen wolle?

Hasso, der eigentlich Rex hieß, wie Benning im Vorbeilaufen Frauchens lobenden Worten entnommen hatte, war wohl gerade die gleiche Frage durch den Kopf gegangen. Jedenfalls machte er urplötzlich und wild bellend einen Satz auf ihn zu. Dabei zerrte Rex wie entfesselt an seiner Leine, an deren anderem Ende ihn Frauchens Stimme energisch ermahnte: »Das ist pfui!«

Ich bin weder 'das' noch 'pfui', dachte Benning und für einen Moment überlegte er, ob er nicht umdrehen und das klarstellen sollte. Allerdings entschied er sich nach einem prüfenden Schulterblick auf Rex dann doch lieber für die Sicherheit des vor ihm liegenden Weges.

Schritt für Schritt beruhigte sich sein Puls nach dieser Aufregung wieder und kurz darauf hatte er in seinen normalen Laufrhythmus zurückgefunden. In der Stille hier unten auf der Wattseite, die so im Gegensatz zu der rauen Westküste stand, ließ er seinen Gedanken freien Lauf. Zunächst ziellos umherschweifend fokussierten sich seine Gedanken dann rasch wieder auf den einen Punkt. Der Punkt, der sein derzeitiges Gefühlschaos hervorrief: Gunda.

»Ach, Henning«, seufzte Benning und blickte Hilfe suchend zum Himmel. Und auf einmal schien es ihm, als ob da tatsächlich das unverkennbare und unbekümmerte Lachen seines Freundes wäre.

Anfang '84 hatten sie sich in der Marinesanitätsstaffel in List kennengelernt. Henning Paulsen war damals gerade frisch aus der Grundausbildung zu ihnen gestoßen und er selbst hatte zu dem Zeitpunkt nur noch ein halbes Jahr Restdienstzeit gehabt. Sie hatten sich auf Anhieb verstanden und weder Strand noch Diskotheken waren vor ihnen sicher gewesen. An den Wochenenden war Henning meistens zu seiner Frau Anja und ihrer kleinen Gunda nach Flensburg gefahren. Es war eine kurze aber intensive Zeit, in der eine tiefe Freundschaft gewachsen war. Auch nach Bennings Entlassung war ihr Kontakt nie ganz abgerissen. Etwas später war Henning mit seiner kleinen Familie nach Sylt gezogen und dort hatte er sie in den darauf folgenden Jahren immer wieder besucht.

Benning lächelte gedankenverloren. Er lief weiter Richtung Süden und bog nach einem Kilometer rechts auf die Keitumer Chaussee, wo ihn jäh ein brutaler Schlag aus seinen Erinnerungen riss. Nur mit Mühe konnte er verhindern, nicht ins Stolpern zu geraten, so sehr hatte er sich erschrocken. Wütend blickte er dem Lastwagen hinterher, der mit so hoher Geschwindigkeit an ihm vorbeigerast war, dass ihn der Fahrtwind voll erwischt hatte.

Benning erfasste nun auch wieder eine störende Unruhe, als er den regen Abendverkehr registrierte: Urlauber, die vom Strand kamen, begegneten denen, die schon wieder auf dem Weg in das pulsierende Städtchen waren. Und so war er froh, als er kurz darauf endlich in den Horstweg abbiegen konnte. Von dort war es nun auch nicht mehr weit bis zur Marinesiedlung.

Die Sonne stand bereits tief im Westen, als er sich nach seinen obligatorischen Dehnübungen noch einmal rausgesetzt hatte. Mit einem großen Glas Apfelschorle in der Hand saß er auf der kleinen weißen Holzbank vor seinem Haus und genoss die angenehme Wärme der Abendsonne. Er schloss die Augen und ließ es zu, dass eine wohlige Müdigkeit zunehmend von ihm Besitz ergriff. Fast hätte er dabei sogar sein Glas fallen lassen, das langsam seiner erschlaffenden Hand entgleiten wollte. Erschrocken setzte sich Benning auf und blinzelte in das leuchtende Abendrot. Mit einem kräftigen Zug leerte er sein Glas und erhob sich schwerfällig. Jetzt 'ne schön heiße Dusche, dachte er und schlurfte zurück ins Haus.

3.

»Drah di net um - oh, oh, oh. Schau, schau der Kommissar geht ...« Endlich! Benning legte hastig den Kochlöffel in die Spüle und griff gespannt zu seinem Smartphone.

»Moin, Michael«, begrüßte er den Inselkommissar, noch bevor dieser sich melden konnte. »Gibt's was Neues?«

»Vielen Dank für die freundliche Begrüßung und ja, Robbie, es gibt Neuigkeiten. Der Obduktionsbericht ist da.«

»Und?«

»Nicht am Telefon! Können wir uns treffen?«

»Sicher! Hast du schon gegessen?«

Benning lauschte einen Moment gespannt. Selbst wenn Hinrichs schon gegessen haben sollte, würde das seine Antwort nicht beeinflussen.

»Nein«, kam es auch schon vom anderen Ende der Leitung. Benning grinste.

»Dann schmeiß ich noch ein paar Nudeln in den Topf. Bei mir sind wir ungestört.«

»Bin schon auf dem Weg. Aber Robbie...«

»Ja?«

»Bitte nicht wieder so viel Knofel.« Hinrichs erinnerte sich leidvoll an die gerümpften Nasen seiner Kollegen, nachdem er das letzte Mal bei seinem Freund Pasta gegessen hatte.

»Kein Problem«, erwiderte Benning und sah etwas ratlos in den Topf, während er die Knoblauchpresse langsam beiseitelegte.

»In zwanzig Minuten bin ich bei dir. Bis gleich.«

Schnell schob Benning sein Handy in die Tasche und versuchte eilig die Reste des frisch gepressten Knoblauchs mit einem Teelöffel aus der Bolognesesoße zu fischen. Gut, dass er noch nicht umgerührt hatte.

»Du weißt, dass ich dir das eigentlich gar nicht erzählen darf?« Hinrichs sah ihn eindringlich mit erhobenen Augenbrauen an. Er hatte am Esstisch Platz genommen und blickte hungrig auf den Teller mit den dampfenden Spaghetti. »Wenn ich auch nur ein Sterbenswörtchen davon in der Zeitung lese, sind wir geschiedene Leute.« Er beugte sich vor und stopfte die erste Portion Pasta in den Mund.

»Wie lange arbeiten wir jetzt schon zusammen?«, fragte Benning mit leicht beleidigtem Unterton in der Stimme.

»Ich sag's ja nur«, nuschelte Hinrichs mit vollem Mund. Er nahm eine Papierserviette aus dem Plexiglashalter, der vor ihm auf dem Tisch stand, und stutzte. Verwundert musterte er den kleinen Tannenbaum mit den goldenen Christbaumkugeln und roten Schleifen, der auf der Ecke der Serviette prangte.

»Waren gerade keine anderen da«, entschuldigte sich Benning achselzuckend. Hinrichs griente ihn wissend an, während er sich Tomatensauce aus den Mundwinkeln tupfte. Er nahm einen Schluck Cola und begann endlich zu erzählen: »Doreen Neu ...« Er verstummte. Fast hätte er sich verplappert. »Ich meine die Ermordete ist tatsächlich erdrosselt worden. Vermutlich mit einem Seidenschal. Allerdings fehlt von dem jede Spur. Ein Sexualdelikt konnten die Kieler auf jeden Fall ausschließen.«

Er fuhr erneut mit seiner Gabel durch die Spaghetti, drehte sie umständlich auf und versuchte sie anschließend, wieder tief über den Teller gebeugt, in den Mund zu schieben. Bis hierhin hatte diese Taktik prima funktioniert, doch jetzt trat ein kleiner Spritzer Tomatensauce den Beweis für die Existenz von Murphy's Law an und mogelte sich auf Hinrichs zitronengelbes Poloshirt.

»Mist«, fluchte er. »Als ob ich es geahnt hätte.« Sofort versuchte er, die Flecken vorsichtig mit der Serviette abzutupfen, was jedoch genau das Gegenteil bewirkte.

»Oh, nein«, jammerte er. »Das war doch ganz neu. Und das bei den Inselpreisen.« Und bevor Benning reagieren konnte, stürzte Hinrichs auch schon in die Küche.

»Warte, ich gebe dir ein sauberes ...«, rief er ihm noch hinterher, doch es war bereits zu spät.

»Nun schau dir das an.« Hinrichs stand niedergeschlagen in der Küchentür und wies auf seinen Bauch. Statt einiger kleiner Spritzer Tomatensoße trug sein nigelnagelneues Poloshirt nun zwei große ausgewaschene Fettflecken. Benning konnte sich ein Grinsen gerade noch verkneifen.

»Du hast nicht etwa das Spültuch genommen?«

So, wie das Hemd aussah, hatte diese Frage zweifellos nur rhetorischen Charakter.

»Doch«, antwortete Hinrichs kleinlaut. »Ich hab' so schnell nichts anderes gefunden.«

Benning stand auf und sah sich die Bescherung aus der Nähe an. So, wie das Hemd aussah, konnte nur noch eine sofortige Maschinenwäsche helfen. Und selbst hierbei war der Erfolg fraglich, so sehr hatte Hinrichs die Soße verrieben.

»Warte, ich hole dir erst einmal ein frisches T-Shirt. So kann ich dich nicht mehr auf die Menschheit loslassen.«

Mit ein paar Sätzen sprang er nach oben ins Schlafzimmer und kam kurz darauf mit einem seiner älteren, schon etwas ausgeleierten T-Shirts zurück. Schmunzelnd beobachtete er anschließend, wie sein Freund, der um die Hüften eine Idee kräftiger als er selbst war, versuchte sich das Hemd über den Bauch zu ziehen. Dann nahm er das Unglückshemd und stieg kopfschüttelnd in den Keller.

»Nun lass' ...«, wollte Hinrichs ihn noch aufhalten, doch da hatte er die Waschküche schon fast erreicht. Zurück aus dem Keller fragte sich Benning, ob sein Freund bekleidungsmäßig nicht vom Regen in die Traufe gekommen war. Dort wo eben noch Fettflecken dominierten, lugte jetzt neugierig ein behaarter Bauchansatz zwischen Hosenbund und Hemd hervor, in dessen Mitte ein kleiner heller Fussel neugierig aus dem Bauchnabel lugte.

»Na, bis nach Hause reicht es«, versuchte er Hinrichs zu trösten und klopfte ihm zuversichtlich auf die Schulter.

»Können ja nicht alle so 'n Hungerhaken wie du sein«, verteidigte sich Hinrichs mürrisch.

»Jetzt aber bitte nicht den Spruch mit dem Waschbärbauch«, lachte Benning und brachte die Teller in die Küche. »Ich mach' uns erst mal 'nen Kaffee.«

»Übrigens, bevor ich es vergesse ...« Hinrichs war ihm gefolgt und lehnte sich in den Türrahmen. »Der Fleck unter dem Auge war wirklich Blut. Und es stammte nicht von der Toten. Dafür war es identisch ... und jetzt halt dich fest ... mit Blutresten, die an der Rose gesichert wurden.«

»Das heißt ja ...« Benning unterbrach das Einschenken und sah ihn mit großen Augen an.

»... das es höchstwahrscheinlich vom Mörder stammt«, ergänzte Hinrichs. »Im Moment wird es durch die DNA-Datenbanken gejagt.«

Sie setzten sich zurück an den Tisch und Benning beobachtete, wie Hinrichs seinen Kaffee mit sage und schreibe sechs Löffeln Zucker 'veredelte'. Da muss man sich ja nicht wundern, dachte er mit einem Blick auf den Bauch seines Freundes, der im Sitzen noch ausladender wirkte. Hinrichs schien seine Gedanken zu erraten. Mit einer Hand zupfte er verlegen an dem kurzen Hemd, während er nachdenklich in seinem Kaffee rührte. Er wirkte dabei auf Benning, als ob er gerade eine wichtige Entscheidung treffen musste.

»Was ich dir jetzt sage, darf auf gar keinen Fall an die Öffentlichkeit«, sagte er schließlich mit ernster Stimme. »Jedenfalls noch nicht zum jetzigen Zeitpunkt.« Hinrichs hatte offenbar einen Beschluss gefasst.

Benning horchte auf. Man konnte seinem Freund ansehen, dass er irgendetwas mit sich herumschleppte, das schwer auf ihm lastete. Hinrichs Sorgenfalten sprachen Bände.

»Es ist nicht offiziell«, fuhr Hinrichs leise fort. »Ich sage dir das von Freund zu Freund.«

Benning nickte stumm.

»Wir haben es höchstwahrscheinlich mit einem Doppelmörder zu tun!«

»Wie bitte?« Benning sah ihn fassungslos an. »Noch ein Mord?«

Die Nachricht hatte eingeschlagen, wie eine Bombe. Er war aufgesprungen und lief aufgeregt auf und ab.

»Aber wieso hast du nichts gesagt?«, wandte er sich kopfschüttelnd an Hinrichs. »Warum auf einmal diese Heimlichtuerei?« Er stützte sich mit einer Hand auf den Tisch und mit der anderen auf die Rücklehne von Hinrichs Stuhl. Dann sagte er mit einem vorwurfsvollen Blick: »Mensch, Michael! Hier läuft ein Doppelmörder auf unserer Insel rum. Die Leute müssen doch gewarnt werden. Wir haben Hochsaison!«

»Robert! - Robert!«, versuchte Hinrichs ihn zu besänftigen. »Beruhig dich bitte. Es gibt keinen zweiten Mord.«

Benning sah ihn verständnislos an.

»Aber du hast doch eben ...«

»Ja«, bestätigte Hinrichs mit ruhiger Stimme. »Es gibt zwar einen weiteren Mord, aber nicht hier, sondern in Flensburg.«

Benning ließ sich wieder auf seinen Stuhl sinken. Das verstehe, wer wolle.

Hinrichs nahm einen Schluck Kaffee und begann zu erklären: »Die Kollegen aus Flensburg haben den Fahndungsaufruf erhalten und sich sofort an einen ähnlichen Fall erinnert, der allerdings schon fünf Jahre zurückliegt.«

»Versteh' ich nicht?«, sagte Benning. »Wie kommt ihr nach so langer Zeit darauf, dass die Morde zusammenhängen könnten?«

Hinrichs beugte sich zur Seite und griff nach seiner alten, abgegriffenen Aktentasche, die ihn scheinbar immer und überall hin begleitete. Neugierig beobachtete Benning, wie er die in der Mitte angebrachte Schnalle öffnete und die Klappe zurückschlug. Nach einem kurzen Blick in die Tasche entnahm Hinrichs ihr eine Aktenmappe, klappte sie auf und schob sie zu ihm herüber.

»Deswegen!«

Benning sah eine schlechte Kopie, bei der es sich offenbar um ein Tatortfoto handelte. Jedenfalls ließen die vielen Schildchen mit Zahlen, die irgendwelche Hinweise markierten, keinen anderen Schluss zu.

»Darf ich vorstellen?«, fragte Hinrichs. »Andrea Schumann, 19 Jahre aus Eckernförde. Ein Segler hat sie damals in der Nähe des Flensburger Jachthafens in einem Gebüsch gefunden. Sie war mit ihren Eltern auf einer Segeltour nach Dänemark und von einem abendlichen Discobesuch nicht zurückgekehrt.«

Benning sah seinen Freund betroffen an.

»Das haben mir die Flensburger heute Morgen zugemailt. Sieh es dir mal genau an.« Hinrichs nahm die Kopie aus der Mappe und hielt sie ihm mit beiden Händen vors Gesicht.

Das tote Mädchen auf dem Bild hatte helle, wahrscheinlich blonde Haare. Auf der Schwarz-Weiß-Aufnahme ließ sich das jedoch nur erahnen. Wie die

Tote vom Weststrand lag auch Andrea Schumann, wie schlafend, auf dem Rücken. Und dann entdeckte Benning, was sein Freund gemeint hatte.

»Eine Rose«, stammelte er entgeistert.

»Eine Rose«, wiederholte Hinrichs und legte das Bild vor ihm auf den Tisch. »Genau, wie bei uns.« Er nahm einen Schluck Kaffee und fügte hinzu: »Entweder spielt uns ein riesengroßer Zufall einen Streich oder aber wir haben es hier mit ein und demselben ...«

Ein schrilles Klingelstakkato aus dem Flur ließ ihn jäh zusammenzucken. Zweimal lang, einmal kurz.

»Willst du nicht aufmachen?«, fragte Hinrichs, nachdem er wieder Luft geholt hatte, und deutete mit einer Kopfbewegung in Richtung Haustür.

Nun hatte sie lange genug gewartet. Langsam wandte sich Gunda zum Gehen. In der Hoffnung, er könnte doch noch öffnen, machte sie sich zunächst nur zögerlich auf den Rückweg zu ihrem Wagen. Doch mit jedem Meter wurden ihre Schritte länger. Bevor sie einstieg blickte sie noch einmal von Bennings Cabrio, das neben ihrem Mini in der Auffahrt stand, zum Haus. Vielleicht war er ja laufen. Resignierend zuckte sie die Schultern und ließ sich hinter das Lenkrad ihres Wagens sinken. Sie blickte auf die Uhr im Armaturenbrett. Ihre Mittagspause reichte gerade noch für einen Abstecher zu *Leysieffers.* Schön in der Sonne sitzen und bei einem Latte macchiato Touris beobachten. - That's it. Unternehmungslustig steckte sie den Schlüssel ins Zündschloss und setzte schwungvoll aus der Auffahrt.

»Und wenn es doch wichtig war?«, fragte Hinrichs, der sich darüber wunderte, dass Benning nicht nachgesehen hatte, wer an der Tür gewesen war.

»Was Wichtiges war's schon«, antwortete Benning vielsagend und dachte an Gunda, die er eben schweren Herzens hatte vor der Tür stehen lassen. »Aber das hier ist im Moment wichtiger.«

Er stand auf und holte die große Leselupe, die einst sein Urgroßvater zum Zeitunglesen benutzt hatte, aus einer kleinen Schublade seines Sekretärs. Anschließend beugte er sich über die Kopie des Tatortfotos und glich ein wenig einem Luftbildauswerter, wie er so die Aufnahme noch einmal genauer untersuchte.

»Eure Drucker sind aber auch nicht mehr die besten.«

»Du weißt doch: Der Staat muss sparen«, seufzte Hinrichs und wollte gerade einen Schluck Kaffee nehmen, als ihn ein freudiger Aufschrei Bennings hellhörig werden ließ.

»Bingo! Sieh hier.« Aufgeregte hielt Benning ihm die Lupe hin. »Da, unter dem linken Auge.« Trotz der schlechten Bildqualität hatte er entdeckt, wonach er gesucht hatte.

»Tatsächlich. Das sieht fast genauso aus wie der Blutfleck bei unserer Toten.« Hinrichs hob den Kopf und sah ihn fragend an. »Aber wer ist so tölpelhaft und sticht sich zweimal an einer Rose?«

»Und hinterlässt auch noch an der gleichen Stelle eine Blutspur«, fügte Benning mit einer ordentlichen Portion Ironie hinzu. »Mensch, Michael, wenn das wirklich ein Blutfleck ist, dann war das Absicht. Ein

Hinweis auf seine Person. Und wenn jemand so eindeutige Spuren zurücklässt, dann muss er sich verdammt sicher fühlen.«

Hinrichs nickte und kratzte sich gedankenversunken an seinem Bauch, der sich aufs Neue unter dem viel zu engen Hemd hervorgeschoben hatte. »Ich werde mir gleich noch mal die Flensburger Akte vornehmen. Hoffentlich haben die damals ihre Hausaufgaben gemacht. In jedem Fall wird das Labor heute wohl noch Überstunden machen müssen.«

In der Westerländer Innenstadt wimmelte es jetzt um die Mittagszeit nur so von Menschen. Nur mit Glück hatte Gunda noch einen freien Tisch ergattern können. Ihre Mittagspause war somit doch noch gerettet. Und während sie auf ihren Latte macchiato wartete, lehnte sie sich entspannt zurück, reckte die Nase in die Sonne und genoss ihre warmen Strahlen auf dem Gesicht.

»Entschuldigung. Ist hier noch frei?«

Gunda blickte auf. Vor ihr stand ein elegant gekleideter Mann, den sie auf den ersten Blick auf Ende vierzig schätzte. Er lächelte sie freundlich an und deutete mit seiner Sonnenbrille auf den Stuhl neben ihr.

»Ja, sicher«, antwortet sie und blinzelte ihn verwunderte von unten an. Warum setzt er sich denn dann nicht?, fragte sie sich. Dann fiel ihr Blick auf ihre Handtasche, die sie vorhin neben sich auf den Stuhl gelegt hatte.

»Verzeihung«, entschuldigte sie sich rasch und hängte den City Bag über ihre Armlehne.

»Kein Problem«, erwiderte der Fremde und rückte sich den Stuhl ein wenig zurecht, bevor er neben ihr Platz nahm. »Um diese Uhrzeit ist es hier leider immer schrecklich voll. Vor allen Dingen bei so einem Wetterchen.« Er bestellte einen Espresso und stopfte sich ohne ein weiteres Wort eine Pfeife, die er zuvor aus seiner ledernen Handgelenktasche gezogen hatte.

Wenigstens keiner von diesen Schwätzern, dachte Gunda und beobachtete aus dem Augenwinkel, wie er ein Streichholzbriefchen aus der Hosentasche zog.

»Oh, verzeihen Sie«, sagte er unvermittelt und sah sie verlegen an. »Wie unhöflich von mir. - Stört es Sie, wenn ich rauche?«

»Nein«, lachte Gunda. »Rauchen Sie nur. Wir sind ja hier an der frischen Luft.« Und obwohl sie überzeugte Nichtraucherin war, meinte sie das durchaus ernst. Sie mochte den Geruch von aromatischem Pfeifentabak, und wie sie kurz darauf feststellen konnte, enttäuschte sie ihr Tischnachbar nicht: Herrlich süßliche Tabakaromen zogen in Form kleiner Rauchwölkchen zu ihr herüber. Erneut wagte sie einen verstohlenen Blick. Er hatte sich entspannt zurückgelehnt und betrachtete paffend das Treiben vor *McDonald's*.

Gunda überlegte. Irgendetwas an ihm zog sie an. Er strahlte so eine seltsame Vertrautheit aus, die sie nicht einordnen konnte. War es sein Alter? - Er musste ungefähr Robbies Jahrgang sein. - Oder lag es an seinem markanten Gesicht? Vielleicht war es aber auch nur der Dreitagebart und die grauen, auf einen Millimeter gekürzten Haaren, die ihm eine gewisse Ähnlichkeit mit Heiner Lauterbach verliehen.

»Es macht Ihnen ganz sicher nichts aus?« Offenbar hatte er ihren Blick bemerkt und sah sie nun mit hochgezogenen Augenbrauen über den Rand seiner Sonnenbrille an.

»Nein, nein«, wehrte Gunda ab. »Ganz im Gegenteil. Der Tabakgeruch erinnert mich ein wenig an meinen Vater. Der hat früher auch schon mal eine Pfeife geraucht.«

»Und jetzt gehört er sicher, wie so viele, der Nichtraucher-Fraktion an«, vermutete ihr Gegenüber mit einem verschmitzten Lächeln.

»Nein«, antwortete Gunda berührt. »Er ist vor ein paar Jahren gestorben!«

»Oh, das tut mir leid«, entschuldigte er sich sofort mit einem aufrichtigen Blick, während er sich eilig in seinem Stuhl aufrichtete. »Wie dumm von mir.«

»Schon gut. Das konnten Sie ja nicht wissen.« Sie bemühte sich zu lächeln und fügte hinzu: »Wahrscheinlich wäre er jetzt tatsächlich Nichtraucher.«

Er schüttelte energisch den Kopf.

»Nein, nein. Das war dumm und unsensibel von mir. Wo bleibt nur heute meine gute Kinderstube? Ich lass' aber auch kein Fettnäpfchen aus. Sehen Sie, ich hab mich Ihnen auch noch nicht einmal vorgestellt. - Mein Name ist Bens, Peter Bens.«

Gunda, die sich längst wieder gefangen hatte, grinste in sich hinein. Fehlte nur noch, dass er sich einen Wodka-Martini bestellte. Natürlich geschüttelt, nicht gerührt.

»Paulsen, Gunda Paulsen«, antwortete sie ebenfalls in bester James-Bond-Manier, doch eine Reaktion seinerseits blieb aus. Offenbar beschäftigte ihn sein kleiner Fauxpas noch immer. Stattdessen folgte die obligatorische Frage aller Fragen, die man im Sommer auf einer Nordseeinsel stellen konnte: »Sind Sie auch im Urlaub hier?«

Man, ist der verspannt, dachte Gunda. Mal sehen, ob er auch ein Späßchen versteht.

»Nein, ich gehöre zum Inselinventar«, ließ sie auch gleich den ersten Versuchsballon steigen und sah frech zu ihm herüber. Bens hob verdutzt die Augenbrauen.

»Na, zu den Inselpiraten«, raunte sie ihm geheimnisvoll hinter vorgehaltener Hand zu. »Die die Touris ausnehmen.«

Mit gespieltem Entsetzen wich er zurück und hob theatralisch die Hände.

»Muss ich jetzt an den Mast?« Er wies mit einer Kopfbewegung zu dem großen Fahnenmast am Ende der Friedrichsstraße.

Geht doch, dachte Gunda zufrieden und war froh, sich nicht in ihm getäuscht zu haben.

»Vielleicht«, sagte sie bedeutungsvoll. »Das kommt auf meine Laune an. Sie wissen ja: Piraten sind sehr launisch.«

»Und wie ist Ihre Laune im Moment?«

»Gar nicht gut«, antwortete sie und begann auf einmal, auf der Suche nach ihrem Portemonnaie, ihre Handtasche zu durchwühlen.

»Ich hoffe, das hat nichts mit mir zu tun«, fragte er vorsichtig.

»Was?«

»Na, dass Sie schlechte Laune haben und jetzt auch noch das Weite suchen.«

Gunda blickte irritiert auf. Dann verstand sie.

»Nein«, lachte sie und kramte erneut in den unergründlichen Tiefen einer Damenhandtasche. »Die Pflicht ruft. Ich muss wieder Geld von meinen Galeerensträflingen eintreiben.«

»Lassen Sie nur«, sagte Bens, der ihr offensichtliches Dilemma bemerkt hatte. »Sie sind selbstverständlich mein Gast.«

»Danke, aber irgendwo muss doch dieses blöde Portemonnaie sein.« Erneut schob sie den Inhalt ihrer Tasche fieberhaft von links nach rechts. Ihre Mittagspause war nun fast zu Ende und diese verflixte Börse blieb verschwunden. Da legte sich sanft eine Hand auf ihren Arm und unterbrach ihr immer hektischer werdendes Treiben.

»Ich bestehe darauf. Schließlich habe ich mich schlecht benommen und Sie auch noch die ganze Zeit vollgequalmt. Und wenn die Piratenbraut schlechte Laune hat, schickt sie mich womöglich am Ende noch über die Planke.«

Gunda sank nachgiebig in sich zusammen und lächelte ihn dankbar an. Die Situation war ihr unsäglich peinlich. Was musste er jetzt von ihr denken?

»Betrachten Sie es als kleines Lösegeld«, schlug Bens vor. »Damit habe ich fürs nächste Mal einen launigen Pluspunkt. Wir sehen uns doch wieder?«

Für gewöhnlich ließ Gunda sich nicht so einfach um den Finger wickeln, aber im Moment half er ihr wirklich aus der Patsche. Wahrscheinlich hatte sie ihr verdammtes Portemonnaie mal wieder im Auto liegen lassen. Andererseits war ihr der Gedanke an ein Wiedersehen alles andere als unangenehm.

»Wer weiß?«, erwiderte sie unverbindlich und sah ihn herausfordernd an.

Bens griff in die Brusttasche seines Hemdes und reichte ihre eine Visitenkarte.

»Falls sie einmal auf Kaperfahrt in Hamburg seien sollten. - Oder in den nächsten drei Wochen noch Lösegeld brauchen. - So lange bin ich nämlich noch hier.«

Gunda nahm die Karte und erhob sich. Seine Antwort, die sie zu nichts drängte, gefiel ihr. Da hatte sie schon ganz andere Dinge erlebt. Wenn er sie jetzt noch gehen ließ, ohne nach ihrer Nummer zu fragen, könnte es tatsächlich ein nächstes Treffen geben.

»Nochmals danke«, verabschiedet sie sich. Jetzt wurde es für sie aber auch wirklich Zeit. Obwohl ihr noch knapp fünf Minuten blieben, würde Michaela sicher schon auf ihre Ablösung warten. Bei dem Wetter! »Und hüten Sie sich vor Seeräubern!«, winkte ihm Gunda mit einem Zwinkern zu und drehte sich um.

»Das werde ich«, rief er ihr lachend hinterher. »Einer am Tag ist auch genug. War trotzdem nett, Sie kennen gelernt zu haben.«

Statt einer weiteren Antwort wedelte sie im Weggehen noch einmal mit der Visitenkarte und bog kurz darauf nach links in die Dünenstraße.

Über den Rand seiner Sonnenbrille hatte Bens ihr noch hinterher gesehen, bis sie hinter einer Hausecke verschwunden war. Er schob seine Brille selbstsicher lächelnd mit einem Finger zurück. Wetten, dass sie sich innerhalb der nächsten drei, nein zwei Tage melden würde?

Selbstbewusst verschränkte er die Arme im Nacken und beobachtete weiter den bunten Lindwurm aus Urlaubern, der sich in Richtung Strand an ihm vorbeischob.

Mit einem dumpfen Schlag kündigte die Pendeluhr den Beginn der nächsten halben Stunde an. Sie hatte oft geschlagen, seit Hinrichs wieder zurück zu seiner Dienststelle gefahren war. Benning hatte sofort damit begonnen, alle Neuigkeiten auf seinem Laptop zusammenzustellen. Aus den Informationen hatte er dann die herauskopiert, die sich seiner Meinung nach für den nächsten Artikel eignen könnten. In einem speziellen Schreibprogramm hatte sich nach und nach der Text zusammengefügt, der nun fertig vor ihm lag.

Benning blickte auf. Halb acht. Noch ein abschließender Blick dann lehnte er sich zufrieden zurück. Für heute reichte es nun auch. Per copy and paste landete der Entwurf in seinem Mailprogramm und eine Sekunde später bei Hinrichs.

So, mein Lieber, dachte er. Nun bist du an der Reihe. Bis spätestens morgen Mittag hatte Hinrichs nun Zeit noch sein Veto einzulegen und ihm notwendige Korrekturen zu übermitteln. Doch so wie er ihn kannte, würde noch heute Abend eine Antwort in seinem Postfach landen. Trotzdem, für ihn war jetzt Schluss. Feierabend. Er klappte sein Laptop zu und verstaute es wieder im Sekretär. Dann nahm er die beiden Tassen vom Esstisch, die dort noch von heute Mittag standen und wollte sie gerade in die Küche bringen, als ihn ein kurzer Klingelton aufhorchen ließ. Eine SMS. Für einen Moment blieb er unschlüssig stehen. War das etwa schon Michael? - Nein, das wäre selbst für seinen Freund zu schnell. Er stellte die Becher wieder ab und griff nach seinem Smartphone. Es war Gunda. Kurz und schnörkellos schrieb sie: Ab sofort werden hier zwei Croques kalt.

Lächelnd schloss Benning die SMS. Wenn das keine Seelenverwandtschaft war. Keine fünf Minuten war es her, dass er, nach einer unüberhörbaren Mahnung seines Magens, den gleichen Gedanken gehabt hatte. Von der *Croque-Cuisine* in der Paulstraße war es nur ein Katzensprung bis zu Gundas Wohnung. Und so war das gemeinsame Baguette-Essen nach Feierabend schon fast zu etwas wie einer Gewohnheit geworden.

»Du ahnst nicht, was heute wieder los war«, sagte Gunda. »Einigen Hotelgästen ist scheinbar die viele Sonne nicht gut bekommen!«

Benning lächelte verständnisvoll und küsste sie auf die Wange.

»Was gab's den schon wieder?«

Er schloss die Tür und folgte Gunda ins Wohnzimmer. Diese Art der Begrüßung kannte er nur zu gut. Und auch wenn sie heute wirklich etwas abgespannt aussah, klagte sie doch meistens mehr aus einem Bedürfnis heraus, ein bisschen Anerkennung für ihren Job zu bekommen. Da sich dabei natürlich alles fast ausnahmslos um die Gäste und die gleichen, immer wiederkehrenden Probleme drehte, wiederholten sich auch die Gründe für Gundas Klagen. Er kannte sie alle: Zugverspätungen, Zimmer nicht fertig, Reinigungskräfte ausgefallen, Wetter zu warm, Wetter zu kalt, Wetter zu nass ... Die Liste ließe sich beliebig fortsetzen. Aber wie schon gesagt: er kannte sie alle. Trotzdem war er ein geduldiger Zuhörer, auch wenn es ihm manchmal nicht leicht fiel. Doch er merkte auch, wie gut ihr das tat, mal einfach alles rauszulassen. Doch zu seiner Überraschung wiegelte sie heute mit einer kraftlosen Handbewegung ab.

»Ach lass«, sagte sie. »Ich will mich nicht noch mal aufregen. Erzähl mir lieber von deinem Tag. Was gibt's Neues?«

Sie setzten sich an den niedrigen Couchtisch, auf dem schon zwei herrlich dampfende Thunfisch-Croques auf sie warteten. Dazu hatte Gunda ihnen ein Glas Rotwein eingeschenkt.

»Och, eigentlich so gut wie nichts«, log Benning. Von Hinrichs Besuch und den neuesten Entwicklungen in dem Mordfall wollte er heute noch nicht erzählen, auch wenn es ihm in den Fingern kribbelte. Doch die Angst sich zu verplappern hielt ihn zurück.

»Und wo warst du dann heute Mittag?«, bohrte Gunda weiter. »Ich war in der Mittagspause kurz bei dir. Warst du laufen?«

Mit einem zustimmenden Nicken nahm er diese Vorlage für eine Ausrede dankend auf und biss herzhaft in sein Croque. Das schaffte Luft sich einen Tagesablauf zu konstruieren, der nichts mit dem Mordfall zu tun hatte. Gunda sah ihn enttäuscht von der Seite an. Eigentlich hatte sie gehofft, ein paar Neuigkeiten über die Tote vom Weststrand zu erfahren. Wann hatte man schließlich schon mal die Gelegenheit so dicht an Ermittlungen bei einem so schrecklichen Verbrechen zu sein?

»Welche Strecke?«

»Ooch, nur hoch zum Klappholtal«, sagte Benning mit vollem Mund. »Dann an der Ostseite zurück. War ganz schön warm zwischen den Dünen.«

Gunda nickte wissend und nahm einen Schluck Rotwein. Sie überlegte, ob sie ihm von ihrer neuen Bekanntschaft erzählen sollte. Dieser Peter Bens war ihr nicht mehr aus dem Kopf gegangen. Auf seltsame Weise fühlte es sich aufregend an, wenn sie an ihn dachte. Nein, es waren nicht die berühmten Schmetterlinge im Bauch. Vielmehr glich das Gefühl mehr dem, das sie als Kind gehabt hatte, wenn sie jedem voller Stolz das neueste Spielzeug zeigen wollte. - Aber was sollte sie sagen? Etwa die Wahrheit? Vielleicht: Ich hab' da heute einen netten Mann kennengelernt? - Und dann? - Nein, das kam ihr selbst ein wenig zu blöd vor. Vielleicht war es einfach noch zu früh.

Benning hatte den Fernseher angeschaltet. Auf *Pro 7* lief noch der Rest der *Comedy Street XXL*.

»Oh prima, lass an«, sagte Gunda und rückte dichter an ihn heran. Ein gemütlicher Fernsehabend war wohl jetzt das Beste, um abzuschalten. Einfach nur berieseln lassen, ohne sich Gedanken über nervige Gäste oder interessante Bekanntschaften machen zu müssen.

In der ersten Werbepause zappte Benning aus Gewohnheit durch die Kanäle und erwartete jeden Moment Gundas Protest. Sie hasste diese Umschalterei, wie die Pest. Doch zu seiner Überraschung blieb alles ruhig. Nur ein leises Schnarchen drang an sein Ohr. Vorsichtig schielte er zu ihr herüber. Sie hatte ihren Kopf an seine Schulter gelehnt und die Augen fest geschlossen. Der schwere Rotwein und der anstrengende Arbeitstag hatten unverkennbar ihren

Tribut gefordert. Behutsam strich er ihr eine Strähne aus dem Gesicht und betrachtete ihre sanften Züge. Am liebsten hätte er sie jetzt geküsst ...

Im Fernsehen herrschte Weltuntergangsstimmung. Bei Quarks & Co. berichtete man über Apophis und die Folgen eines Meteoriteneinschlages auf der Erde. Mit einem leichten Seufzer machte es sich Gunda jetzt richtig gemütlich. Sie legte ihren Kopf auf seinen Schoß und schlief sofort weiter. Benning blickte glücklich auf sie herab und streichelte ihr zärtlich über die Wange. Ein Lächeln umspielte ihre Mundwinkel. Es schien ihr zu gefallen.

So ging die Zeit dahin. Wie oft er mittlerweile aus Langeweile alle Programme hoch- und runtergeschaltet hatte, vermochte er nicht mehr zu sagen. Auf der Uhr des DVD-Players war es elf und sein Körper rebellierte immer heftiger gegen die inzwischen anstrengende Sitzposition. Seit Gunda es sich auf seinem Schoß bequem gemacht hatte, hatte er es nicht gewagt, sich zu bewegen. Er wollte diesen Moment ihrer Nähe so lange wie möglich auskosten. Doch inzwischen brannte sein Rücken wie Feuer und sein rechtes Bein war eingeschlafen. Schweren Herzens gab er nach und schob sich vorsichtig unter ihr weg, tunlichst darauf bedacht, sie ja nicht zu wecken. Schwerfällig erhob er sich anschließend vom Sofa und streckte sein steifes Kreuz. Gundas Atemzüge waren immer noch ruhig und gleichmäßig. Zufrieden stellte er vorsichtig die Teller zusammen und wollte sie gerade zusammen mit den Weingläsern in die Küche bringen, als eine müde Stimme hinter ihm fragte: »Willst du schon los?«

»Ja, es wird Zeit«, antwortete er leise. »Schlaf ruhig weiter«

Gunda hatte mühsam ihren Oberkörper hochgedrückt und sah ihn etwas orientierungslos aus schmalen Augen an. Es folgte ein kurzer Blick auf die Uhr, bevor sie sich mit einem zustimmenden 'Hmm' wieder in das Kissen sinken ließ, das er ihr vorhin noch schnell unter den Kopf geschoben hatte.

Kurz darauf fiel die Haustür mit einem metallischen Klacken hinter Benning ins Schloss. Draußen empfing ihn eine frische Abendbrise, die zwischen den Häuserfronten wehte, und strich ihm angenehm kühl über das Gesicht. Auch wenn er nur ein Glas Wein getrunken hatte, merkte er doch dessen Wirkung. An seinem Wagen hielt er kurz inne. Ein bisschen frische Luft und Bewegung würde ihm und seinem malträtierten Rücken sicher gut tun. Also schob er kurzerhand die Autoschlüssel zurück in die Hosentasche und schlenderte in Richtung Strandstraße davon.

Das Westerländer Kino entließ soeben seine letzten Besucher aus der Spätvorstellung und ein paar Meter weiter entlockte ihm die gähnende Leere vor dem *Café Wien* ein Lächeln. Wie fremd der Platz doch ohne die sich tummelnden Scharen von Urlaubern wirkte. Ein Bild, das er sonst nur aus Wintertagen kannte. Auf seinem weiteren Weg erhob sich kurz darauf das massive Gebäude der *Sylter Welle* im schwachen Licht der Straßenlaternen. Fast schien es, als ob der moderne Wellnesstempel Kraft für den nächsten ereignisreichen Tag tanken würde. Benning konnte schon das leise Rauschen des Meeres hören. Vorbei am verwaisten Häuschen des Kurkartenkontrolleurs sprang er mit kurzen Schritten die Treppe zur Strandpromenade hinunter. Hier mischte sich zu dem Geräusch der sich brechenden Wellen das Flattern der Flaggen, die im Abendwind an ihren Leinen zerrten.

Am Ende der Promenade stützte er sich mit beiden Armen auf das weiße Holzgeländer und blickte hinaus auf die dunkle See. Vom Strand drang gedämpftes Gelächter zu ihm herauf. Ein paar Jugendliche hatten einige Strandkörbe im Halbkreis zusammengestellt und schienen hier draußen einen weiteren Ferienabend mit ihren Urlaubsbekanntschaften zu feiern. Immer wieder glimmte zwischen den Körben schwach die Glut einer Zigarette auf, die offenbar von Hand zu Hand weitergereicht wurde. Er ahnte, was dort die Runde machte.

In der Ferne zogen Positionslichter vereinzelter Schiffe vorbei. Benning versuchte sich an ihre Bedeutung zu erinnern: Gehörten zwei Topplichter nun zu Schiffen über 50 Meter Länge oder zu einem Schleppverband?

Ja, es war lange her. Früher hätte er diese Frage noch aus dem Effeff beantworten können. Damals, als er für ein halbes Jahr auf einem Minensuchboot gefahren war. In jener Zeit hatte er auch seine Liebe zur See entdeckt, die ihn danach nicht mehr losgelassen und ihn schließlich hier hin geführt hatte. Wie er diesen Ort und diese Stimmung liebte. Ach, dachte er, könnte doch Gunda jetzt hier sein. Vielleicht würde diese romantische Stimmung sie ja ...

4.

»Achtzehn?«

»Ja.«

»Zwanzig?«

»Joooo!«

»Zwo?«

»Passe!«

»Dein Spiel!«

Henning Paulsen nahm die zwei verdeckt auf dem Tisch liegenden Karten und betrachtete sie argwöhnisch. Er verzog das Gesicht, was seine beiden Skatbrüder umgehend mit einem hämischen Grinsen quittierten.

»Ihr verdammten Maurer«, schimpfte Paulsen und sortierte die Karten zu den anderen in seinen Fächer. Sein Grand war geplatzt. Er überlegte: Vielleicht Kreuz mit einem? Über den Rand seiner Karten schielte er prüfend in die Runde. Matthias Schneider, rechts von ihm, verzog keine Miene und nahm scheinbar teilnahmslos einen kräftigen Schluck aus seiner Bierflasche. Roland Knorr, der in Vorderhand saß, hatte seine Karten sauber vor sich aufgestapelt und korrigierte gelangweilt immer aufs Neue ihre Lage.

Ihr mit eurem Pokerface, schmunzelte Paulsen. Er sortierte zwei Karten aus, legte sie zur Seite und verkündete selbstsicher: »Pik!«

Auch wenn sie um keinen hohen Einsatz spielten, pro Punkt ein Zehntel Cent, wollte er kein Risiko eingehen und Kreuz hätte er mit Sicherheit versiebt.

Wie auf Kommando waren seine Mitspieler auf einmal putzmunter. Schneiders Bierflasche landete mit einem dumpfen Schlag auf der Tischplatte und Knorr riss den eben noch so umsorgten Kartenstapel in die Höhe und spreizte ihn zu einem Fächer.

»Karo«, rief er laut und schmetterte die erste Karte auf den Tisch.

»Die Polizei bittet um ihre Mithilfe«, appellierte derweilen Sabine Zimmermann im Hintergrund an die Zuschauer des *ZDF*. Paulsen blickte kurz auf.

»Hier spielt die Musik«, ermahnte ihn Schneider und spielte den Karokönig. Von der Seite beobachtete er gespannt, wie Paulsen wohl auf dieses Angebot reagieren würde.

»Dann mach halt die Glotze aus«, entgegnete Paulsen gereizt. Ihm ging Schneiders permanent laufender Fernseher schon lange auf den Geist. »Immer das gleiche Theater, wenn wir bei dir spielen. Muss die blöde Kiste den pausenlos laufen?«

Schneider blickte nach rechts, als ob er von Knorr Schützenhilfe erwarten könnte, doch der zuckte nur gleichgültig mit den Achseln. Schließlich saß er mit dem Rücken zum Bildschirm und bekam so gut wie nichts von dem mit, was dort gerade gezeigt wurde. Es interessierte ihn auch nicht. Vielmehr konzentrierte er sich lieber auf das Spiel. Und dabei nervten ihn eigentlich nur diese unnötigen Unterbrechungen.

»Du bist dran«, mahnte Schneider erneut und sah Paulsen trotzig an. Er dachte gar nicht daran, das Gerät auszuschalten. Bei anderen lief den ganzen Tag das Radio und bei ihm nun mal die Glotze. So kam wenigstens etwas Leben in seine triste Junggesellenwelt.

Wie zwei Boxer beim Stare-down sahen sie sich beharrlich in die Augen.

»Wenn du die Flimmerkiste nicht ausstellst, dann beschwer dich gefälligst auch nicht«, stellte Paulsen klar. Und ohne den Blick abzuwenden, spielte er die Karozehn, die er bereits die ganze Zeit zwischen seinen Fingern gehalten hatte. Die ersten vierzehn Punkte gingen schon mal an ihn.

»... während zu den Morden an Brigitte Mesbach aus Westerstede und ...«

Für einen Moment ließ er seine Finger, so als könne er sich nicht entscheiden, über den Fächer gleiten. Dann spielte er mit einer ausholenden Bewegung das Herz-As.

»... aus Oldenburg nur wenige Hinweise eingingen, konnte ...«

Knorr und Schneider mussten bedienen. Mit einem lauten Klopfen seiner Fingerknöchel, die hart auf die Tischplatte krachten, präsentierte er als nächstes die Herzzehn.

Schwein gehabte, dachte er, als auch dieser Stich an ihn ging. Sein Spiel schien tatsächlich aufzugehen. Er betrachtete die gewonnenen Karten und rechnete kurz, bevor er sie auf seinen Stapel legte und die nächste ausspielte. Kreuzkönig. - Ein Friedensangebot.

»... geht davon aus, dass es sich bei den Morden um denselben Täter handelt.«

Knorr, der nun an der Reihe war, zögerte. Offenbar hatte er kein Kreuz und überlegte, ob er trumpfen oder ein Pfund reinschmeißen sollte. Hilfe suchend schielte er zu Schneider. Doch der war vollkommen in seine eigenen Karten vertieft.

Mensch Mattes, dachte Knorr ärgerlich. Ihm war aufgefallen, dass Paulsen schon wieder wie gebannt auf den Fernseher starrte. Eine günstigere Gelegenheit gab es wohl kaum. Doch Schneider blickte weiter unschlüssig vor sich hin. Schließlich entschied sich Knorr resignierend für einen Trumpf. Prompt erntete er einen bitterbösen Blick seines Spielpartners, der inzwischen aus seiner Teilnahmslosigkeit erwacht war und mit dem Kreuz-As bedienen musste. Vorwurfsvoll hob Knorr die Augenbrauen und spielte noch einmal Karo an, von dem Schneider auch noch eine Karte hatte. Erwartungsvoll richteten sich ihre Augen jetzt auf Paulsen, der von alledem nichts mitbekommen hatte und nach wie vor auf die Mattscheibe stierte.

»Du bist dran«, mahnte diesmal Knorr. Doch ohne Erfolg. Paulsens Blick hing weiter wie gebannt an dem Bildschirm.

»Henning?« Schneider klopfte nun sachte mit der Faust an Paulsens Kopf. »Jemand zu Hause?« Obwohl dieser Spruch seit *Zurück in die Zukunft II* seinen Kultstatus längst eingebüßt hatte, fand er ihn immer noch wahnsinnig originell. Knorr nicht. Wenigstens hatte Schneiders Aktion den erwünschten Erfolg. Gedankenverloren blickte Paulsen abwechselnd zwischen den beiden hin und her.

»Was ist denn mit dir los?«, fragte Schneider jetzt doch etwas besorgt. »Du bist ja käseweiß.«

»Nichts, Mattes«, antwortete Paulsen leise und warf geistesabwesend die Kreuzsieben ab. »Geht schon wieder.«

Seine Skatbrüder schauten sich überrascht an. Kein Trumpf? - Er ließ vierzehn Punkte einfach so liegen? Knorr zuckte die Achseln, so als ob er sagen wollte: Wer nicht will, der hat schon. Mit einer ausholenden

Handbewegung schmiss er den Stich auf ihren Haufen, während Schneider nachspielte. Von nun an ging Stich für Stich an die beiden. Lediglich den letzten holte Paulsen mit seinem Kreuzbuben.

»Vergeigt«, verkündete Schneider überheblich, nachdem er ihre Punkte, demonstrativ laut, Karte für Karte, ausgezählt hatte. Und während er mit wichtiger Miene das Ergebnis auf dem kleinen Notizblock notierte, schob Knorr die Karten zusammen und begann neu zu mischen.

»Seid mir nicht böse«, entschuldigte sich Paulsen unvermittelt und erhob sich vom Tisch. »Mir ist nicht gut. Hab' wohl was Falsches gegessen.« Er nahm ohne eine weitere Erklärung seine Jacke von der Stuhllehne und streifte sie sich mit einer ungelenken Bewegung über.

»Du kannst doch jetzt nicht einfach abhauen«, beschwerte sich Schneider. »Nur weil du verloren hast!« Für ihn waren ihre wöchentlichen Männerrunden das Highlight in seinem sonst so trostlosen Leben zwischen Arbeit und Fernsehen.

»Quatsch«, sagte Paulsen und zog gereizt die Stirn in Falten. »Mir ist wirklich nicht gut. Lasst uns nächste Woche weiterspielen. Die Punkte könnt ihr von mir aus mitnehmen!« Damit wandte er sich zum Gehen.

»Das werden wir auch«, rief ihm Schneider lauthals mit erhobenem Zeigefinger hinterher. Paulsen quittierte den Ausbruch lediglich mit einer müden Handbewegung, die offen ließ, ob es sich um einen Abschiedsgruß oder einen Wink à la 'Du kannst, mich mal' handelte.

»Was war denn mit dem los?«, fragte Knorr, nachdem die Tür hinter Paulsen ins Schloss gefallen war.

»Ich sag' doch, schlechter Verlierer«, erwiderte Schneider mit hochrotem Kopf. Er war immer noch auf hundertachtzig.

»Ach, was. Mit dem Blatt hättest sogar du gewonnen.«

»Was soll das heißen? So langsam reicht es mir. Dreht ihr heute alle durch? Erst der Stress wegen dem Fernseher, dann Hennings Abgang und nun noch so 'n dämlicher Spruch.«

»Nun reg' dich mal wieder ab.« Mit einer beschwichtigenden Geste legte Knorr ihm kumpelhaft die Hand auf die Schulter. »Lass uns lieber noch ein Bierchen zischen.«

Schneider sah ihn für einen Moment mürrisch an, dann erhellte sich seine Miene wieder etwas. 'Bierchen zischen' war, wie er fand, eine sehr gute Idee. Mit drei kräftigen Schlucken war dann sein Ärger auch fast schon wieder verflogen. Er nahm die Fernbedienung und begann von einem Sender zum nächsten zu zappen.

»Mal sehen. Vielleicht gibt's ja irgendwo noch 'nen schönen Krimi.«

Knorr verdrehte die Augen. Wenigstens ging das Bier heute auf Schneiders Rechnung, sonst ...

Paulsen hing matt über dem Lenkrad seines Wagens. Das, was er eben gesehen hatte, ging ihm einfach nicht aus dem Kopf. Und auf einmal tauchten wieder die Erinnerungen an jene verhängnisvolle Sommernacht auf. Wie lange war das jetzt her? Zwanzig Jahre? Er schüttelte den Kopf. Würde ihn dieser Albtraum denn nie loslassen? Er merkte, wie die Übelkeit erneut in ihm hochkam. Und diesmal konnte er sich nicht beherrschen. Er riss die Wagentür auf und erbrach einen Schwall bitteren Bieres auf den Kies des Parkplatzes. Dann sank er schwer atmend in seinen Sitz zurück. Es war grauenvoll. Wenn seine Vermutung wirklich richtig war, dann ...

Unbeholfen zerrte er sein Handy aus der Jackentasche und wählte mit zittrigen Fingern. Dann lauschte er ungeduldig dem Freiton.

»Los mach schon. Geh ran!«

»Hallo«, meldete sich die Stimme seines Freundes von der Mailbox. »Ich bin leider zurzeit ...«

»Scheiße«, fluchte Paulsen leise und ließ das Telefon langsam sinken. Tränen der Verzweiflung stiegen ihm in die Augen. »Mensch Robbie. Wo bist du?« Er versuchte es erneut. Doch abermals landete er lediglich bei der Bandansage.

»Verdammt, verdammt, verdammt!« Hilflos trommelte er mit der Faust auf dem Lenkrad herum. Er hasste sie wie die Pest! Diese blöden Anrufbeantworter.

»Robbie! Ich muss dich dringend sprechen. Bitte melde dich so schnell wie möglich. Es ist wichtig. Bin jetzt auf dem Weg nach Hause.« Es hatte ihn viel Überwindung gekostet nun doch auf die Mailbox zu sprechen. Aber nachdem sich auch bei seinem dritten Versuch wieder nur die Stimme vom Band gemeldet hatte, war ihm kein anderer Ausweg mehr in den Sinn gekommen. Jetzt blieb nur noch die Hoffnung, dass sein Freund sich so schnell wie möglich melden würde. Paulsen legte das Telefon griffbereit auf den Beifahrersitz und startete den Motor.

Auf der L 24 gab er dann richtig Gas. Die wütenden Lichthupen des Gegenverkehrs hinderten ihn nicht daran, auch weiterhin die vor ihm schleichenden touristischen Verkehrshindernisse zu überholen. Warum er es so eilig hatte, wusste er selber nicht. Doch er merkte, wie gut ihm das Adrenalin tat, das sein fliegender Puls durch seine Adern jagte. In Wenningstedt kam er gerade noch so eben bei Dunkelgelb über die Kreuzung. Rechtzeitig anzuhalten wäre ihm auch gar nicht mehr möglich gewesen, da seine Tachonadel der hundertvierzig näher war, als den erlaubten siebzig. Dafür wählte er diese Geschwindigkeit für seine Fahrt durch Kampen. Und so schaffte er es diesmal, wenn auch nur mit quietschenden Reifen, bei Rot zum Stehen zu kommen. Die schweißnassen Hände am rauen Stoff seiner Jeans abwischend, blickte er zu den Gästen im *Manne Pahl* hinüber, die sein Bremsmanöver mit missbilligenden Blicken und Kopfschütteln quitierten.

Na, dachte er, habe ich euren schönen Urlaubsabend gestört? Schon fast provozierend spielte er, mit den Fingern ungeduldig auf das Lenkrad trommelnd, mit dem Gaspedal. Wie ein Rennfahrer vor dem Start eines entscheidenden Grand Prix fixierte er die Ampel. Nach einer gefühlten Ewigkeit sprang sie endlich auf Grün. - Später würden einige Besucher des Restaurants bei der Polizei aussagen, dass ein silberner Passat mit quietschenden Reifen durch Kampen gerast war. Und auch ein älteres Ehepaar würde von einem Wagen mit aufheulendem Motor berichten, der an ihnen vorbeigeschossen war, während sie vor dem Schaufenster des *Joop Store* gestanden hatten.

Ortsausgang Kampen. Paulsen drückte gerade das Gaspedal noch einmal richtig durch, als plötzlich sein Handy klingelte. Endlich! Das musste Robbie sein. Er nahm das Telefon vom Beifahrersitz und versuchte umständlich das Gespräch entgegenzunehmen. Dabei rutschte es ihm aus der vor Aufregung zitternden und inzwischen wieder schweißnassen Hand. Im hohen Bogen fiel es zurück auf den Sitz und sprang von dort in den Fußraum.

»Scheiße«, fluchte er laut und bückte sich eilig zu dem immer noch klingelnden Telefon. In dem Moment, als er es endlich mit den Fingerspitzen erreichte, sah er aus dem Augenwinkel einen plötzlich wie aus dem Nichts auftauchenden Schatten.

Noch mal sein Leben wie im Film zu betrachten, dafür blieb Henning Paulsen an diesem Tag in der lang gezogenen Rechtskurve nördlich von Kampen keine Zeit mehr.

Robert Benning drückte die Taste mit dem roten Telefonhörer. Nun hatte er es wirklich lange genug klingeln lassen. Erst vor wenigen Minuten war er von seinem Abendläufchen zurückgekehrt. Die blinkende Leuchte an seinem Anrufbeantworter war im sofort aufgefallen und wie gewöhnlich hatte er direkt das Band abgehört. So aufgeregt hatte er seinen Freund noch nie erlebt. Es wird doch nichts mit Anja oder Gunda passiert sein, dachte er ängstlich. Vor lauter

Besorgnis zögerte er zunächst, bevor er sich letztlich doch durchrang, es nun über die Festnetznummer zu probieren.

5.

Auf Hinrichs war wirklich Verlass. Benning hatte gleich nach dem Frühstück neugierig sein E-Mail-Postfach gecheckt und dort die Freigabe seines Artikels vorgefunden.

Der arme Kerl, dachte er mit einem Blick auf die Sendezeit und lächelte mitleidig. Hinrichs hatte sich mal wieder die halbe Nacht um die Ohren geschlagen. Leider waren keine wesentlichen Neuigkeiten hinzugekommen, die den doch sehr dürftigen Artikel noch hätten etwas aufbauschen können. Daran änderte auch die Information nichts, dass die Gerichtsmedizin in Kiel bereits einen vorläufigen Kurzbericht geschickt hatte. Offizieller Todeszeitpunkt war demnach der 19. Juli, ein Uhr morgens.

Etwas enttäuscht betrachtete Benning seinen knappen Text. Der würde Silke Ingwersen überhaupt nicht gefallen. Und auch wenn Benning nur ein kleiner Gelegenheitsjournalist war, der sich die wesentlichen Grundlagen für seine Arbeit autodidaktisch angeeignet hatte, bei den knappen Vorgaben hätte auch ein Starjournalist sicher nicht mehr herausholen können. Oder vielleicht doch. Der hätte nämlich mit Sicherheit keine Rücksicht auf die Ermittlungen der Polizei genommen und noch flugs die Hinweise aus Flensburg mit aufgenommen. Für Benning stand das allerdings außerhalb jeglicher Diskussion. Niemals würde er für eine reißerische Schlagzeile seine beste Quelle aufs Spiel setzen und schon gar nicht seine Freundschaft zu

Michael Hinrichs. Und so landete der Artikel, nahezu unverändert, im elektronischen Postfach der Redaktion.

Wie zu erwarten gewesen war, klingelte kurz darauf das Telefon. Es war Silke Ingwersen, die sich immerhin für die pünktliche Zusendung bedankte. Das war es dann aber auch schon und Benning wusste, dass er sie beim nächsten Mal nicht so einfach würde abspeisen können. Aus diesem Grund verbrachte er den restlichen freien Vormittag damit, schon einmal einen ersten Rohentwurf für den Folgeartikel zu entwerfen, in dem nun auch die Zusammenhänge mit der Toten aus Flensburg nicht unerwähnt blieben.

Zum Mittagessen hatte er sich mit Hinrichs im *Hendl House* am Bahnhof verabredet, das nur einen Katzensprung von der Polizeiwache entfernt lag. Und auch wenn seine Hoffnung auf weitere Neuigkeiten unerfüllt blieb, konnte er zumindest seinen Freund mit einem frisch gewaschenen Poloshirt überraschen.

»Das gibt's ja nicht«, rief Hinrichs und hielt das quietschgelbe Hemd prüfend in die Höhe. »Du hast ja tatsächlich alle Flecken herausbekommen.«

Freudestrahlend legte er das Hemd so zusammen, wie es nur ein Michael Hinrichs konnte, und schob es anschließend genauso ungeschickt zurück in die Plastiktüte.

»Das hier ...« Hinrichs zeigte mit dem Finger auf die Reste von zwei Hähnchen mit Pommes rot-weiß. »Das geht natürlich auf mich.«

»Na, dann war das Bügeln ja nicht ganz umsonst«, verabschiedete sich Benning mit einem Lächeln von seinem Freund, der ihm verdutzt hinterherblickte. Hinrichs war wirklich ein hoffnungsloser Fall.

Einige Zeit später stand Benning in Gundas Wohnzimmer und wartete darauf, dass sie sich endlich umgezogen hatte. Nachdenklich betrachtete er dabei das Bild, das vor ihm auf dem Sideboard stand. Es zeigte ihn zusammen mit Henning Paulsen. Zwei junge Männer, die in ihren schmucken Matrosenuniformen fröhlich in die Kamera lachten.

Mensch ist das lange her, dachte er und nahm es von seinem Platz. Es muss so '84 gewesen sein; im Frühsommer vor der Marinesanitätsstaffel in List. Über Jahre hinweg hatte das Bild zusammen mit einem leicht zerfledderten Gummibaum und einigen verstaubten Kakteen dazu gedient, die Nüchternheit von Henning Paulsens engem Büro in der Lister Kaserne ein wenig aufzulockern. Später hatte es sein Freund ihm dann testamentarisch vermacht. Damals. Nach diesem furchtbaren Unfall. Warum ausgerechnet er das Bild bekommen hatte, wusste er allerdings bis heute nicht. Deshalb war es ihm auch nicht schwergefallen, es Gunda zu überlassen, als sie ihn vor einiger Zeit darum gebeten hatte. Ihre Ausbildung auf dem Festland hatte da kurz bevorgestanden. »Dann habe ich euch beide immer bei mir«, hatte sie gesagt und wieder ihren magischen Augenaufschlag eingesetzt, was in dem Fall überhaupt nicht ...

»Fertig!«, unterbrach Gundas Stimme aus heiterem Himmel seine Erinnerungen und ließ ihn zusammenfahren. Sie hatte sich von hinten an ihn herangeschlichen und ihm mit den Zeigefingern in die Seiten gepikst. Vor Schreck entglitt ihm das Bild und krachte auf den harten Holzboden, wobei die Glasscheibe in tausend Stücke zersprang.

»Oh nein!« Gunda schlug die Hände vor dem Gesicht zusammen. »Das tut mir leid!«

»Musst du mich denn auch so erschrecken?«, fragte Benning sichtlich verärgert. Nicht wegen des Bildes, sondern vielmehr wegen des Schrecks. Sie konnte sich aber auch anschleichen, diese kleine Katze.

»Tschuldigung. Ich konnte ja nicht ahnen, dass du dich gleich so doll erschreckst.«

Benning schüttelte mit übertriebener Verständnislosigkeit den Kopf.

»In meinem Alter kann so was tödlich sein!«

»Nun tu mal nicht so«, lachte Gunda erleichtert und knuffte ihn vor den Arm. Scheinbar hatte er seinen Humor schon wiedergefunden. »Du bist doch im besten Alter.«

Ob sie das ernst gemeint hatte?, dachte er mit einem Anflug von Midlife-Eitelkeit. Langsam ging er in die Hocke ging und begann damit, vorsichtig die Glasscherben, die sich über den ganzen Boden verteilt hatten, zusammenzuklauben.

»Warte, ich hol' schnell das Kehrblech«, sagte Gunda und verschwand in Richtung Küche. »Und schneid dich nicht auch noch!«

Mit spitzen Fingern zog Benning währenddessen behutsam das Foto und das Passepartout aus dem Scherbenhaufen. Zu seiner Verwunderung entdeckte er dabei einen Briefumschlag, der vorhin noch nicht da gelegen hatte. Er richtete sich langsam auf und betrachtete den Umschlag genauer.

»Merkwürdig«, sagte er leise zu sich selbst.

»Wo ist nur wieder dieses verdammte Kehrblech!«, schimpfte Gunda lauthals aus der Küche.

Für Robbie.

Benning stutzte. Der Brief war an ihn adressiert. Und die Handschrift kannte er auch nur zu gut. Eine Nachricht von Henning? Ungläubig runzelte er die Stirn. Der Umschlag musste offenbar all die Jahre hinter der Rückwand des Bilderrahmens verborgen gewesen sein.

»Ich hab's!«

Wie es aussah, hatte Gunda endlich das Kehrblech gefunden. Hastig stopfte Benning den Umschlag in die Tasche seines Laufgürtels, den er für gewöhnlich trug, wenn er länger als eine Stunde laufen wollte. So konnte er am bequemsten seine Trinkflasche transportieren. Und zum Laufen hatten sie sich verabredet. Deswegen war er hier.

»Jetzt lass mich mal dahin!« Mit wedelnden Armen scheuchte sie ihn vorsichtig aber bestimmt zur Seite. Dann fegte sie mit flinken Händen die Scherben zusammen, während Benning noch in Gedanken bei dem Brief war.

»Bist du noch sauer?« Gunda hatte sich wieder aufgerichtet und seinen gedankenverlorenen Blick bemerkt.

»Nein«, lächelte er sie kopfschüttelnd an. »Auch wenn mir fast das Herz stehengeblieben wäre. Du hast es wohl auf meine Lebensversicherung abgesehen.«

»Da gibt's wohl was zu holen?«, antwortete sie frech und verschwand wieder in der Küche, um die Scherben zu entsorgen.

Benning wollte ihr erst einmal nichts von dem Brief ihres Vaters erzählen. Nicht bevor er selbst wusste, was es mit dieser ominösen Nachricht auf sich hatte. Schließlich musste es ja einen Grund dafür geben, dass Henning ihn seinerzeit so gut versteckt hatte.

»So!« Gundas Blick schweifte zufrieden über den Boden. »Nachher noch mal schnell mit dem Staubsauger drüber und dann ist's gut. Nun lass uns aber erst mal los.«

Benning nickte und warf noch einmal einen Blick auf das Foto, das er zusammen mit dem Passepartout auf das Sideboard gelegt hatte.

»Ach Henning ...«, seufzte er leise.

»Was hast du gesagt?« Gunda sah ihn fragend über die Schulter an.

»Nichts. Nichts«, antwortete er hastig. »Ich werde dann gleich morgen 'nen neuen Rahmen besorgen!« Er folgte ihr in den Flur und wäre fast auf sie aufgelaufen. Mit schuldbewussten Blick sah Gunda ihn an.

»Tut mir wirklich leid! Ich weiß doch, was das Bild dir bedeutet.«

»Und dir ist es mindestens genauso wichtig«, antwortete er. »Also Schwamm drüber.«

Er küsste sie im Vorbeigehen auf die Wange und hielt ihr dann die Wohnungstür auf.

»Komm! Auf geht's«, sagte er aufmunternd und winkte sie durch. »Hast du deinen Schlüssel?«

»Aye-Aye!« Gunda schlug übertrieben die Hacken zusammen und grüßte mit der Hand an der Stirn.

»Dann los!«, lachte er und zog hinter ihnen die Tür ins Schloss.

Eine kühle Abendbrise wehte ihnen vom Meer über die Strandpromenade entgegen, als sie aus den Hauserfluchten der Friedrichsstraße heraustraten und damit auch endlich der Hitze der Stadt entkamen. Sie bogen auf die südliche Wandelbahn ab, an deren Ende ein Holzsteg sie bis zum Strandübergang am *Sylt-Stadion* führte. Zwischen Dünenkette und Südwäldchen folgten sie dem Stranddünenweg und liefen, kurz bevor sie den Campingplatz erreichten, nach links zum Fischerweg. Von dort ging es dann an der L 24 weiter in Richtung Rantum. So langsam hatten sie nun auch ihren Laufrhythmus gefunden, und waren sie bis hierhin weitgehend stumm nebeneinander hergelaufen, war es jetzt Gunda, die als Erste diese ungewöhnliche Stille durchbrach.

»Zu dumm mit dem Bild«, sagte sie. Und auch wenn sie genau wusste, dass Benning ihr längst verziehen hatte, dafür kannte sie ihn nun lange genug, plagte sie immer noch ihr schlechtes Gewissen. Immerhin hatte er das Bild von ihrem Vater geerbt und es stets in Ehren gehalten.

Benning blickte zu ihr herüber. Genau daran hatte er auch vor einem Augenblick noch gedacht. Allerdings weniger an das geerbte Bild, als vielmehr an das Vermächtnis, das sich dahinter versteckt hatte.

»Nun ist es aber wirklich gut«, sagte er mit einem gütigen Lächeln. »Ich hätte ja auch mit so was rechnen können. Schließlich kenne ich deine Faxen ja nun schon zur Genüge.« Damit war für ihn die Sache erledigt.

Vor ihnen lag jetzt Rantum. Ihr erstes Etappenziel. Sie überquerten die L 24 und bogen in die Hafenstraße ab. Zu ihrer Linken erhoben sich die roten Backsteinbauten von Görings ehemaligem Seefliegerhorst, heute ein ADS-Heim. Gegenüber lag der markante, an einen gestauchten Leuchtturm erinnernde Glasbau der *Sylt Quelle*. Dafür, dass hier normalerweise das *Meerkabarett* sein vielfältiges Programm präsentierte, war es heute erstaunlich ruhig, wie die beiden verwundert feststellten.

»Ist heute keine Vorstellung?«, wunderte sich Benning dann auch sogleich und sah Gunda fragend an. Sie zuckte die Achseln. Plötzlich hielt sie an und schlug sich mit der flachen Hand vor die Stirn. »Natürlich! Wir Deppen!«

Er drehte sich zu ihr um, während er weiter auf der Stelle trabte.

»Wieso?«

»Na, überleg doch mal ... Flughafen?«

Er hatte keine Ahnung, was sie meinte.

»Open Air?«

Jetzt fiel auch bei ihm der Groschen.

»Ina Müller?«, fragte er unsicher.

Gunda nickte.

»Sag nicht, dass das heute ist!«

Erneut nickte sie und setzte sich langsam wieder in Bewegung. In der Aufregung der letzten Tage hatten sie es doch glatt vergessen. Dabei hatten sie sich schon seit Wochen riesig auf Ina Müller gefreut. Ihr Programm 'Liebe macht taub' versprach einen unterhaltsamen Abend. Und erst recht bei diesem Kaiserwetter.

»Mist!«, fluchte Benning und sah auf die Uhr. Selbst wenn sie jetzt sofort umkehrten, würden sie es niemals rechtzeitig bis sieben schaffen. Dabei hätte ihm die Abwechslung nach den letzten turbulenten und belastenden Tagen wirklich gut getan.

»Die kommt bestimmt bald wieder«, versuchte Gunda, die ihm seine Enttäuschung ansah, ihn zu trösten. »Schließlich ist sie ja mit unserem Inselchen eng verbunden.« Damit spielte sie auf Ina Müllers Zeit als PTA in einer Westerländer Apotheke und ihren Karrierestart bei *Queen B* an.

»Trotzdem ...«, grummelte Benning muffelig.

Durch ein kleines Holzgatter gelangten sie auf den Damm des Rantumbeckens. Hier hatten sie nun Natur pur so weit das Auge reichte: Kein Baum und kein Strauch behinderte die Sicht weit hinaus über das Wattenmeer bis hin zum Festland. Eine Schafherde, die rechts und links des Weges graste, blökte sie auf einmal von der Seite an, als wolle sie sich über die Störung beschweren. Mit ihren Verdauungsrückständen hatten sie nicht nur den Deich, sondern auch die grauen verwitterten Betonplatten garniert. Im Slalom versuchten die beiden verzweifelt, nicht auf die vielbesungenen schwarz-grünen Kugeln zu treten. Das gestaltete sich allerdings, aufgrund ihrer Vielzahl, nicht so leicht und brachte sie vollkommen aus ihrem Laufrhythmus. Nachdem sie endlich wieder 'unvermintes' Gebiet erreicht hatten, legten sie eine kurze Pause ein. Auch wenn hier draußen selbst im Sommer fast immer ein laues Lüftchen wehte, waren sie bei der Aktion ziemlich ins Schwitzen gekommen.

»Möchtest du?« Benning hatte seine Trinkflasche aus dem Gürtel gezogen und hielt sie Gunda hin.

»Danke«, antwortete sie. Sie war durch diesen ungewohnten Zickzacklauf doch etwas außer Atem geraten. Sie trank in kurzen Schlucken und gab ihm die Flasche zurück, während sie sich mit der anderen Hand über den Mund wischte. Nachdem auch Benning getrunken hatte, setzten sie ihren Weg fort und waren schon bald, nachdem sie Keitum hinter sich gelassen hatten, ziemlich genau an der Stelle, wo Benning am Montag Bekanntschaft mit der Fahrtwindschleppe eines LKW gemacht hatte. Irgendwie und irgendwo kreuzten sich auf Sylt alle Laufstrecken.

Die Keitumer Chaussee war heute deutlich leerer. Es war für Strandrückkehrer auch schon etwas spät. Und so übertönte das Geräusch vorbeifahrender Autos kaum die Musikfetzen und den immer wieder aufbrausenden Applaus, der vom Flughafen zu ihnen herüberschallte. Gunda wechselte einen wehmütigen Blick mit Benning.

»Wollen wir wenigstens nachher zusammen essen?«, fragte sie.

Benning schüttelte den Kopf. »Ich will noch ein bisschen weiterlaufen und dann muss ich auch noch 'was arbeiten.«

»Ich lade dich auch ein.« So schnell gab Gunda nicht auf. Heute war einer ihrer wenigen freien Abende und den wollte sie nicht gerne alleine verbringen. »Schließlich habe ich ja noch was gut zu machen.« Doch selbst ihr treuer Dackelblick konnte ihn diesmal nicht umstimmen. Er brauchte jetzt wirklich Zeit für sich und Hennings Brief.

»Sei mir nicht böse, aber es geht wirklich nicht. Und gutmachen musst du schon gar nichts!«

Am Bahnweg sorgte etwas später die Fußgängerampel für einen letzten gemeinsamen Stopp. Hier sollten sich nun für heute ihre Wege trennen. Zu Gundas Wohnung ging es nach links und für ihn hieß es weiter geradeaus.

»Biiiitte«, bettelte sie. Ein letzter hartnäckiger Versuch sich gegen einen Abend alleine vor dem Fernseher zu stemmen. »Bis um neun hast du doch noch über eine Stunde, in der du alles erledigen kannst. Ich bestell' uns auch was Schönes.«

»Ein andermal«, sagte er schweren Herzens. »Etwas Ruhe würde dir aber auch mal ganz gut tun. Morgen musst du schließlich wieder ran.« Er küsste sie auf die Wange und drückte gleichzeitig zum wiederholten Male, und deshalb deutlich energischer, den Schalter der Ampel, die einfach nicht grün werden wollte.

»Erinnere mich nur nicht daran«, seufzte Gunda und im gleichen Moment signalisierte das Ampelmännchen, dass ihr Weg nun frei sei.

»Verlauf dich nicht!«, rief sie ihm noch zwinkernd hinterher. Benning winkte ihr lächelnd zu und verschwand ohne ein weiteres Wort im Wenningstedter Weg.

Nun hatte er Ruhe. Die Ruhe, die er brauchte, um seine Gedanken, die sich die ganze Zeit um den Brief seines Freundes drehten, zu sortieren. Hin- und hergerissen zwischen Neugier - am liebsten hätte er gleich hier den Umschlag aufgerissen - und einer unterschwelligen Angst vor dem, was ihn möglicherweise erwartete, lief er wie ferngesteuert vor sich hin. Über die Fußgängerbrücke, die die L 24 überspannte, ging es hinüber zur Braderuper Heide. Der ruhige Dauerlauf bremste nach und nach sein Gedankenkarussell und machte Platz für neue Bilder. Bilder der Vergangenheit, die sich auf eigenartige Weise mit dem Hier und Jetzt zu verknüpfen schienen. Er sah Henning, den frischgebackenen Vater, der ihm stolz das erste Foto seiner Tochter zeigte, das er hinter den Spiegel seines Spindes in der Lister Kaserne geklemmt hatte. Gunda muss da gerade vier Wochen alt gewesen sein. Dann die vielen Besuche bei den Paulsens in den folgenden Jahren, als er seine Ausbildung in Wilhelmshaven machte. Jede freie Minute hatte er bei ihnen auf der Insel zugebracht und war in der Zeit schon fast zu so etwas wie einem Familienmitglied geworden. Doch es war nicht nur diese tiefe Freundschaft, die ihn immer wieder hierher geführt hatte, sondern auch dieses zauberhafte Eiland, das ihn noch heute in seinen Bann zog.

Mittlerweile hatte er Kampen erreicht und lief den Strönwai, die legendäre Whiskeymeile des bekanntesten Inselortes, hinauf. Auch heute machte sie ihrem Ruf alle Ehre: Ein beachtlicher Fuhrpark an Nobelkarossen, die rechts und links des Straßenrandes parkten, ließen keinen Zweifel, dass sich hier einmal mehr das 'Who is Who' des Sommers ein Stelldichein gab. Für einen Moment lenkten ihn die Rolls-Royce, Ferraris, Maseratis und Bugattis, die in allen Variationen, Farben und Preisklassen an ihm vorüberzogen von seinen Gedanken ab. Er schmunzelte. Diese Welt war nicht seine. Und auch wenn der stattliche siebenstellige Betrag auf seinem Konto ihm ohne Probleme eine Eintrittskarte in diese Kreise verschaffen könnte, hatte er nie im Traum daran gedacht. Nein, das hier war wirklich nicht seins.

»Hoppla!«

In einer engen Kurve war er gedankenverloren um eine Syltrosenhecke auf die alte Inselbahntrasse eingebogen, wo urplötzlich eine schmuckbehangene Dame vor ihm gestanden hatte. Nur durch die beherzte Reaktion ihres Begleiters, der sie mit einem kräftigen Ruck zurückgezogen hatte, waren sie einem Zusammenstoß entgangen.

»Unverschämtheit! Passen Sie doch auf!« Wütend hob der Mann im marineblauen Sakko mit dem goldenen Emblem irgendeines Jachtklubs auf der Brusttasche drohend seine Faust.

»Sorry!«, rief Benning ihnen mit einem kurzen Blick über die Schulter zu und folgte weiter dem Weg in Richtung Wenningstedt. Unterwegs passierte er die *Uwe-Düne,* die mit mehr als fünfzig Metern über Normalnull die höchste natürliche Erhebung Sylts war. Bei schönem Wetter hatte man von dort oben einen herrlichen Rundumblick über fast die gesamte Insel. Seine Insel. Seine Leidenschaft. Noch heute kamen ihm die sechs Jahre, die er auf sie verzichten musste, wenn man einmal von den kurzen Ferienbesuchen absah, wie schwarze Löcher vor.

»Passt du auf meine Mädchen auf, wenn ich weg bin, oder mir was passiert?« Es war Henning, der mit einem Mal vor seinem geistigen Auge erschien und ihn mit dieser ernsten Miene ansah, die so untypischen für ihn war. Aber sein ernster Gesichtsausdruck war berechtigt gewesen, als er ihm damals diese Frage gestellt hatte. Für sechs Monate sollte er als Sanitäter mit den ersten Truppen in das Kosovo verlegen.

Eine Frage, die ihn noch heute mit Stolz erfüllte. Konnte es einen größeren Vertrauensbeweis in einer Freundschaft geben? Ohne zu zögern, hatte er seinem Freund das Versprechen gegeben. Nie hätte er zu dem Zeitpunkt gedacht, wie schnell und mit welcher Konsequenz er dieses Versprechen einlösen musste. Und obwohl er es nie bereut hatte - auch jetzt nicht -, war es gleichwohl ein Grund für sein derzeitiges Dilemma.

Henning Paulsen kehrte wohlbehalten zurück und alles schien gut zu sein bis ... bis zu jenem schwarzen Tag im Juni vor neun Jahren. In der lang gezogenen Rechtskurve am Ortsausgang von Kampen war sein Freund unter einen entgegenkommenden Sattelzug geraten. Die Wucht des Aufpralls hatte das Dach des Passats förmlich weggerissen. Henning musste sofort tot gewesen sein. Wie man später herausfand, hatte sich sein Freund wohl kurz zuvor nach seinem Handy gebückt. Es hatte etwas gedauert, bis Benning eins und eins zusammengezogen hatte. Doch dann war ihm in furchtbarer Weise klar geworden, dass es sein Anruf gewesen sein musste, der Henning abgelenkt und seinen Tod verursacht hatte. Verstohlen wischte er sich eine Träne aus dem Gesicht. Er hatte lange gebraucht, diesen Schock einigermaßen zu verkraften. Doch ganz losgeworden war er seine Schuldgefühle nie. Seinem Sport, einem guten Seelenklempner, aber vor allen Dingen Gunda war es letztlich zu verdanken, dass er an dieser Last nicht zerbrochen war. Nie hatte sie ihm einen Vorwurf gemacht. Was sie beide bis heute nicht wussten, war, was Henning damals so aus der Fassung gebracht hatte. Erst der plötzliche Abbruch seiner geliebten Skatrunde, dann sein überhasteter Aufbruch, der aufgeregte Anruf auf seiner Mailbox ... Überhaupt, dass er auf den Anrufbeantworter gesprochen hatte. Und dann auch noch seine Raserei ... Das alles hatte so gar nicht zu ihm gepasst. Hatte er vielleicht doch etwas aus seinem Einsatz mitgebracht? Etwas Schreckliches, von dem er nie erzählt hatte und das plötzlich wieder hochgekommen war?

Vor dem Einsatz hatte Henning Paulsen ein Testament machen müssen, das er auch danach nicht mehr geändert hatte. »Wer weiß, wozu es gut ist. Vielleicht fällt mir ja morgen der Himmel auf den Kopf«, hatte er mit dem für ihn so typischen unbekümmerten Lachen gesagt. War diese Unbekümmertheit etwa nur Fassade gewesen? Der Himmel war ihm zwar nicht auf den Kopf gefallen, dafür der tonnenschwere Auflieger.

Benning blickte überrascht auf. Soeben hatte er die letzten Häuser Wenningstedts hinter sich gelassen. So in seine Gedanken vertieft, hatte er gar nicht wahrgenommen, wie weit er schon gelaufen war. Vor ihm lag schon die Nordseeklinik und von dort waren es nur noch wenige Hundert Meter bis zu ihm nach Hause. Mit jedem Schritt, den er sich seinem Ziel näherte, stieg nun auch wieder dieses kribbelige Gefühl, diese Mischung aus Neugier und Angst, in ihm hoch. Es war diese eine Frage, die ihn ständig beschäftigte: Welches Geheimnis lauerte in dem Umschlag, den er nun schon die ganze Zeit auf seinem Weg über die Insel bei sich trug? Automatisch, fast wie ein Roboter, die Augen starr nach vorne gerichtet, spulte er Meter für Meter des restlichen Weges ab. Die Patienten, die in weißen Bademänteln auf ihren Balkonen hockten und heimlich Zigaretten in den Abendhimmel pafften und denen er normalerweise immer freundlich zuwinkte, mussten heute einmal auf seinen Gruß verzichten.

6.

»Lieber Robbie,

wenn Du dies liest, werde ich schon nicht mehr bei Euch sein. Ich hoffe, dass es Anja und meiner kleinen Gunda gut geht. Aber bei Dir sind sie ja in guten Händen. Ich konnte mich immer auf Dich verlassen und deswegen sorge ich mich auch nicht. Da ich nicht weiß, wann Du diese Zeilen findest, ist es Deine Entscheidung, ob und wann Du meinen Mädchen von dem, was ich Dir jetzt schreibe, erzählst. Sorry, aber es geht nicht anders. Ich weiß, eigentlich wäre das meine Aufgabe gewesen, aber bisher habe ich mich nicht getraut, oder es war einfach noch nicht der richtige Zeitpunkt. Nun, da Du diesen Brief in den Händen hältst, ist es zu spät ...«

Benning hatte nach seiner Rückkehr eilig einen Kaffee aufgesetzt und, während der durchlief, geduscht. Mit zittrigen Fingern hatte er anschließend den geheimnisvollen Umschlag geöffnet. Jetzt saß er, in Hennings Brief vertieft, in seinem alten Lesesessel. Durch das weit zum Garten geöffnete Fenster strömte die angenehme Luft eines zu Ende gehenden Sommerabends herein. Eine Hand am Henkel seines Kaffeebechers, der auf der aufklappbaren Armlehne des Sessels stand, las er Zeile für Zeile. Ein lappiger Zeitungsausschnitt und das vergilbte Passfoto eines blonden Mädchens, die sich ebenfalls in dem Umschlag befunden hatten, hatte er zunächst zur Seite gelegt.

»... Erinnerst Du Dich noch an die vielen Briefe, die ich, kurz nachdem wir uns kennengelernt hatten, bekam? Sicher wirst Du das. Bei Deinem Gedächtnis.

Du hattest Dir damals jedes Mal einen Spaß daraus gemacht und sie als Liebesbriefe einer geheimnisvollen Geliebten bezeichnet. Erinnerst Du Dich? Genau, die von meiner Cousine Sandra Meyer ...«

Natürlich konnte Benning sich erinnern. Die Geschichte hatte er seinem Freund nämlich nie so richtig abgenommen. Wer hatte denn schon ein Cousinchen, das Woche um Woche dem eigenen Vetter seitenlange Briefe schrieb? Und, musste man solche Briefe im Wertfach seines Spindes aufbewahren?

Er musste jetzt noch schmunzeln, wenn er nur daran dachte. Manchmal konnte Henning wirklich so herrlich naiv sein.

»... Es war nie leicht Dir etwas vorzumachen, alter Freund ...« - Aha, dachte Benning und las weiter. »... Sandra war selbstverständlich nicht meine Cousine. Sie war in dem Jahr mit ihren Eltern auf Urlaub, als ich meine Grundausbildung machte. Und da haben wir uns zufällig in der *Insel* kennengelernt ...« - Natürlich, griente Benning und blickte auf. Rein zufällig habt ihr euch also kennengelernt? In der Inseldisko? Gerade an dem Ort, an dem damals die abenteuerlustigen Töchter gestresster Urlaubspaare es genossen, von 'Seemännern' - wenigstens sahen sie in ihren schmucken Uniformen wie welche aus - hoffiert zu werden. Dort, wo milchgesichtige Rekruten, beeindruckt von dem alten Seefahrerwahlspruch 'in jedem Hafen ein Mädchen' versucht hatten, mit ihnen ihre Sammlungen zu eröffnen. Und schließlich war da ja auch noch die männliche Insulanerjugend, die ebenfalls ihren Anteil verlangt hatte, was wiederum regelmäßig in wilde Schlägereien ausgeartet war.

Benning las weiter.

»...Dieser schmierige Andreas aus dem Nachbarzug hatte sich da an sie rangemacht. Es war nicht mit anzusehen. Dieses großmaulige Ekel mit seinen fettigen Haaren. Das hättest Du auch nicht zugelassen. Jedenfalls hatten wir uns dann später angefreundet und der Rest hat sich hinterher so ergeben. Ja, ich weiß, was Du jetzt denkst. Und Du hast Recht. Aber am Ende ist man immer schlauer. Ich dachte, dass das mit den Briefen irgendwann aufhören würde, doch ein Jahr später war sie wieder in den Ferien da. Du warst da schon nach Wilhelmshaven gezogen. Spätestens da hätte ich mit ihr Schluss machen müssen. Es war ja im Grunde auch nichts Ernstes. Gunda und Anja waren mir immer wichtiger. Doch ich war einfach zu feige. An unserem letzten Abend habe ich dann meinen ganzen Mut zusammengenommen und es ihr gesagt. Sie regte sich fürchterlich auf und hat mir eine Szene gemacht ...«

Benning ließ den Brief wieder sinken und trank einen Schluck Kaffee. Dabei fiel sein Blick auf das Passfoto. Das musste sicher Sandra sein. Hübsches Ding, dachte er. So wie ihre blonden Haare aussahen, hatte sie ihrem Friseur wahrscheinlich ein aus der *Bravo* herausgerissenes Bild von Kim Wilde als Vorlage mitgebracht. Nein, sie sah wirklich nett aus und welcher Junge stand damals nicht auf Kim Wilde? Ein wenig konnte er seinen Freund verstehen. Benning drehte das Foto um. Auf der Rückseite stand in der typisch geschwungenen Handschrift eines jungen Mädchens: »Für ewig Dein. Deine Dich liebende Sandra«

Benning wandte sich wieder dem Brief zu.

»... Als es mir zu bunt wurde, habe ich sie dann am Strand stehen lassen und bin zurück in die Kaserne gefahren. Ich wollte es endlich hinter mich bringen. Ich konnte doch nicht ahnen, dass Sandra sich was antun würde ...«

Benning stockte. Ungläubig las er den letzten Satz ein zweites Mal. - Sie hatte sich was angetan?

»... Ja, Du liest richtig. Sie hat sich noch in der Nacht am Strand umgebracht. Nur durch Zufall habe ich es ein paar Tage später in einer alten Zeitung gelesen, die in der UvD-Stube lag. Am Wochenende war ich ja bei Anja gewesen ...«

Der Zeitungsausschnitt, fuhr es Benning durch den Kopf. Wie er dem Datum in der oberen Ecke entnehmen konnte, stammte er von Samstag, den 21. Juli 19 ... Der Rest war unter einem braunen Kaffeefleck verdeckt.

»Tod in den Dünen - Junge Urlauberin begeht Selbstmord«, las er, während er mit der Handkante über das zerknitterte Papier strich.

»Wie die Polizei mitteilte, fand gestern in den frühen Morgenstunden ein Insulaner ein totes Mädchen am Lister Weststrand. Malte L. war gerade auf dem Weg zu seinem täglichen Morgenbad in der Nordsee, als er die Tote in der Nähe der Strandhalle liegen sah. Bei der Toten handelt es sich um die 20-jährige Sandra M. aus Hamburg. Ihre Eltern hatten sie erst kurz zuvor als vermisst gemeldet. Eigentlich wollte die Familie an diesem Tag mit dem ersten Autozug Sylt wieder verlassen. Nach dem derzeitigen Stand der Ermittlungen schließt die Polizei ein Fremdverschulden aus.«

Erneut betrachtete er Sandras Foto. Diesmal allerdings mit ganz anderen Augen. Das hübsche lebenslustige Mädchen, das ihn so fröhlich von dem Bild anlächelte, war tot. Sie hatte sich umgebracht. Aus Liebe zu seinem Freund Henning. Er konnte es nicht fassen. Das war also sein Geheimnis gewesen.

»... Robbie, ist das nicht Wahnsinn? Sie hat sich einfach so umgebracht. Wegen mir! Verstehst Du? Ich bin schuld an ihrem Tod. Seither verfolgt mich dieser Gedanke Tag für Tag. Ist das nicht furchtbar, mein Freund?

Anja hat natürlich gemerkt, dass irgendetwas nicht stimmte. Ich wusste nicht, wie ich mich ihr gegenüber verhalten sollte. Schließlich hatte ich sie betrogen. Ich habe es dann aber doch irgendwie immer geschafft, mich rauszureden. Ich hätte es ihnen erzählt. Wenn die Zeit da gewesen wäre. Nun musst Du das tun. Oder auch nicht. Vielleicht findest Du diese Zeilen ja auch nie und niemand erfährt jemals von der Sache. Wenigstens konnte ich mir so ein bisschen was von der Seele schreiben. In diesem Sinne danke ich Dir, lieber Robert, für Deine Freundschaft und alles was Du für mich und meine beiden Engelchen getan hast. Ich hätte dies so gerne richtig zu Ende gebracht. Glaube mir. Ich hoffe, Ihr verzeiht mir. Wir sehen uns im Nirvana.

Dein alter Freund

Henning«

Benning wischte sich eine Träne aus dem Augenwinkel und legte den Brief behutsam zur Seite. Sein leerer Blick ging einmal quer durch den Raum und auch die gegenüberliegende Wand des Wohnzimmers schien ihn nicht aufhalten zu können. Damals hatte er geahnt, dass irgendetwas nicht stimmte, schließlich war sein Freund nie ein Kind von Traurigkeit gewesen. Alles hatte Henning betanzt, was nicht bei drei auf den Bäumen gewesen war. Er liebte nun mal tanzen über alles und hatte auch zweifellos ein gewisses Händchen im Umgang mit der Damenwelt. Da unterschieden sie sich deutlich voneinander. Doch es hatte eigentlich nie einen Grund gegeben, dem Ganzen eine besondere Bedeutung beizumessen. Umso mehr schockierte ihn nun diese Lebensbeichte seines Freundes. Aber noch viel mehr schockierte ihn der Tod dieses Mädchens, das sich aus Liebeskummer umgebracht hatte.

Benning nippte an seinem Kaffee und verzog das Gesicht. Er war inzwischen kalt und bitter. So bitter, wie Hennings Vermächtnis. Angewidert stellte er den Becher beiseite. Er faltete den Brief wieder sorgfältig und schob ihn zusammen mit dem Zeitungsausschnitt zurück in den Umschlag. Dann betrachtete er noch einmal das Bild der unglücklichen Sandra. Ihr Schicksal ließ ihn einfach nicht los. Dieses hübsche junge Ding hatte noch sein ganzes Leben vor sich gehabt. Benning schüttelte den Kopf. Was trieb Menschen nur dazu, ihr Leben einfach so wegzuwerfen? Eine Frage, die er sich in den letzten Jahren nicht das erste Mal stellte. Er dachte an die bedauerlichen Urlauber, die sich in der scheinbar schönsten Zeit des Jahres vor einen Zug geworfen hatten. Mehr als ein Mal war er derjenige gewesen, der anschließend davon berichten 'durfte'. Doch bis heute hatte er keine Antwort auf die Frage nach dem *Warum* erhalten.

Ja, dachte er, die einen schmeißen ihr Leben weg und anderen wird es einfach so genommen. So wie seinem Vater und Henning. Und wie erst am Sonntag der armen Doreen. Auch sie hatte noch ihr ganzes Leben vor sich und irgendjemand hatte sich angemaßt, es zu zerstören. Unwiederbringlich. Für alle Zeit.

Gunda schob eine widerspenstige Strähne ihres handtuchtrockenen Haars unter den Frotteeturban, während sie das Bad verließ. In der Küche goss sie sich noch ein Glas Mineralwasser ein und lehnte sich gegen die Spüle. Sie war alleine und sie war sauer. Hatte er sie doch tatsächlich an ihrem freien Abend sich selbst überlassen. Sie überlegte. Es war bestimmt wegen des kaputten Bildes? So komisch, wie er danach drauf gewesen war. Sie nippte an ihrem Glas. Sonst konnte sie ihn doch auch, schon fast nach Belieben, um den Finger wickeln. Und jetzt? - Jetzt stand sie hier in ihrer Küche, frisch geduscht und voller Tatendrang, während Minute um Minute kostbarer Abendfreizeit verrann. Natürlich war es ihre Schuld, dass sie mal wieder solo war. Sie war halt in puncto Männer ziemlich wählerisch. Die jungen Kerle in ihrem Alter, die muskelbepackt und braun gebrannt ihre Surfbretter am Strand spazieren trugen, waren genauso wenig ihr Fall wie weichgespülte Frauenversteher. Und die coolen unnahbaren Machos, die ihre Freundinnen gerne als Sahneschnittchen bezeichneten, waren ihr schlicht weg zu glatt und oberflächlich.

Ihr Ideal waren mehr die älteren, reiferen Männer, in deren sonnengegerbte Gesichter sich schon das eine oder andere Lebensjahr eingekerbt hatte und von

Lebenserfahrung und Abgeklärtheit erzählte. Jemand wie Robert: charmant, freundlich und gut aussehend. Ein schier unerschöpflicher Ratgeber in fast allen Lebenslagen. Von ihm ging so eine wohltuende Ruhe und Geborgenheit aus. Deswegen genoss sie jede Minute, die sie mit ihm verbringen konnte. Immer war er für sie da gewesen. Ganz besonders in den schweren Tagen und Wochen nach dem Tod ihres Vaters, in denen er ihr Halt gegeben und ihr Zuflucht geboten hatte. Es war die Zeit, in der ein junger Teenager, der seinen Vater verloren hatte und eine sich selbstbemitleidende depressive Mutter, die auf einmal ohne Mann dastand, aufeinandergeprallt waren. Ihm hatte sie es auch zu verdanken gehabt, dass sie damals nicht mit ihrer Mutter aufs Festland zurückgemusst hatte. Sie hatte das kleine Ferienappartement in seinem Haus beziehen dürfen, das sie noch heute nutzte.

»Bleib, solange du magst«, hatte Benning gesagt, als sie einige Jahre später in die eigenen vier Wände gezogen war. »Ich habe genug Platz.«

Gunda hatte ihn beim Wort genommen und kam nach wie vor gerne auf sein Angebot zurück. So konnte sie so oft, wie sie wollte in seiner Nähe sein. Zeitweise verbrachte sie sogar mehr Zeit bei ihm als in ihrer eigenen Wohnung. Sie war nur froh, dass sich seine Gemälde offenbar so gut verkauften, dass er auf die Mieteinnahmen der Ferienwohnung nicht angewiesen zu sein schien. Das Einzige, worüber Gunda sich in letzter Zeit wirklich Gedanken machte, war sein Liebesleben. Seit er sie bei sich aufgenommen hatte, war er immer nur für kurze Zeit mit einer Frau zusammen gewesen. War möglicherweise sie letzten

Endes der Grund dafür? Eine Frage, die sich Gunda immer häufiger stellte und die ihr ein schlechtes Gewissen machte. Dass es an ihm liegen konnte, schloss sie gänzlich aus. Neben seinem feinen Charakter sah er nämlich, wie sie fand, mit seinen 47 Jahren noch verdammt gut aus. Er war topfit und sein grau meliertes, mittellanges und leicht gewelltes Haar verlieh ihm eine Form von zeitloser Verwegenheit. Mit Oberlippen- und Kinnbart hätte man Benning durchaus eine gewisse Ähnlichkeit mit Kevin Kostner in *Robin Hood* attestieren können. Und wäre er nicht eine Art Vaterersatz für sie gewesen, hätte sie sich längst in ihn verliebt.

Leider war ihr bester Freund aber auch genau jetzt der Grund für ihr Problem. Seinetwegen hing sie hier immer noch ohne Plan B fest, während die Zeit unaufhaltsam heruntertickte. Auch auf ihre Freundinnen war heute kein Verlass: Zum x-ten Mal war irgendeine Mailbox angesprungen und die Zahl der noch infrage kommenden Kontakte schmolz zusehends dahin. Ihre ganze Hoffnung ruhte im Moment auf ihrer neuen Arbeitskollegin Brigitte. Diese war zwar erst seit Saisonbeginn im Hotel *Villa Meeresrauschen,* allerdings hatten die beiden sich auf Anhieb verstanden. Mehr als einmal hatten sie seitdem schon das Westerländer Nachtleben unsicher gemacht. Gunda graute vor dem Gedanken, dass auch Brigitte ihr absagen und sie letztlich dann doch alleine vor dem Fernseher enden würde. Verzweifelt durchkämmte sie ihre Handtasche nach dem Handy, auf dem Brigittes Nummer gespeichert war. Aber irgendwie blieb es unauffindbar. Dafür fand sie diesmal ihr Portemonnaie auf Anhieb, wie sie mit einem Lächeln feststellte. Natürlich, das war's! Warum sie nicht gleich darauf gekommen war? Aufgeregt kramte sie erneut in der Tasche und kurz darauf hielt sie triumphierend die Visitenkarte ihrer Café-Bekanntschaft in die Höhe. Nachdem sie die Karte gestern eingesteckt hatte, war sie dort unbeachtet geblieben. Jetzt las sie das erste Mal, mit wem sie es eigentlich zu tun gehabt hatte:

Peter Bens
Immobilien
Bellevue 4
22301 Hamburg
Tel.: 040-23584799 Fax: 040-23584798
Mobil: 0151-9986554 E-Mail: info@hamsylien.de

Aha, also ein Immobilienmakler aus Hamburg, dachte sie. Vielleicht war er ja heute die Lösung ihres Problems.

»Sei mir nicht böse, Brigitte«, sagte sie leise zu sich selbst und blickt listig auf die kleine Karte mit den in Gold gefassten Buchstaben. Und da ihr Smartphone immer noch verschwunden geblieben war, griff sie nach dem Mobilteil ihres Festnetztelefons und wählte: 0-1-5-1-9-9 ...

Mit einem blechernen Schlag klappte der Deckel des Mülleimers in Bennings Küche über den Resten der Ravioli zu. Irgendwie fehlte ihm heute Abend der rechte Appetit. Er nahm die Flasche 2007er Albatrello Montecucco Rosso und sein Glas und ließ sich im Wohnzimmer in seinen Lesesessel sinken. Hennings Zeilen hatten seine Erinnerung an damals wieder wachgerufen und inzwischen hatte er für seine Verhältnisse genug Wein intus, um sich auf sie einzulassen. Wie ein Film liefen auf einmal längst vergessene Bilder vor seinem geistigen Auge ab. Da war diese Fahrt mit dem Autozug, wie das Sylt Shuttle 1984 noch hieß. Das erste Mal hatte er damals die Königin der Nordsee für längere Zeit verlassen, um in Wilhelmshaven ein Medizintechnikstudium aufzunehmen. Sicher keine Weltreise, aber 'sein Inselchen' fehlte ihm und er hatte es kaum erwarten können, bis die Semesterferien begannen und er zurück konnte. Henning und seine Familie hatten ihn immer wieder mit offenen Armen empfangen. Bei ihnen war er wie selbstverständlich untergekommen, und dass obwohl ihre kleine Wohnung schon so nicht gerade viel Platz bot.

Die Bilder wechselten. Nun ratterten in bunten Farben die Eindrücke von seiner Weltreise wie im Zeitraffer vorbei. Für eineinhalb Jahre war der Globus seine Heimat gewesen. Vom Ayers Rock bis auf das Dach der Welt hatte ihn sein Weg geführt. Er war mit der Transsibirischen Eisenbahn gereist und hatte auf einem Rahsegler Kap Hoorn umrundet.

Zurück in Deutschland hatte sich dann eines Tages die Gelegenheit ergeben, ohne dass jemand etwas von seiner Erbschaft erfahren musste, auf seine geliebte Insel zurückkehren zu können. Mit einer überregionalen Stellenanzeige in der *Wilhelmshavener Zeitung* hatte die AWO einen Medizintechniker für ihr Krankenhaus in Westerland gesucht. Niemals zuvor hatte Benning eine Bewerbung schneller geschrieben und abgeschickt, als damals.

Er schenkte sich etwas Wein nach und dachte lächelnd an sein kleines Saisonappartement in Wenningstedt, das ihm die Klinik vermittelt hatte. Immerhin hatte er es fast zehn Jahre in der spartanisch ausgestatteten und im Stil der 70er gehaltenen Wohnung ausgehalten. »Klein aber fein«, so hatte er sie sich selbst schön geredet und mehr als einmal hatte es ihn in den Fingern gejuckt, sich etwas Besseres zu suchen. Geld hatte er ja mehr als genug. Doch seine Befürchtung, irgendwer könnte von seinem Reichtum erfahren, hatte ihn jedes Mal zurückgehalten. Erst als der Bund sich nach und nach von der Insel zurückgezogen hatte, und er günstig das Haus in der Marinesiedlung erwerben konnte, hatte er zugegriffen.

»Ich hab' ein wenig Glück mit Aktien gehabt«, hatte er damals erklärt. Doch dieses vermeintliche Glück hatte sich dann fast zeitgleich untrennbar mit seinem größten Unglück verbunden. Die Gedanken daran verdunkelten seine Miene und mit einem kräftigen Zug leerte er sein Glas. Er dachte an die Housewarming Party. Wobei Party? Gedämpfte Musik, verhaltene Gespräche und kaum ein Lachen war nicht das gewesen, was er sich unter einer gelungenen Einweihungsfeier vorgestellt hatte. Aber Hennings Unfall hatte zu dem Zeitpunkt gerade erst vier Wochen zurückgelegen. Er hatte ihnen so gefehlt. Und das tat er heute noch.

War es der Wein oder die Erinnerungen? Jedenfalls spürte er, wie im Tränen in die Augen stiegen. Wie benommen leerte er die Flasche in sein Glas. Er fühlte sich müde und leer. Erst vor zwei Jahren hatte er, auf Anraten seines Psychiaters, Hennings letzte Worte, ohne sie noch einmal anzuhören, aus seiner Mailbox gelöscht. Und so schwer es ihm in dem Moment gefallen war, so sehr hatte es ihn auch befreit. Doch nun war alles wieder so nah. Zu nah! Oder war das plötzliche Auftauchen des Briefes am Ende vielleicht ein Zeichen? Benning war sich sicher, dass sein Freund ihn niemals ganz loslassen würde, so lange er die Umstände, die zu seinem Tod geführt hatten, nicht geklärt hatte. Für Henning und vor allen Dingen für sich fasste er einen Entschluss: Er würde herausfinden, was ihn jenem Abend so aus der Fassung gebracht hatte.

Feierlich hob er sein Glas und prostete seinem Freund zu, bevor er den Rest Rotwein hinunterstürzte.

»Also um acht in der *Sturmhaube*!« Gunda hatte mit einem zufriedenen Blick auf das Display ihres Telefons aufgelegt. Der Abend war gerettet. Ein leichtes Kribbeln breitete sich in ihrem Bauch aus. Fast fühlten sich diese warmen Wellen, die ihren Körper durchliefen, wie die vor ihrem ersten Rendezvous an. Sein höfliches Angebot sie abzuholen hatte sie allerdings freundlich, aber bestimmt abgelehnt. So gut kannten sie sich nun auch wieder nicht, als dass sie ihm jetzt schon verraten wollte, wo sie wohnte.

Jetzt, vier Stunden später, sah die Welt schon anders aus. Gunda stand in der geöffneten Fahrertür ihres Minis und sah ihn an.

»Vielen Dank für den schönen Abend, Peter.« Aus dem sanften Klang ihrer Stimme konnte man entnehmen, dass sie das genauso meinte.

Ihr sympathischer Gastgeber hatte sie zu einem romantischen Abendessen bei Kerzenschein empfangen. Der glutrote Abendhimmel hinter den niedrigen Fenstern des Restaurants war die perfekte Kulisse für ein erstes romantisches Date gewesen. Sie hatten geredet, gescherzt und gelacht. So war die Zeit wie im Flug vergangen. Und beim anschließenden Strandspaziergang waren sie längst per Du. Die angenehme Kühle des aufbrandenden Wassers hatte ihre nackten Füße umspielt, während sie eng nebeneinander am Flutsaum entlanggeschlendert waren. Langsam hatten die schwarzen Schatten der Nacht sich über die malerische Kulisse des Roten Kliffs gelegt und glitzerndem Meeresleuchten eine Bühne geschaffen. Sie hatten über Piraten von damals und heute philosophiert. Letztlich waren sie lachend zu dem Schluss gekommen, dass es den einen oder anderen Nachfahren von Klaus Störtebeker offensichtlich nach Sylt verschlagen haben musste. Nur dass sie heutzutage nicht mehr mit Enterbeil und Säbel ihre Opfer ausnahmen, sondern in Form von Kurtaxe und Übersetzgebühren.

Sein einnehmendes und charmantes Wesen hatte sie ohne Frage verzaubert.

»Ich habe zu danken«, antwortete Bens mit sanfter Stimme. »Es war ein wunderschöner Abend mit einer wunderschönen Frau!«

»Alter Schmeichler«, erwiderte Gunda und blickte gespielt verlegen zur Seite.

»Nehmen wir noch einen Kaffee bei mir?« Er legte den Kopf etwas schief und sah sie fragend an.

»So einen platten Spruch hätte ich jetzt von dir nicht erwartet«, antwortete sie sichtlich enttäuscht. Allerdings war sie sich bei einem Blick in sein Gesicht nicht sicher, ob er sie nicht gerade auf den Arm nahm. »Was sagt den deine Pensionswirtin zu so spätem Damenbesuch?« Irgendwie irritierte Bens sie, was durchaus daran liegen konnte, dass er in manchen Dingen eine gewisse Ähnlichkeit mit Robert hatte.

»Keine Angst«, erklärte er schnell. »Ich habe hier um die Ecke ein kleines Häuschen und meine Haushälterin hat schon längst Feierabend.«

»Eine Wohnung in Kampen!« Sie schob die Unterlippe etwas vor und nickte anerkennend. »Nobel, nobel!«

Die letzten Stunden hatten sie über Gott und die Welt gesprochen, aber ein eigenes Haus auf der Insel hatte er nicht erwähnt. So gut, wie sie in ihrer anfänglichen Euphorie gedacht hatte, kannte sie ihn dann offensichtlich doch nicht. In diesem Moment war sie froh, aus ihrer Adresse noch ein Geheimnis gemacht zu haben.

»Ein kleines Häuschen«, korrigierte er mit aufgesetzter Bescheidenheit, die jedoch einen gewissen Stolz nicht verhehlen konnte.

»Lassen wir es für heute gut sein«, sagte sie mit einer Bestimmtheit, die keinen Widerspruch zuließ. »Außerdem kann ein bescheidenes Häuschen einen so netten Abend sicher nicht toppen. Also ... Bye-bye!« Sie setzte den rechten Fuß in ihren Wagen und wollte gerade einsteigen, als seine Hand sie sanft am Arm zurückhielt.

»Und wenn es doch nicht so bescheiden ist? Reicht es dann ...« Gunda legte ihren Zeigefinger auf seine Lippen und schüttelte langsam den Kopf.

»Ein andermal. Nicht heute. Sei mir nicht böse, aber ich will jetzt nur noch ins Bett. Ich habe morgen wieder einen langen Tag vor mir.«

Bens nickte bedauernd. Er wusste jedoch, wann er verloren hatte. Er drückte die Tür hinter ihr ins Schloss und sah sie durch das geöffnete Fenster an.

»Dann sehen wir uns wieder?«

»Wer weiß?« Sie winkte ihm noch einmal mit einem vielsagenden Blick zu und gab Gas. Lächelnd beobachtete sie, wie seine Silhouette im Rückspiegel immer kleiner wurde und schließlich ganz von der Dunkelheit verschluckt wurde. Irgendwie hatte sie ein gutes Gefühl bei ihm.

7.

Robert Benning verließ das *PapierHaus Voss* und stellte die Plastiktüte mit dem neuen Bilderahmen auf den Beifahrersitz. Er hatte sogar einen Rahmen gefunden, der nahezu identisch mit dem Zerbrochenen war. Zufrieden fuhr er nach Haus. Das wäre schon mal erledigt. Der nächste Punkt auf seiner To-do-Liste waren Hennings Skatbrüder von damals. Auch wenn ihm der Wein gestern ordentlich zugesetzt hatte, erinnerte er sich noch sehr gut an sein Versprechen.

Zunächst musste er dazu die beiden ausfindig machen, die seinen Freund das letzte Mal lebend gesehen hatten. Soviel, wie er bisher herausfinden konnte, hatten sie sich nach dem Unfall nur noch einoder zweimal getroffen. Matthias Schneider wohnte inzwischen nicht mehr auf der Insel. Er hatte vor einigen Jahren, noch bevor die Bundeswehr die Lister Kaserne aufgegeben hatte, eine Stelle als Kraftfahrer bei den Marinefliegern in Tarp angenommen. Schneider war dadurch allerdings nur vom Regen in die Traufe gekommen. Auch der Standort Tarp-Eggebek war 2005 aufgelöst worden. Danach verlor sich seine Spur.

Der andere aus der Runde, Roland Knorr, arbeitet hingegen noch auf Sylt. Zufällig hatte Benning erst kürzlich von ihm im *Inselblättchen* gelesen. Bei der Gemeindeverwaltung Hörnum als Mädchen für alles angestellt, hatte man den Sonderling in einem Kurzporträt auf Seite drei vorgestellt.

Mit Telefonbuch und einem Becher Kaffee bewaffnet setzte er sich ins Esszimmer und begann mit der Suche: Knake, Knees, Knodel, Knopf, ... Knorr! - Knorr, Roland! - Das musste er sein.

»Moin, wer da?«, meldete sich kurz darauf eine heisere Stimme.

»Roland?«, fragte Benning unsicher. »Roland Knorr?«

»Jo, der bin ick wohl.«

»Hier ist Robert. Robert Benning. Erinnerst du dich?«

»Robert Benning?« Für einen Moment war es still. Benning befürchtete schon, dass die Leitung unterbrochen worden war, als sich die raue Stimme wieder meldete.

»Robert Benning? - Hattest du wegen dem Strandkorb angerufen? Dann muss ich dich ...«

»Nein«, unterbrach er ihn eilig. »Kein Strandkorb. Robert Benning. Der Freund von Henning Paulsen.«

»Aber Henning is' nu' schon lang doad«, nuschelte Knorr. »Do woar doch desen Unfall.«

»Genau deswegen rufe ich an.«

»Momennd.« Knorr hatte allem Anschein nach den Hörer beiseitegelegt, denn Benning hörte nun auf einmal im Hintergrund schlurfende Geräusche, die sich immer mehr zu entfernen schienen. Dann klirrte Glas und das Schlurfen wurde wieder lauter.

»Henning?«

»Robert.« Ungeduldig verdrehte er die Augen. Na, das konnte ja heiter werden. Seine Hoffnung auf neue Informationen zu Hennings Tod schwand zusehends.

»Natürlich«, sagte Knorr. »Hab' nur die Zähne geholt. Nu' kann ich besser sprechen.«

Benning schickte ein Stoßgebet zum Himmel, nicht nur weil Knorr sich langsam an ihn zu erinnern schien, sondern auch, weil er seinen Gesprächspartner jetzt deutlich besser verstehen konnte.

»Ich habe doch Henning ab und zu mal beim Skat vertreten«, versuchte er Knorr noch mehr auf die Sprünge zu helfen.

»Jo, weiß ich doch!«

Gott sei Dank.

»Eine Konifere warst du ja damals nich' j'rade.«

Benning schmunzelte. Nein, eine Koryphäe war er bei Kartenspielen noch nie gewesen. Nicht umsonst hatte Henning nur im äußersten Notfall auf ihn als Ersatz zurückgegriffen, wenn er selber verhindert gewesen war. Nicht immer eine gute Entscheidung, hatte Benning es doch tatsächlich mal geschafft, mehr Minuspunkte einzuspielen, als die Strafe für eine ausgefallene Skatrunde gekostet hätte. Deshalb erinnerte er sich nur sehr ungern an diese verlustreichen Abende.

»Lassen wir das«, sagte er betreten.

»Und wie komme ich jetzt zu der Ehre?«, fragte Knorr. »Wir haben ja ewig nichts voneinander gehört.«

»Ich würde noch mal gerne mit dir über euren letzten Abend sprechen. Den vor dem Unfall.«

»Dat is' doch nu' schon ewig her.«

»Vielleicht kannst du dich ja trotzdem noch an etwas erinnern. Und wenn es nur eine Kleinigkeit ist. Mir geht Hennings Tod einfach nicht aus dem Kopf.«

»Und ick soll da helfen können?«

Benning schickte das nächste Stoßgebet auf die Reise und erwiderte: »Ich hoffe es.«

»Na, dann schieß mal los!«, krächzte Knorr.

»Nein, nicht am Telefon. Können wir uns nicht irgendwo treffen? Ich würde mich außerdem freuen, dich mal wiederzusehen.« Benning staunte über sich selbst, wie selbstverständlich ihm diese Äußerung über die Lippen gekommen war. Nein, Freude war für ihn etwas anderes.

»Äver nur heut' Nachmittag. Eher geiht dat nit. Muss noch am Strand für Ordnung sorgen.« Knorrs Stimme hatte auf einmal den wichtigen Unterton von jemandem, der sich für unentbehrlich hielt.

»Okay«, sagte Benning. »Um vier? - In der *Kap Bodega*?«

»Jo, so mok wi dat. Nu muss ick äver.«

Seltsamer Kauz, dachte Benning und blickte kopfschüttelnd auf sein iPhone. Halb elf. Eigentlich eine gute Gelegenheit noch schnell einzukaufen. Die meisten Urlauber tummelten sich jetzt am Strand. Somit ein idealer Zeitpunkt, um schon mal in Ruhe die Schränke fürs Wochenende zu füllen. Zwar hatten die Geschäfte während der Saison auch sonntags geöffnet, aber von dieser Möglichkeit machte er nur Gebrauch, wenn es gar nicht anders ging. Zu oft hatte er schon vor leeren Regalen genau bei den Artikeln gestanden, die er benötigt hätte.

Eine Stunde später stellte er die letzten zwei Einkaufstüten hinter die Vordersitze seines MX 5.

Da hätte ich vorhin auch schon dran denken können, dachte er, als er vom Parkplatz des Supermarktes in die Tinnumer Straße bog. Keine zweihundert Meter von hier hatte er heute Morgen den Bilderrahmen erstanden.

Ein gemischter Salat. Ein Rinderfilet. Medium. Bei den derzeitigen Temperaturen war sein heiß geliebter Fitnessteller genau das Richtige. Danach nahm Benning den obligatorischen Kaffee im Strandkorb. Die Arme im Nacken verschränkt beobachtete er die weißen Wölkchen, die über ihn hinwegzogen. In einer meinte er Hennings Gesicht zu erkennen, das verschmitzt auf ihn herabblickte. Doch nach einem kurzen Augenzwinkern war die Erscheinung auch schon wieder verschwunden. Das metallische Klacken des Gartentorriegels ließ ihn unvermittelt zusammenfahren.

»Robbie?«, fragte eine Stimme vorsichtig.

Es war Gunda.

»Hier steckst du«, sagte sie und blickte zu ihm herab. »Na, da habe ich ja Glück gehabt.« Sie stellte eine Tüte, die unübersehbar das Logo seiner Lieblingseisdiele trug, auf den verwitterten Teakholztisch. »Überraschung!«

»Du oder das?« Er zeigte mit dem Finger auf die Tüte.

»Beides süße Sachen«, antwortete sie mit einem bedeutungsvollen Lächeln.

Benning stand auf und öffnete neugierig die Tüte.

»Ah, Nachtisch.«

»Du hast wohl schon gegessen, du Glücklicher?«, fragte sie. »Na, dann habe ich ja genau das Richtige für dich.« Sie griff in die Tüte und präsentierte mit einer ausholenden Geste zwei große Eisbecher.

»Dass du in deiner kurzen Pause auch noch an mich gedacht hast«, sagte er anerkennend und fuhr genüsslich mit dem kleinen Plastiklöffel durch die zarte Eiscreme. Banane und Zitrone. Sogar an seine Lieblingssorten hatte sie gedacht.

»Und was, wenn ich nicht da gewesen wäre?«, fragte er.

»Ach, weißt du«, antwortete Gunda und versuchte möglichst gleichgültig zu klingen. »Brigitte wäre sicher auch ein dankbarer Abnehmer gewesen.«

Sie lehnte sich entspannt in das Polster zurück und seufzte: »So ein Leben möchte ich auch mal haben.«

»Na, na! Ich war nämlich auch schon fleißig. So ist das ja nicht.« Er stand auf und ging zum Haus, wo er aus seiner Gäste-WC-Abstellkammer die Tüte mit dem Bilderrahmen holte.

»Hey, das ging ja schnell«, freute sich Gunda und betrachtete eingehend den eingeschweißten Rahmen. »Was kriegst du dafür? Schließlich war's ja meine ...«

»Jetzt fang nicht schon wieder an«, unterbrach sie Benning mahnend. »Ich habe ihn fallen lassen und nicht du!«

»Aber ...«

»Nichts aber!« Benning deutete auf die leeren Eisbecher. »Und das da? Damit sind wir quitt. Und nun will ich nichts mehr davon hören.«

»Na gut«, sagte Gunda scheinbar geknickt. Sie blickte verstohlen auf die Uhr an ihrem Handgelenk und sprang plötzlich auf. »Aber nur ausnahmsweise. Und nur, weil ich schon wieder weg muss.«

Sie küsste ihn hastig auf die Wange und sauste auch schon los.

»Sehen wir uns heute Abend?« Benning sah ihr fragend über den Rand des Strandkorbes hinterher. Gunda hatte bereits das Gartentor erreicht. Sie wandte sich zu ihm um und zuckte mit den Achseln.

»Brigitte und ich wollen eventuell noch auf die Piste. Ich ruf sonst durch.« Sie winkte ihm noch einmal zu und setzte ihren Weg fort.

Was ist nur mit dir los?, dachte sie kopfschüttelnd auf dem Weg zu ihrem Wagen. Gestern hättest du ihn am liebsten erwürgt, weil er keine Zeit für dich gehabt hatte und heute? Gunda lächelt glücklich. Ja, heute war eben alles anders. Heute gab es Peter. Den ganzen Vormittag war er ihr schon nicht mehr aus dem Kopf gegangen. Brigitte würde es ihr sicherlich verzeihen, dass sie eben als Hintertürchen hatte herhalten müssen. Aber vielleicht rief Peter sie ja heute an, um sich mit ihr zu treffen. Und dass es einen Neuen in ihrem Leben gab, wollte Gunda immer noch lieber noch für sich behalten.

Benning stellte die leeren Eisbecher ineinander und warf sie in die Mülltonne hinter dem Haus. Auf dem Weg in die Küche bemerkte er die blinkende Lampe seines Anrufbeantworters. Er drückte im Vorbeigehen den Abfrageknopf und hörte sich die Nachricht an, während er sich einen frischen Kaffee eingoss. Es war Hinrichs.

»Robert? Michael hier. Ich bin raus aus dem Fall. Das LKA hat übernommen. Wahrscheinlich wegen der Toten aus Flensburg. Morgen früh kriege ich Besuch von einem Kollegen aus Kiel. Ich melde mich. Bis dahin.«

Das klang gar nicht gut. Wenn das LKA jetzt zuständig war, was würde dann aus seiner besten Nachrichtenquelle? Würde Hinrichs ihn trotzdem weiter mit Informationen versorgen können? Ansonsten bedeutete das: Keine Infos. Keine Neuigkeiten. Kein Artikel. - Na, die Ingwersen würde ja begeistert sein. Benning nahm einen Schluck Kaffee, während der Anrufbeantworter erneut ansprang.

»Sie haben keine weiteren Nachrichten«, verkündete eine mechanisch klingende Frauenstimme. Dann war es still.

»Du hast dich ja kaum verändert«, krächzte Roland Knorr und wippte anerkennend mit dem Kopf.

»Du dich aber auch nicht«, sagte Benning höflich und klopfte ihm freundlich auf die Schulter. Niemals hätte er ihn nach all den Jahren wiedererkannt, wenn nicht auch sein Foto den Bericht im *Inselblättchen* geziert hätte. Sonne, Wind, Zigaretten und sicher auch die eine oder andere Flasche Schnaps, hatten sich tief in Knorrs Gesicht gegraben. Und wenn er sich nicht täuschte, waren Knorrs Haare noch schwarz gewesen, als er ihn das letzte Mal gesehen hatte. Inzwischen waren sie grau und um einiges länger. Mit einem speckigen Haargummi hatte Knorr sie zu einem Pferdeschwanz zusammengebunden. Unter einer hohen Stirn blitzten zwei graublaue glasige Augen und mit dem zersausten Oberlippen- und Kinnbart erinnerte er Benning ein bisschen an *Catweazle*. Keine Folge der Abenteuer dieses schrulligen angelsächsischen Zauberers hatte er als Kind verpasst.

»Schön dich wiederzusehen, Rollo«, sagte Benning und schob Knorr sanft zu einem freien Tisch vor der *Kap Bodega*. »Komm, wir setzen uns.«

»Dass du dich noch an meinen Spitznamen erinnerst ...«, freute sich Knorr und rückte mit einem scharrenden Geräusch seinen Stuhl zurecht.

Von ihrem Platz vor dem kleinen Strandrestaurant hatten die beiden einen außergewöhnlichen Blick über das Wattenmeer hier an der Südspitze Sylts. In der Ferne erhoben sich die flachen Konturen der Nachbarinseln Föhr und Amrum, die auf dem in der Nachmittagssonne funkelnden Meer zu thronen schienen. Die *Adler VI* hatte soeben den Hörnumer Hafen verlassen und lief nun mit Kurs Süd, wie Benning vermutete, zu den Seehundsbänken. Für die Happy-Hour-Fahrt war es nämlich noch eindeutig zu früh. Wie zur Bestätigung drängelten sich nun auch die ersten Touristen, mit Ferngläsern und Fotoapparaten behängt, an der Reling.

»Wie immer?« Die Bedienung war an den Tisch getreten und blickte Knorr mit gezücktem Notizblock fragend an. Zweifellos war er nicht das erste Mal hier.

»Jo«, antwortete er knapp und fügte mit sichtlichem Bedauern nach einer kurzen Pause hinzu: »Aber ohne Kurzen. Dafür is' es noch 'n Tacken zu früh, meen Deern.«

»Und für Sie?«

Benning bestellte eine Apfelsaftschorle, was sie mit einem kurzen Nicken quittierte. Sie schob Block und Kugelschreiber in die schwarze Revolvertasche, die an ihrem Gürtel baumelte, und ging zurück ins Restaurant.

»Du trinkst wohl Saft?«, hüstelte Knorr mit einem schiefen Grinsen, das jedoch sofort einem echten Hustenanfall wich. Für ihn offenbar das Zeichen sich schnell eine Zigarette anzustecken. Jedenfalls nestelte er mit zittrigen Fingern eine zerdrückte Packung *Gauloises Brunes* aus seiner verblichenen und zerfransten Jeansweste und zündete sich eine der Filterlosen an. Benning wich etwas mit dem Oberkörper zurück. Doch seine Befürchtung war unbegründet. Er hatte sich zum Glück so gesetzt, dass die leichte Brise aus Südwest den stinkenden Rauch von ihm weg trug. Dafür traf sie den Verursacher. Knorr rieb sich das rechte Auge, in das wohl etwas Qualm gekommen war.

»Also, was kann ich für dich tun?«, fragte er blinzelnd.

Natürlich durfte auch Hennings ehemaliger Skatbruder nichts von dem Brief erfahren. Und so begann er dort, wo ihr Telefonat heute Vormittag geendet hatte.

»Wie schon gesagt, lässt mich Hennings Tod einfach nicht los. Ich muss wissen, was ihn damals so aus der Fassung gebracht hat.« Er erzählte von Hennings aufgeregter Nachricht auf seinem Anrufbeantworter. »Weißt du, ich denke nämlich, dass es ein Ereignis gibt, dass ihn verstört hat und letztlich Schuld an seinem Tod war. Was ist damals während eurer Skatrunde passiert?«

Knorr zuckte mit den Achseln und im gleichen Moment wechselte sein Gesichtsausdruck in freudige Erwartung. Sein Bier war ihm Anmarsch.

»Danke, Insa!«, sagte er und betrachtete dürstend das frische Jever, das sie ihm vor die Nase gestellt hatte. Ohne lange zu fackeln, nahm er das Glas, prostete ihnen andeutungsweise zu und noch bevor Insa die Apfelschorle abgestellt hatte, war sein Glas bereits zur Hälfte geleert.

»Aaah!« Genüsslich wischte sich Knorr mit der Hand den Schaum vom Mund. »Das tut gut.«

»Prost«, erwiderte Benning etwas angesäuert. Einen Moment hätte Knorr doch sicher noch warten können, ohne gleich zu verdursten.

»Also, was ist damals passiert?«, wiederholte Benning seine Frage. Knorr beugte sich etwas vor, und obwohl seine nikotingelben Fingerspitzen kaum noch den kurzen Zigarettenstummel halten konnten, saugte er noch einen letzten Zug aus ihm heraus. Erst danach drückte er die Kippe in dem Plastikaschenbecher aus.

»Nichts. Alles war wie immer. Ich weiß nur noch, dass es Henning auf einmal schlecht war. Er hatte was Falsches gegessen. Zumindest hat er das gesagt.«

»Sonst nichts? Bist du ganz sicher? Überleg noch mal genau.« Er sah ihn bittend an. »War er wirklich nicht irgendwie anders, als sonst?«

Knorr schüttelte den Kopf.

»Oder hatte er vielleicht einen Anruf gekriegt?«

»Neeiinnn«, antwortete Knorr und schüttelte erneut, diesmal energisch, den Kopf. Er blickte schweigend in sein Glas, als ob er nachdenken würde. Dann setzte er es an und ließ nun auch die andere Hälfte des kühlen Nasses durch seine Kehle rinnen.

»Hattet ihr Streit?« Vielleicht ließen sich ja Knorrs Erinnerungen etwas auffrischen.

»Nein, Streit hatten wir nicht. Zumindest nicht direkt.«

»Wie nicht direkt?«

»Na, Matthes hatte wie immer seine Glotze an«, erklärte Knorr und schob sich die nächste Zigarette zwischen die Lippen. Mechanisch hielt er die hohle Hand schützend über die Streichholzflamme und paffte kurz darauf eine blaue Qualmwolke in die Luft. »Deswegen sind die beiden eigentlich immer aneinandergerasselt. Henning konnte das nun mal nicht ab. Aber das war nichts Besonderes.«

Benning ließ enttäuscht die Schultern sinken und nippte an seiner Apfelschorle. Das konnte doch nicht alles gewesen sein. Ein Streit um einen laufenden Fernseher hätte seinen Freund niemals so aus der Fassung gebracht und wäre sicher kein Grund für einen Anruf bei ihm gewesen. Aber zum Teufel was dann?

»Für Sie auch noch was?« Insa hatte ein frisches Pils für Knorr gebracht und sah ihn fragend an. Also, dachte Benning, entweder hat die *Kap Bodega* einen exzellenten Service oder einen sehr treuen Stammgast.

»Nein danke«, sagte er mit einem höflichen Lächeln, worauf sie sich den anderen Gästen zuwandte. Mittlerweile hatte sich der Außenbereich des Strandrestaurants merklich gefüllt.

»Ich glaub ja, dass Henning 'ne Lebensmittelvergiftung hatte, bewusstlos geworden ist und ...« Knorr schlug mit seiner Faust in die Handfläche und fuhr mit wichtiger Miene fort: »Er hatte nämlich vorher auch schon 'n paar Aussetzer.«

»Was für Aussetzer?«, fragte Benning überrascht. Er hatte eigentlich nicht mehr großartig damit gerechnet, dass Knorr noch irgendetwas einfallen würde. Mit gespannter Hoffnung sah er zu ihm herüber.

Knorr nahm einen kräftigen Schluck Bier und begann zu erzählen: »Also, wir saßen so wie immer zusammen und hatten auch schon einige Runden gespielt. Ich lag wie meistens in Führung. Hatte auch verdammt gute Blätter. Ich weiß das noch so gut, weil Henning mir mit seinem blöden Abgang alles versaut hat. Aber nicht das wir uns missverstehen ...« Er hob warnend den Zeigefinger und sah ihn mit großen Augen an. »... Erst ein exzellenter Spieler macht ein Blatt zu einem Gewinnerblatt. Ich bin übrigens immer noch Top. Wenn du möchtest ...«

»Nein danke«, sagte Benning und versuchte ruhig zu bleiben. Inständig hoffte er, dass Knorr nun endlich auf den Punkt kommen würde. »Ich spiel immer noch nicht gerne Skat und dabei soll es auch bleiben.«

Knorr hatte die unterschwellige Schärfe in seiner Ablehnung durchaus bemerkt und lehnt sich nun leicht pikiert zurück.

»Na dann eben nicht«, sagte er verstimmt und verschränkte die Arme vor der Brust. »War ja auch nur ein Angebot.«

»Ich weiß«, versuchte Benning einzulenken. Er durfte auf keinen Fall riskieren, dass Knorr seine plötzliche Gesprächsbereitschaft wieder einstellte. »Tut mir ja auch leid. Aber beim Kartenspielen habe ich wirklich zwei linke Hände.«

»Na gut!« Knorr schien wieder etwas besänftigt. Sicherheitshalber bestellte Benning aber bei Insa, die gerade den Nachbartisch abräumte, noch ein Bier, was Knorr sogleich mit einem dankbaren Lächeln quittierte. Die Aussicht darauf ließ ihn dann auch sofort von selbst fortfahren: »Also, wir spielten so vor uns hin und plötzlich war Henning wie ausgewechselt. Ich erinnere mich ganz genau. Er hatte nämlich ein absolut sicheres Spiel in den Sand gesetzt. Zwar nur ein einfaches Farbenspiel, also ziemlich billig, aber ... Selbst so ein Spiel verliert man nur, wenn man absolut dämlich ist oder andauernd in die Glotze starrt.« Knorr grinste ihn breit an. »Vielleicht lief da ja so 'ne Hypnosesendung mit diesem ... Na, wie heißt der noch? ... Ach ja, diesem Uri Geiler.«

»Geller«, sagte Benning. »Uri Geller.« Niedergeschlagen lehnte er sich zurück und versuchte möglichst nicht allzu genervt zu gucken. Knorr leerte schnell sein Glas und hielt es Insa entgegen, die inzwischen mit dem Nachschub zurückgekehrt war.

»Danke, meen Deern«, sagte er und betrachte andächtig die Schaumkrone. Mit dem Finger wischte er über das beschlagene Glas, bevor er es langsam zum Mund führte. Nach drei oder vier gierigen Schlucken stellte er es vor sich auf den Tisch und begann weiterzuerzählen: »Nee, nee! Dieser Gabelverbieger war's nicht.«

Offenbar steigerte jetzt jedes weitere Bier seine Geschwätzigkeit. Wie das wohl erst in Kombination mit Kurzen sein musste? Insgeheim überlegte Benning, ob er nicht schon viel zu viel Zeit mit Knorrs Geschichten vertan hatte. Vielleicht konnte ihm ja Hinrichs helfen, Matthias Schneider ausfindig zu machen.

Knorr überlegte immer noch angestrengt. Er klopfte sich die nächste Kippe aus der Schachtel und steckte sie gedankenverloren an.

»Ja, jenau.« Seine Miene hellte sich plötzlich auf. Mit den Fingern, die die Zigarette hielten, deutete er auf Benning und verkündete lautstark: »Es war die Zimmermann!«

»Zimmermann? - Welche Zimmermann?« Verstohlen sah er sich um, doch die Gäste an den Nachbartischen hatten keine Notiz von Knorrs plötzlichem Aha-Erlebnis genommen.

»Na, die Niedliche von dieser Polizeisendung«, sagte Knorr und schnippte mit den Fingern. »Die immer diese echten Mörder und Räuber sucht.«

»Du meinst Sabine Zimmermann? Von *Aktenzeichen XY*?« Benning beugte sich zu ihm hinüber. Das Wort Mörder hatte auf einmal seine Aufmerksamkeit geweckt. Knorr nickte und blies, wie ein alter Drache, zwei Rauchwolken durch die Nasenlöcher.

»Und Henning hat Sabine Zimmermann angestarrt?«, fragte er ungläubig.

»Deswegen weeß ick det ja och noch. Weeßte, erst motzt er über die Glotze und dann is' er so abgelenkt, dass er voll verkackt.«

Er konnte sich zwar nicht vorstellen, dass die Zimmermann Henning so aus dem Gleichgewicht gebracht hatte, aber möglicherweise ja ein Beitrag in der Sendung. Immerhin eine Spur. Doch was konnte es sein? So weit er wusste, hatte sein Freund nie etwas mit der Polizei zu tun gehabt. Noch nicht einmal als Zeuge.

»Und, kannste was damit anfangen?«, fragte Knorr.

Benning zuckte zweifelnd die Achseln.

»Ich weiß nicht. Vielleicht.«

»Tut mir leid. Aber dann kann ich dir auch nicht helfen.«

»Macht nichts«, sagte er und lächelte Knorr versöhnlich an. »Es ist ja nun auch wirklich schon lange her.« Er leerte sein Glas, und wie auf Kommando stand erneut Insa mit einem frischen Bier in der Hand an ihrem Tisch.

»Für Sie auch noch 'ne Apfelschorle?«

»Nein, vielen Dank. Aber ich hätte gerne die Rechnung.«

»Zusammen oder getrennt?«

»Zusammen!«

Insa stellte das Bier vor Knorr ab, der sofort sein altes so hastig hinunterstürzte, dass es ihm links und rechts aus den Mundwinkeln rann. Fast hätte er sich sogar noch dabei verschluckt.

Insa verzog kopfschüttelnd den Mundwinkel, so als wolle sie sich bei Benning für Knorrs Benehmen entschuldigen. Sie zückte ihren Block und begann zu rechnen.

»Vier Pils und eine Apfelschorle, das macht ...«

Benning hielt ihr einen Zwanziger und einen Fünfer hin.

»Stimmt so!«

Insa bedankte sich und wandte sich dem nächsten Tisch zu, wo man ebenfalls nach der Rechnung verlangt hatte.

»Sei mir nicht böse, Rollo«, sagte er und erhob sich. »Aber ich habe gleich noch einen anderen Termin.« Für heute hatte er genug. Und auch wenn er sich nicht sicher war, ob das alles was gebracht hatte, wollte er es sich nicht mit Knorr verderben. Vielleicht fiel ihm ja doch noch was ein. Damit war seine Notlüge aus seiner Sicht gerechtfertigt.

»Schau ruhig mal wieder vorbei! - Muss ja nicht wieder Jahre dauern.« Knorr hatte sein Glas erhoben und zeigte mit dem Finger darauf. »Und danke.«

Benning nickte.

»Wir sehen uns«, sagte er knapp und eilte den Strandübergang hinauf.

Endlich Feierabend, dachte Gunda. Sie stand vor dem Haupteingang der *Villa Meeresrauschen* und atmete erst einmal durch. Dann entschloss sie sich noch für einen Abstecher zum Strand.

»Moin Kuddel«, rief sie dem Kurkartenkontrolleur in der kleinen Bude am Anfang der Treppe zur Kurpromenade zu.

»Na, Feierabend?«, fragte er.

Sie nickte.

»Gott sei Dank! Für heute reicht's auch.«

Jetzt nickte Kuddel. Eigentlich hieß er ja Kurt Schmidt, doch alle nannten ihn Kuddel. Gunda war mit seiner Tochter zur Schule gegangen.

»Hab's auch gleich geschafft«, rief er ihr zu und fuhr sich mit der Hand über die Stirn, als ob er Schweiß abwischen würde. Er lachte.

»Na denn, dir auch einen schönen Abend! Und grüß Petra von mir.«

Sie sprang die Treppe zur Promenade hinunter und sah sich kurz um. Scheinbar war heute ihr Glückstag. Wider Erwarten entdeckte sie auf Anhieb eine freie Bank. Mit einem leichten Seufzer ließ sie sich darauf nieder und legte ihre Arme rechts und links auf die Rücklehne. Die Füße auf die unterste Strebe des weißen Holzgeländers gestemmt und den Kopf in den Nacken gelegt, lauschte sie mit geschlossenen Augen der Monotonie des Meeresrauschens. Wie schnell es doch immer ging, sich hier runterzufahren, staunte sie. Ihr Inselchen hatte wahrlich einen enormen Erholungswert. Die milde Frische der warmen Abendluft, die der Seewind zu ihr herübertrug, mischte sich mit dem Geruch frischen Kaffees. - Frischer Kaffee? Gunda stutzte. Der Schatten, der im gleichen Moment auf ihr Gesicht fiel, ließ sie zusammenzucken. Sie riss die Augen auf und richtete sich auf.

Es war Peter Bens.

»Ach du bist's«, sagte sie erleichtert und erfreut zugleich, während sie mit ihrer Hand die Augen vor der tief stehenden Abendsonne abschirmte. Heute schien wirklich ihr Glückstag zu sein.

»Kleines Feierabendgetränk?«, fragte er und hielt ihr einen Coffee to go unter die Nase.

»Du hast mich vielleicht erschreckt. Wo kommst du denn auf einmal her?«

Er nahm neben ihr Platz, während er ihr immer noch den Kaffee hinhielt.

»Ich war zufällig in der Nähe und hatte gerade nichts Besseres vor. Da habe ich einfach mal vor dem Hotel auf dich gewartet.«

Sie nahm ihm den Becher ab und blickte ihn erstaunt an.

»Ich hatte dich gar nicht gesehen. Da hast du aber Glück gehabt. Normalerweise gehe ich nämlich hinten raus.«

»Mein zweiter Vorname ist Glück«, entgegnete er sanft lächelnd.

»Na denn, Herr Glück.« Sie hob ihren Kaffeebecher. »Danke für den Kaffee. Den kann ich jetzt wirklich gut brauchen.«

Sie tranken beide einen Schluck, lehnten sich zurück und blickten hinaus auf die See.

»Stress gehabt?«, fragte Bens leise, ohne seine Augen vom Horizont zu nehmen.

»Mmmmh«, murmelte Gunda. Er deutete dies als Ja.

»Viel Stress?«

»Mmmmh.«

»Zu viel Stress?«

Sie drehte den Kopf und runzelte fragend die Stirn.

»Zu viel wofür?«

»Zu viel, um noch auszugehen?« Erst jetzt sah auch er zu ihr herüber.

Ihr Herz hatte bei seiner Frage einen kleinen Sprung gemacht. Gut, dass sie sich den Abend heute offen gehalten hatte. Und Danke Brigitte. So wie es aussah, war es Robert, der heute zusehen durfte, wie er sich den Abend vertrieb.

»Nein«, beantwortete sie seine Frage knapp und betrachtete wieder die Sonne, die sich gemächlich dem Horizont näherte.

»Wie wär's mit essen gehen?«

»Gerne«, antwortete sie und erinnerte sich an ihren gemeinsamen gestrigen Abend. »Aber Vorsicht, ich habe einen Bärenhunger.«

Bens setzte sich auf und lächelte sie unternehmungslustig an.

»Na, da weiß ich genau das Richtige. Wie wär's, wenn du dich noch einen Moment ausruhst und ich hole dich dann so um ...« Er blickte auf seine Uhr. »... sagen wir gegen halb neun ab!«

Sie blinzelte ihn an. »Du weißt doch gar nicht, wo ich wohne.«

»Ich bin nicht nur Herr Glück, sondern auch Herr Allwissend!« Er war inzwischen aufgestanden und sah mit wichtiger Miene zu ihr hinunter. »Also, bis nachher.«

Gunda griente ihm hinterher, als er sich mit eiligen Schritten Richtung Brandenburger Strand entfernte.

»Na, da bin ich aber gespannt«, sagte sie leise zu sich selbst. Sie verschränkte die Arme vor der Brust und blickte verschmitzt wieder hinaus aufs Meer. Ein bisschen Zeit blieb ihr ja noch.

8.

Robert Benning öffnete die Tür des Backofens. Der Käse auf der Tiefkühlpizza war zerlaufen und leicht angebräunt. So mochte er ihn am liebsten. Nachdem sich Gunda nicht mehr bei ihm gemeldet hatte, war er davon ausgegangen, dass sie mit Brigitte um die Häuser ziehen würde. Vor einer halben Stunde war er von seinem Abendlauf zurückgekehrt, hatte keine Nachricht auf dem Anrufbeantworter vorgefunden und sich für eine schnelle Pizza aus dem Tiefkühlschrank entschieden.

Vorhin, als er auf der alten Inselbahntrasse gemütlich Richtung Norden getrabt war, hatte er noch einmal an seine Begegnung mit Roland Knorr gedacht. Dabei war ihm die Idee gekommen, dass er möglicherweise noch eine alte Folge von *XY-ungelöst* im Internet finden könnte. Und so hatte er nach seiner Rückkehr gleichzeitig Laptop und Backofen hochgefahren. Einträchtig standen nun Pizzateller und eingabebereiter Computer vor ihm auf dem Tisch. Mit einem Klick öffnete Benning den *Firefox* Browser und googelte zunächst mit einer einfachen Schlagwortsuche aufs Geratewohl.

Und tatsächlich ... Bingo!

Benning war skeptisch gewesen, nach so langer Zeit überhaupt einen Treffer zu landen. Und viel mehr Treffer waren es dann auch nicht geworden. Jedoch schien ein *Youtube*-Video der Sendung vom 20. Juni 2000 vielversprechend zu sein.

»... während zu den Morden an Brigitte Mesbach aus Westerstede und Swenja Brüggemann aus Oldenburg nur wenige Hinweise eingingen, konnte zum Fall ...«

Benning stoppte das Video und sah sich die kurze Sequenz noch einmal an. An der Stelle, wo die Fotos der beiden Frauen gezeigt wurden, hielt er den Beitrag an. Von dem unscharfen Standbild lächelten ihn zwei junge Mädchen an. Die Aufnahmen waren vermutlich Passbilder. Möglicherweise einst für den ersten Personalausweis oder Führerschein aufgenommen. Jedenfalls meinte er, einen gewissen Anflug von freudigem Stolz in dem Blick einer der jungen Frauen zu erkennen. Und nun mussten ihre Fotos die traurige Aufgabe erfüllen, nach Hinweisen auf den eigenen Mörder zu suchen.

Er stand auf und ging mit einem Stück Pizza auf der Hand zu seinem Sekretär. Er nahm den Umschlag mit Hennings Brief aus einem kleinen Geheimfach, das er vor Jahren beim Restaurieren des Möbels zufällig entdeckt hatte. Er hielt das Foto von Sandra Meyer neben den Monitor seines Laptops und verglich die Bilder. Zugegeben, die drei Mädchen hatten eine gewisse Ähnlichkeit, was ihm ja auch sofort aufgefallen war. Aber konnte das alleine seinen Freund so aufgeregt haben? Schließlich gab es heute wie damals Bilder von jungen blonden Mädchen in nahezu allen Illustrierten. Und alle sahen sich doch irgendwie ähnlich. Er ließ das Video weiterlaufen, doch schon nach wenigen Sekunden folgte der nächste Fall.

Er überlegte. Am Anfang des Beitrages hatte der Moderator berichtet, dass dieser Fahndungsaufruf schon in einer der vergangenen Sendungen ausführlicher behandelt worden war. Er googelte aufs Neue jedoch diesmal ohne Erfolg. Es gab keine weiteren

Treffer. Kopfschüttelnd spulte noch einmal zurück und guckte sich das Video abermals an. Hatte er vielleicht etwas übersehen?

An der Stelle mit den Bildern der beiden Ermordeten machte er einen Screenshot, den er anschließend ausdruckte und vor sich auf den Tisch legte. Er biss in die inzwischen kalt gewordene Pizza. Mit angwidertem Gesicht warf er sie zurück auf den Teller. Er hasste kalte Tomatensauce unter gummiartigem Käse. Benning schob den Teller zur Seite, nahm den Ausdruck und wollte ihn gerade zusammen mit dem Brief wieder im Sekretär verstauen, als er mit einem Mal innehielt.

»Natürlich«, sagte er laut zu sich selbst. Dass ihm das nicht schon vorher aufgefallen war. Er tippte mit dem Finger auf die Bildunterschriften: 'Brigitte Mesbach (gest. 19.07.1994)' und 'Swenja Brüggemann (gest. 19.07.1999)'.

Beide waren an einem neunzehnten Juli ermordet worden. Und wenn ihn nicht alles täuschte ... Hastig nahm er den Zeitungsausschnitt der *Sylter Zeitung* aus dem Umschlag und ... tatsächlich: Der Artikel stammte von Samstag, den 21. Juli und berichtete von Sandra Meyers Tod zwei Tage zuvor.

Das Datum war es gewesen. Das hatte Henning so aus der Fassung gebracht. Offenbar hatte es ihn nach langer Zeit wieder schmerzlich an Sandras Tod und seine vermeintliche Schuld erinnert. Und das war es wahrscheinlich auch, was sein Freund ihm endlich beichten wollte. Jetzt wurde Benning einiges klarer. War sein Besuch bei Roland Knorr letztlich also doch nicht ganz umsonst gewesen. Sein Blick schweifte nachdenklich zu dem weit geöffneten Fenster, das hinaus zum Garten ging. Dabei streifte er für den Bruchteil einer Sekunde den Wandkalender mit Sylter Postkartenmotiven. Er hatte ihn irgendwann im letzten Jahr bei *HB Jensen* erstanden. Eigentlich ein Geschenk für einen guten Freund aus Wilhelmshaven, mit dem er zusammen in der Ausbildung gewesen war. Doch der hatte seinen Besuch kurzfristig abgesagt und Benning daraufhin kurzerhand beschlossen, den Kalender für sich zu behalten. Im Grunde passte er nicht hierhin. Das fand auch Gunda. Sie ließ dementsprechend auch keine Gelegenheit aus, ihn spöttelnd darauf hinzuweisen. Aber nun war er da und würde auch dort bleiben. Bis zum Ende des Jahres. Schon allein aus Prinzip.

Der kurze Moment, den seine Augen den Kalender gestreift hatten, hatte ausgereicht, um seine Aufmerksamkeit zu wecken. Ein Aquarell des Kampener Quermarkenfeuers zierte das Juli-Kalenderblatt. Der kleine Leuchtturm stand ziemlich genau oberhalb der Stelle, an der Henning tödlich verunglückt war. Der 19.7. war dieses Jahr auf einen Sonntag gefallen. Benning hielt den Atem an. Es war der letzte Sonntag gewesen. Jener Tag, an dem Silke Ingwersen ihn beim Malen gestört hatte.

Benning schüttelte den Kopf und ließ sich vor dem Sekretär auf einen Stuhl sinken. Konnte das alles Zufall sein? Oder war es Bestimmung? In vier Tagen war er auf vier blonde Mädchen gestoßen. Alle waren fast im gleichen Alter und alle eines gewaltsamen Todes gestorben. - Und alle an einem 19. Juli.

In Gedanken kritzelte er mit dem Bleistift auf einem Zettel herum und betrachtete anschließend sein Werk.

In jeder Ecke des Blattes stand der Vorname eines der Mädchen: Doreen, Sandra, Brigitte und Swenja. Von den Namen führten Linien in die Mitte des Blattes, wo in großen Lettern und fett eingekreist 19.7. stand. Für einen Moment überlegte er: Vielleicht ein Aufhänger für den nächsten Artikel?

»Jaaaa?«, fragte Gunda und grinste frech in die Luft. Sie hätte auch ohne einen Blick auf das Display ihres Telefons gewusst, wer sie da anrief.

»Peter hier«, kam es kleinlaut vom anderen Ende der Leitung.

»Ach, Peter!«, sagte sie scheinbar überrascht. »Ich dachte, es ist Herr Allwissend!«

»Ähm, ...«

»Auf den warte ich nämlich schon die ganze Zeit.« Ihr Grinsen wurde noch bisschen breiter. »Ich bin nämlich kurz vorm Verhungern!«

»Warum hast denn nicht gesagt, dass du nicht im Telefonbuch stehst?«, sagte er vorsichtig. »Selbst googeln ging nicht!«

»Tja, ich dachte ihr drei kriegt das schon hin«, stichelte sie weiter. Sie betrachtete sich zufrieden von oben bis unten im Flurspiegel. Sie war fertig. Von ihr aus konnte es losgehen.

»Wie drei?«

»Na, Herr Glück, Herr Allwissend und Herr Bens!« Für einen Moment war es still. Dann gab er sich lachend geschlagen.

»Okay, okay. Du hast gewonnen. - Verrätst du mir trotzdem den Kurs zu deinem Piratenversteck?«

»Aber nur weil ich es nun wirklich nicht mehr aushalte«, antwortete sie. Das mit ihrem Hunger war weiß Gott nicht übertrieben und so ignorierte sie ihre bisherigen Bedenken hinsichtlich der Weitergabe ihrer Adresse.

»So...«, fügte sie anschließend noch hinzu, »... und wenn ich jetzt noch lange warten muss, dann kriege ich schlechte Laune. Du weißt was passiert, wenn Piraten schlechte Laune kriegen?«

»Die Planke?«, kam es zaghaft vom anderen Ende der Leitung.

»Die Planke!«, bestätigte Gunda und versuchte möglichst ernst zu klingen.

»Bin schon unterwegs!«, erwiderte Bens hektisch und legte ohne ein weiteres Wort auf.

Kurz darauf blickte Gunda auf ein Meer aus roten Rosen, hinter dem eine zaghafte Stimme bettelte: »Ich bitte um gerechte Bestrafung.«

Lachend schob sie die Blumen zur Seite. Bens blickte sie von unten mit seiner besten Unschuldsmiene an.

»Heute kommst du noch einmal davon«, sagte sie. »Komm rein.«

Im Flur hielt sie den riesigen Strauß mit gestreckten Arm von sich weg und versuchte ihn mit einem Blick zu erfassen. Ein schier unmögliches Unterfangen. Er musste ein Vermögen gekostet haben.

»Die sind wirklich wunderschön! - Danke!« Sie sah ihn mit einem verlegenen Lächeln an.

»Wie du«, antwortete er sanft und folgte ihr anschließend zur Küche, wo sie aus einem Küchenschrank eine gläserne Vase hervorholte. Bens blieb an der der Tür stehen und warf von dort einen Blick in das benachbarte Wohnzimmer.

»Hübsch hast du es hier«, bemerkte er mit anerkennender Miene.

»Klein aber mein«, erwiderte sie mit Anspielung auf sein angebliches Häuschen in Kampen. Sie drängte sich an ihm vorbei und platzierte die Vase auf dem Wohnzimmertisch. Entweder hatte er ihre Andeutung nicht bemerkt oder ignorierte sie höflich. Jedenfalls lehnte er nur stumm im Türrahmen und beobachtete wie sie mit flinken Fingern hier und da an einer Blume zupfte und anschließend zufrieden ihr Werk betrachtete.

»So, wir können«, rief sie unternehmungslustig und blickte ihn erwartungsvoll an.

»Bitte nach Ihnen.« Mit einer weit ausholenden Geste und einer ergebenen Verbeugung trat er einen Schritt zurück und gab den Weg frei.

»Vielen Dank«, entgegnete sie mit erhobener Nase und stolzierte vornehm den Flur zur Haustür hinunter. Auf der Straße blieb sie für einen Moment irritiert stehen. Bens war an seinem Wagen vorbei gegangen und drehte sich jetzt zu ihr um.

»Es ist gleich um die Ecke«, beantwortete er ihren fragenden Blick. Sie bogen links in die Norderstraße und anschließend nach rechts in die Strandstraße.

»Das sind jetzt nun aber schon zwei Ecken«, beklagte sich Gunda, die wirklich Hunger und keine Lust auf lange Spaziergänge hatte.

»Wir sind auch schon da«, verkündete Bens. »Voilà!« Mit einer weit ausholenden Armbewegung präsentierte er das Hotel *Stadt Hamburg*. »Darf ich bitten, Gnädigste?«

Und ob er durfte.

Im *Alt Berlin* in der Friedrichsstraße herrschte Hochbetrieb. Wie eigentlich immer während der Saison. Benning war froh, noch einen kleinen Tisch in einer Ecke bekommen zu haben. Er hatte Hinrichs noch zu einem Absacker überreden können. Ein bisschen Gesellschaft konnte nach so einem Tag nicht schaden, und da Gunda ja mit ihrer Arbeitskollegin unterwegs war, hatte er ihn kurz entschlossen angerufen. Hinrichs konnte bestimmt auch etwas Abwechslung gebrauchen. Nach der Hiobsbotschaft mit dem LKA.

Die beiden trafen sich gerne im *Alt Berlin*. Auch wenn es hier noch so voll war, konnte man in dieser urigen Kneipe trotzdem unter sich sein.

»Wann kommt denn dein Kollege aus Kiel?«, fragte Benning.

Hinrichs blickte ihn an und wippte abschätzend den Kopf hin und her.

»So gegen zehn. Er ruft mich an, wenn der Zug in Niebüll losfährt.«

»Du hältst mich aber doch trotzdem weiter auf dem Laufenden?« Benning zog besorgte die Stirn in Falten und nippte an seiner Apfelschorle.

Hinrichs nickte.

»Ich kann dir aber nichts versprechen …«

»Ich weiß. - Aber vergesst nicht: So ganz ohne uns werdet ihr auch nicht auskommen.«

»Ich muss erst mal sehen, was sie mir da für einen Typen schicken.«

»Sag mal, bis das LKA übernimmt und du weißt, wie es weitergeht, hast du doch sicher noch etwas Zeit?« Benning griff in seine Tasche und faltet seinen Notizzettel von vorhin auseinander.

Hinrichs nahm einen Schluck aus seinem Glas, während er gleichzeitig auf das Blatt schielte.

»Was ist denn das?«, fragte er und wischte sich den Schaum von seinem Schnauzer.

»Ich habe jetzt vier tote Mädchen an den Hacken«, antwortete Benning lapidar, so als ob es das natürlichste von der Welt wäre, wenn man 'Starreporter' der *Sylter Zeitung* ist. Er beobachtete seinen Freund und ein leichtes Lächeln umspielte dabei seine Mundwinkel. So ungläubig, wie Hinrichs ihn jetzt ansah, war dessen Interesse eindeutig geweckt.

»Wie, vier tote Mädchen an den Hacken?«

»Doreen vom Weststrand ...« Benning wies mit dem Finger in die linke obere Ecke des Blattes. Hinrichs nickte wissend.

»Sandra ...« Der Finger wanderte in die gegenüberliegende Ecke, während er mit der anderen Hand den Zeitungsausschnitt aus der Jackentasche nestelte. Ohne ein Wort der Erklärung schob er ihn über den Tisch. Hinrichs sah ihn verwirrt an. Dann begann er zu lesen. Benning bestellte indessen, obwohl ihre Gläser noch nicht ganz leer waren, für alle Fälle noch ein Pils und eine Schorle. Hier war es mittlerweile so voll, dass man die Gelegenheit nutzen musste, wenn sich die Bedienung mal in ihre Ecke verirrte.

»Ich kann mich vage an den Fall erinnern«, murmelte Hinrichs und gab ihm den Ausschnitt zurück. »War noch bei meinem Vorgänger. Aber wie kommst du da jetzt ran?«

Benning hatte die Frage befürchtet. Ihm war klar, dass die weitere Zusammenarbeit mit Hinrichs, insbesondere jetzt, wo sich das LKA eingeschaltet hatte, wesentlich von einer soliden Vertrauensbasis abhing. Und auch wenn sie sich nun schon viele Jahre kannten, war ein solches Signal im Augenblick mal wieder angebracht. Bedeutungsvoll beugte er sich zu Hinrichs.

»Zu niemandem ein Wort«, sagte er. Dabei sprach er gerade noch so laut, dass Hinrichs es bei dem Krach um sie herum verstehen konnte. »Auch zu Gunda nicht.«

Hinrichs nickte beeindruckt. Diese eindringliche Ernsthaftigkeit kannte er von seinem Freund gar nicht. Und dass er Geheimnisse vor Gunda hatte ...

»Du erinnerst dich doch noch an Henning, Henning Paulsen, Gundas Vater?«

»Natürlich ...«, antwortete Hinrichs. »Da war doch dieser schlimme Unfall. War in meinem ersten Jahr hier auf der Insel.«

Benning nickte und erzählte, wie er nach so vielen Jahren an den Brief gekommen war und das bisher nur sie beide von seiner Existenz wussten. Dann reichte er ihm das zusammengefaltete Blatt mit Hennings Zeilen.

»Ein Bier, eine Apfelschorle!«

Die Bedienung hatte ihre Bestellung geschickt durch die Menschenmassen bugsiert und stellte die Getränke vor ihnen auf den Tisch. Hinrichs leerte schnell sein Glas und reichte es ihr mit einem kurzen Nicken.

»Danke«, sagte Benning und schob das neue Glas an sein noch halb volles heran.

»Vorsicht bitte«, rief die Bedienung und machte sich wieder, mit hoch über dem Kopf erhobenem Tablett, auf den Weg zu den nächsten Gästen.

Nachdem Hinrichs den Brief zu Ende gelesen hatte, reichte er ihn mit einem betroffenen Gesichtsausdruck zurück.

»Furchtbare Sache. Der arme Kerl.«

»Ja«, bestätigte Benning und merkte, wie ihm Tränen in die Augen stiegen. »Auf einmal ist alles wieder so präsent.«

Hinrichs legte ihm mitfühlend die Hand auf die Schulter. Wortlos verweilten sie so für einen Moment.

»Geht schon«, sagte Benning und schnäuzte in eine Serviette, die er aus dem Plastikspender vor ihnen auf dem Tisch genommen hatte. Im Sommer hatte er nur selten ein Taschentuch dabei.

»Und die anderen?«, fragte Hinrichs und zeigte auf die Namen von Brigitte und Swenja. Er hoffte einerseits seinen Freund so etwas ablenken zu können, andererseits war er auch wirklich neugierig, was es mit den beiden Mädchen auf sich hatte. Er ahnte nicht, wie sehr die beiden in Bennings Augen mit Henning Paulsens Tod verknüpft waren. Doch Benning hatte sich inzwischen wieder gefangen und stopfte die zusammengeknüllte Serviette in die Hosentasche. Schließlich erzählte er von seiner Begegnung mit Roland Knorr und von der XY-Sendung.

»... und wie der Zufall es will ...« Er klopfte mit dem Finger auf die Mitte des Blattes. »Alle sind an einem 19. Juli gestorben!«

»Das kann nur ein Zufall sein«, sagte Hinrichs und nahm einen großen Schluck aus seinem Glas. »Du solltest dem nicht zu viel Bedeutung beimessen.«

»Michael?« Benning sah seinen Freund bittend an. »Kannst du mir einen Gefallen tun?«

»Sicher.«

»Könntest du trotzdem versuchen, noch etwas über die beiden herauszubekommen? Ich will nur sicher sein, dass das alles wirklich nur ein unglücklicher Zufall war, der zu Hennings Tod geführt hat.«

Hinrichs nickte. Auch wenn er keinen wirklichen Sinn darin sah, konnte er seinem Freund diesen Wunsch unmöglich abschlagen.

»Ich hab da unten noch einen alten Kollegen, mit dem ich auf der Polizeischule war. Vielleicht hat der ja noch was im Keller. Ich brauche dann nur die kompletten Namen.«

»Natürlich«, antwortete Benning dankbar und notierte eilig die Namen auf einem Bierdeckel. Hinrichs steckte den Deckel ein und trank mit einem Blick auf seine Uhr aus.

»Sei mir nicht böse, aber ich will so langsam los. Ist doch wieder spät geworden und die Überstunden der letzten Zeit waren auch nicht ohne. Wer weiß, was mich morgen mit dem LKA-Fritzen noch alles erwartet?« Umständlich angelte er in der Innentasche seiner Jacke nach seinem Portemonnaie.

»Lass stecken«, sagte Benning und erhob sich. »Heute bin ich mal wieder dran.«

»Wenn du meinst«, erwiderte der Inselkommissar schulterzuckend und zitierte einen seiner Lieblingssprüche aus Walter Kempowskis Tadellöser & Wolff: »Ich werd's dir lohnen im späteren Leben, ...«

»... einstweilen besten Dank!«, ergänzte Benning im Weggehen das Zitat. »Ja ja, ich weiß!«

Hinrichs war schon vorgegangen und wartete nun vor der Kneipe auf Benning. Die Hände tief in die Hosentaschen gestemmt genoss er die wohltuende Frische der leichten Abendbrise. Erst jetzt registrierte er, wie stickig es drinnen gewesen war.

»Ah, das tut gut«, bestätigte kurz darauf dann auch Benning. Er hatte die Tür gegen den Widerstand der Schließautomatik ins Schloss gedrückt und nun drang auch das laute Stimmengewirr nur noch gedämpft an ihr Ohr.

»Na, dann bis morgen«, verabschiedeten sich Hinrichs einsilbig. Er tippte sich mit zwei Fingern an die Stirn und machte sich auf den Weg.

»Mach's gut!«, rief Benning ihm hinterher. Sein Blick folgte ihm noch, bis er schließlich in der Käpt'n-Christiansen-Straße verschwunden war.

Auf dem Parkplatz der Redaktion ließ Benning sich in den Sitz seines Wagens sinken und startete den Motor. Ja, dachte er. Für heute reicht's wirklich.

Eine Gruppe sichtlich gut gelaunter Urlauber, die gerade den Fußgängerüberweg in Höhe der *Sylter Welle* überquerten, zwang ihn zu einem kurzen Stopp. Lächelnd sah er dem fröhlichen Treiben zu. Hier war der Abend sicher noch längst nicht vorüber. Jedenfalls ließen die zahlreichen Sektflaschen keinen anderen Schluss zu. Das letzte Pärchen hatte nun auch endlich die andere Straßenseite erreicht und den Weg freigemacht. Er legte den ersten Gang ein und wollte gerade losfahren, als sein Lächeln von einer Sekunde zur anderen gefror. Die junge Frau, die dort soeben laut lachend ihr blondes Haar nach hinten geworfen hatte und im Arm eines älteren Mannes der Gruppe folgte, war zweifellos ...

»Gunda ...?«

Ungläubig starrte er ihnen hinterher, bis das ungeduldige Hupen seines Hintermanns ihn aus seiner Starre riss. Hektisch gab er Gas und fuhr mit quietschenden Reifen davon. Aus dem Augenwinkel hatte er noch bemerkt, wie sich die beiden nach der Ursache des plötzlichen Lärms umgedreht hatten. Instinktiv hatte er sich hinter das Lenkrad geduckt, um nicht entdeckt zu werden. Die Sinnlosigkeit seiner Bemühung erkennend, schüttelte er nun den Kopf. Selbstverständlich kannte Gunda nicht nur sein Auto, sondern natürlich auch das Kennzeichen.

Soso, dachte er. So sieht also Brigitte aus. Wut und Enttäuschung stiegen in ihm auf. Wütend und enttäuscht, weil sie ihn angelogen hatte? - Wütend und enttäuscht, weil sie sein Vertrauen missbraucht hatte? Oder war es nur wegen des anderen Mannes?

Seine Hände verkrampften sich so fest in das Lenkrad, dass die Knöchel weiß hervortraten.

Der Alte könnte doch ihr Vater sein, dachte er aufgebracht. In seinem Bauch kochte und brodelte es auch noch, als er nach einigen Minuten scharf in seine Auffahrt einbog. - Es kochte und brodelte auch noch nach einem großen Glas Wein. Und es wühlte auch weiter in seinen Eingeweiden, als er sich Stunden später zum x-ten Male in seinem Bett von der einen auf die andere Seite gewälzt hatte.

9.

Ring, Riiiiing, Ring.

Das Tageslicht, das durch die Fenster auf ihr Bett flutete, schmerzte in den Augen. Gunda Paulsen blinzelte zu ihrem Wecker, der neben ihrem Bett auf dem Nachttisch stand. Zehn Uhr.

»Ach, Robbie«, stöhnte sie leise und sank müde in ihre Kissen zurück. »Nicht jetzt. Es ist doch noch mitten in der Nacht.«

Sie konnte sich nicht erinnern, mit ihm verabredet zu sein. Schwerfällig wälzte sie sich auf die Seite und zog sich dabei das Kissen über den Kopf.

»Sei mir nicht böse«, murmelte sie düselig und schlief wieder ein.

Bennings Finger schwebte bereits wieder über dem Klingelknopf. Doch letztlich ließ er ihn nachdenklich sinken. Wieso öffnete sie nicht? Er war sich hundertprozentig sicher, dass heute ihr freier Vormittag war. Hatte sie etwa Besuch? - War es am Ende er? Eine unsichtbare Hand schien sich in seine Eingeweide zu wühlen. Mit hängendem Kopf stapfte er zu seinem Wagen. In der offenen Fahrertür blieb er noch einmal stehen und schaute zu Gundas Wohnung hinauf. Nichts. Enttäuscht warf er die Tüte mit den frischen Croissants auf den Beifahrersitz und startete den Motor. Ein letzter Blick richtete sich auf ihr Schlafzimmerfenster, dann gab er Gas und raste davon. Doch bereits nach wenigen Metern bremste die Ampel am Ende der Stephanstraße ihn wieder aus. Wie hypnotisiert starrte er auf das rote Licht, während sein Fuß ungeduldig das Gaspedal malträtierte. Dazwischen mischte sich unbeirrt und stoisch wie die Taktvorgabe eines Metronoms das monotone Klacken des Blinkers.

Gelb. - Grün. Mit quietschenden Reifen schoss der rote Mazda auf die Kreuzung zu. Im letzten Moment änderte er noch schnell die Richtung, indem er das Steuer nach rechts riss. Statt nach Hause zu fahren, wollte er noch eben bei Hinrichs vorbeischauen, bevor das LKA anrückte.

»Kommissar Hinrichs? Der ist schon wieder los.« Der wachhabende Beamte in der Westerländer Polizeiwache sah ihn mit einem bedauernden Lächeln an.

»Wissen Sie, wo er hinwollte?«, fragte Benning.

»Nein, tut mir leid.«

»Okay, vielen Dank!«

Na, der Tag fängt ja prima an, dachte er, während er die Wache verließ.

Vom gegenüberliegenden Bahnhof schallte das kreischende Geräusch blockierender Zugräder zu ihm herüber. Wie auf Kommando startete sofort ein Automotor nach dem anderen. Gleich würde sich von Neuem eine lange Autokarawane die Laderampen des *Sylt Shuttles* hinunterschieben. Eine weitere Fuhre sonnenhungriger Urlauber hatte die Insel erreicht.

»Drah di net um - oh, oh, oh ...«, meldete sich sein Smartphone.

»Das war ja Gedankenübertragung!«

»Wieso?«, fragte Hinrichs verblüfft.

»Bin gerade bei der Wache und hatte gehofft dich noch anzutreffen, bevor das LKA anrückt.«

»Na toll«, erwiderte der Kommissar. »Und ich stehe hier vor deiner Tür. Es gibt Neuigkeiten!«

»Lass hören«, sagte Benning, während er zu seinem Wagen schlenderte.

»Nicht am Telefon. Ich warte hier auf dich. Beeil dich. Ich habe nicht viel Zeit.«

Hinrichs hatte es sich auf der kleinen weißen Holzbank vor Bennings Haus bequem gemacht und begrüßte seinen Freund mit einem kurzen Wink, als dieser in die Auffahrt bog.

»Moin Michael! Komm rein!« Hastig schloss er die Haustür auf und sah Hinrichs, der ihm gefolgt war, erwartungsvoll an.

»Sei froh, dass ich bei meinem alten Kumpel von der Polizeischule noch was gut hatte«, sagte Hinrichs mit wichtiger Miene. Er nahm eine Mappe aus seiner Aktentasche und legte sie bedeutungsvoll vor sich auf den Tisch. Sie hatten inzwischen im Esszimmer Platz genommen und Benning konnte es kaum noch erwarten zu sehen, was sein Freund da mitgebracht hatte.

»Er ist heute an seinem freien Tag extra für mich ins Archiv gestiegen«, fügte Hinrichs nachdrücklich hinzu.

»Und?«, fragte Benning ungeduldig, ohne weiter auf die Bemerkung einzugehen. Der Kommissar verzog die Mundwinkel. Etwas mehr Anerkennung für seine Mühe und seine hervorragenden Beziehungen hatte er sich dann doch erhofft.

»Franz konnte mir selbstverständlich nicht die gesamten Ermittlungsakten zuschicken«, fuhr Hinrichs leicht verstimmt fort. »Die Hauptakten liegen sowieso bei der Staatsanwaltschaft. Und da kommt man nicht so ohne Weiteres dran.«

Benning nickte verständnisvoll.

»Aber zum Glück gab es noch die Handakten. Auch wenn die meistens nicht so ausführlich sind, hat es sich doch gelohnt.« Stolz breitete er eine Reihe von Papieren, die er aus dem Aktendeckel hervor gezogen hatte, auf dem Tisch aus.

»Zugegeben, es sind nicht die besten Kopien, aber die Akten haben ja nun auch schon einige Zeit auf dem Buckel. Wir können froh sein, dass er sie noch eingescannt hat. Als Fax hättest du sie komplett vergessen können.«

Wieder nickte Benning. Diesmal mit einer gewissen Gleichgültigkeit. Längst hatte er sich darauf konzentriert, etwas Interessantes in den Papieren zu entdecken.

»Ich habe beim Drucken schon mal alles überflogen«, sagte Hinrichs. »Eins steht auf jeden Fall fest: Die beiden Morde können deinen Freund eigentlich nicht so aus der Fassung gebracht haben. Es sei denn, er hat sie selbst begangen.« Er grinste Benning an, doch dessen missbilligender Blick, ließ sein Grinsen sofort wieder ersterben.

»Sorry«, entschuldigte er sich mit einem verlegenen Lächeln und zuckte die Achseln. »Die Routine kommt halt immer wieder durch.«

»Schon gut«, antwortete Benning. Er wusste, dass sein Freund es nicht so gemeint hatte.

»Ich wollte damit auch nur sagen, dass es keinen Zusammenhang zu Sandra Meyers Tod gibt. Ihr Suizid ist eindeutig.« Hinrichs strich sich mit dem Zeigefinger übers Handgelenk. »Pulsadern! - Fremdverschulden vollkommen ausgeschlossen!« Er griff erneut in seine

Tasche, die nach wie vor geöffnet auf seinem Schoß stand, und förderte eine andere Aktenmappe zutage. »Das ist ihre Akte. Hab ich noch in unserem Archiv gefunden.«

»Demnach war es dann wirklich nur der gleiche Todestag!«, stellte Benning geistesabwesend fest. Damit konnte er dieses Thema also ein für alle Mal abschließen. Hennings Gewissensbisse waren an jenem Skatabend wieder aufgelebt und Schuld waren demnach wirklich nur das Datum und die Ähnlichkeit der toten Mädchen mit Sandra. Es muss dann aber so schlimm gewesen sein, dass er sich nun endlich jemandem anvertrauen wollte. Nein, nicht jemandem, sondern seinem besten Freund. Und den hatte er nicht mehr erreichen können. Benning schüttelte erschüttert den Kopf und begann die Papiere wieder zusammenzuschieben. Hätte ich doch nur nicht zurückgerufen, dachte er. Nun trug er die Bürde, Gunda und ihrer Mutter die Wahrheit zu sagen.

»Moment«, rief Hinrichs. »Nicht so hastig.«

Benning hielt inne und sah ihn fragend an.

»Die beiden haben sicher nichts mit dem Tod von Sandra Meyer zu tun, aber ...« Er fischte aus den Papieren die Fotos von den Tatorten. »Sieh hier. Kommt dir darauf nichts bekannt vor?«

Benning verstand immer noch nicht. Er beugte sich über die Kopien, um sie sich genauer anzusehen. Die Aufnahmen zeigten junge Mädchen, die, wie schlafend auf dem Rücken lagen. Bei der einen lag eine Rose ...

Ungläubig sah er auf. Der Kommissar nickte wissend und wies bei dem Foto von Brigitte Mesbach, auf eine Rose, die jedoch neben ihrem Körper lag.

»Wahrscheinlich nur runtergerutscht.«

»Soll das heißen, das die beiden Morde mit unserem zusammenhängen?«, fragte Benning fassungslos.

»Und mit dem aus Flensburg«, sagte Hinrichs. »Vergiss Andrea Schumann nicht. Auch sie ist übrigens an einem neunzehnten Juli ermordet worden.«

»Vier Morde«, stammelte Benning entgeistert. »Heißt das, wir hatten am Sonntag einen Serienmörder auf der Insel?«

»Ist er denn schon abgereist?«, fragte Hinrichs vielsagend.

»Du meinst ...« Die Vorstellung auf einen Serienmörder gestoßen zu sein, der seit Jahren sein Unwesen trieb, war ja schon heftig. Aber dass der möglicherweise noch auf Sylt war, das machte ihm Angst. Sofort musste er an Gunda und ihren unbekannten Begleiter denken.

»Wir müssen auf jeden Fall damit rechnen«, sagte Hinrichs. »Es gibt da nämlich noch andere Indizien: Alle vier sind mit einem Seidenschal oder etwas Ähnlichem erdrosselt worden, es gab keine Anzeichen für einen Sexualdelikt und auch nirgendwo irgendwelche Abwehrspuren. Offenbar haben sie alle ihren Mörder gekannt.«

»Weiß das LKA auch schon davon?«, fragte Benning.

»Mensch das LKA!« Hinrichs sprang auf und schlug sich mit der flachen Hand vor die Stirn. »Das hätte ich jetzt fast vergessen.«

Er schielte zur Wanduhr, während er sein Handy aus der Hosentasche fischte. Kurz vor elf und keine Anrufe. Erleichtert ließ er die Schultern sinken.

»Schwein gehabt. Wahrscheinlich ...« In dem Moment vibrierte das Telefon in seiner Hand.

»Ja? ... Hallo Schmittie... In einer halben Stunde? Gut, ich hol ihn dann am Bahnhof ab. Wie war noch sein Name? ... Hauptkommissar Rathjendorf? ... Gut. - Ach und Schmittie... Schick noch einen jungen Bäderkollegen zum Bahnhof. Mit einer Uniform auf dem Bahnsteig findet er uns besser. Ich weiß ja schließlich nicht, wie der Herr vom LKA aussieht.«

Hinrichs legte auf.

»Du musst ihm gleich alles erzählen«, sagte Benning aufgeregt. Er konnte es immer noch nicht fassen, dass sich möglicherweise ein Serienmörder unter die Urlauber gemischt hatte.

»Von wegen.« Hinrichs schüttelte energisch den Kopf. »Jetzt, wo man mich in die zweite Reihe abschieben will? Nein, mein Lieber, nun werden die feinen Herren vom LKA erst einmal sehen, was so ein oller Dorfsheriff alles auf dem Kasten hat.«

»Sei nicht albern!«, protestierte Benning überrascht. So kannte er seinen Freund ja gar nicht. Die Sache mit dem LKA schien ihm ja ganz schön nah zu gehen. »Für Eitelkeiten ist jetzt hier kein Platz. Dafür ist die Sache ein bisschen zu ernst. Außerdem bist du alleine.«

»Und was ist mit dir?«, fragte Hinrichs und tippte ihm mit dem Zeigefinger auf die Brust. »Wir sind die Einzigen, die bisher von allem wissen. Das ist unser Vorteil.«

»Michael, hier läuft wahrscheinlich noch ein wahnsinniger Killer frei rum!«

Hinrichs wiegelte mit einer kurzen Geste seiner Hand ab.

»Nun übertreib mal nicht. Selbst wenn er noch hier sein sollte, glaub ich nicht, dass der so schnell noch mal zuschlägt. Alle Morde liegen Jahre auseinander. Ich gehe eher davon aus, dass er, wo immer er auch gerade ist, sich sehr sicher fühlt. Und genau das ist unsere Chance. Wir müssen jetzt nur noch die Spur weiter verfolgen.«

»Welche Spur?« Benning sah ihn skeptisch an.

»Na, warte mal ab. Vielleicht bringen uns ja die Laborergebnisse weiter. Vergiss den Bluttropfen nicht, den wir sichergestellt haben.«

Hinrichs sah ihn so zuversichtlich und aufmunternd an, wie das eben möglich war, wenn man einen Freund gerade angelogen hatte. Die Laborergebnisse waren längst da. Zwar hatte man DNA isolieren können, allerdings war die Datenbankrecherche ergebnislos verlaufen.

»Ich weiß nicht«, sagte Benning unsicher. Ihm war die Sache immer noch unheimlich.

»Überleg doch mal. Ich kann den Herrschaften aus Kiel mal schön 'ne lange Nase drehen und du hast die Story. Exklusiv. Und wenn wir bis Mittwoch nicht weiter gekommen sind, weihe ich diesen Rathjendorf ein. Versprochen!«

Benning wog skeptisch den Kopf hin und her. Auch mit diesem Versprechen fühlte er sich nicht wirklich wohler in seiner Haut. Sie hatten gerade mal Freitag. Er überlegte. Aber irgendwie hatte Hinrichs auch recht. So eine Exklusivstory hatte schon ihren Reiz. Nicht wegen des Geldes. Aber vielleicht würden ihn ja dann die gelernten Kollegen in der Reaktion künftig etwas mehr respektieren.

»Bis Mittwoch!«, willigte er schließlich ein. »Keinen Tag länger!«

»Aber denk dran«, ermahnte ihn Hinrichs eindringlich. »Zu niemandem ein Wort. Auch zu Gunda nicht. Und was du in der Zeitung schreibst, stimmen wir vorher ab.«

Benning nickte wortlos.

»Nun muss ich aber los!« Hinrichs schloss hastig seine Tasche und klemmte sie sich unter den Arm. »Also, Robbie, mach's gut.«

Benning blickte fragend zu den Unterlagen, die immer noch ausgebreitet auf dem Tisch lagen.

»Die lass ich erst mal bei dir. - In unserem kleinen Hauptquartier.« Er zwinkerte ihm zu und verschwand Richtung Haustür.

Durch das Küchenfenster beobachtete Benning, wie Hinrichs auf die Norderstraße zurücksetzte und anschließend mit aufheulendem Motor Richtung Süden davonfuhr. Jetzt brauchte er erst mal 'nen Kaffee. Und während die Kaffeemaschine kurz darauf ihre Arbeit aufnahm, begann er damit, schon mal die Fülle an Neuigkeiten in Ruhe zu sichten. Aus der Erinnerung und unter Zuhilfenahme der Tatortfotos fertigte er zu jeder Auffindesituation eine Skizze an und legte sie danach nebeneinander auf den Tisch. Inzwischen war auch der Kaffee durchgelaufen und Benning füllte sich seinen Becher. Vorsichtig pustete er über die heiße Brühe, bevor er einen ersten Schluck wagte. Dabei betrachtete er aus der Entfernung nachdenklich seine Zeichnungen. Vier tote Mädchen. Er schüttelte verständnislos den Kopf und stellte langsam die Tasse auf den Tisch. Nein, dachte er mit einem

Blick auf Sandra Meyers Ermittlungsakte. Fünf tote Mädchen. Bisher hatte er der Akte keine große Beachtung geschenkt. Schließlich hatte Sandra mit den Morden nichts zu tun. Sie gehörte zu einer anderen furchtbaren Geschichte und die ging erst einmal nur Henning und ihn etwas an. Behutsam öffnete er die Akte und wich sofort erschrocken zurück. Gleich vornean war das Foto eingeheftet, das man nach Sandras Auffinden aufgenommen hatte. Benning schlug den Aktendeckel zu und legte ihn mit zittrigen Händen auf den Tisch. Er trank einen Schluck Kaffee und atmete tief durch. Aus seiner Zeit im Krankenhaus war er ja schon einiges gewohnt, aber das ... Zögernd nahm er sich die Akte und schlug sie ohne hinzugucken wieder auf, wobei er das Foto rasch weiter blätterte. Im Grunde genommen hätte er sich das auch sparen können, denn der kurze Blick von eben hatte ausgereicht, um ihm dieses Bild unauslöschlich ins Gehirn zu brennen: zwei leere Augenhöhlen in einem blutverschmierten Gesicht, das von klaffenden Risswunden nur so übersät war. Niemals hätte er das fröhlich lächelnde Mädchen auf dem Foto in Hennings Brief wiedererkannt. Jetzt wusste Benning auch, was Hinrichs damit gemeint hatte, als er vorhin kurz erklärt hatte, dass man Sandra ohne die Möwen unter Umständen erst Tage später gefunden hätte.

Eilig überflog er die Akte und legte sie anschließend betroffen zur Seite. Er blickte gedankenverloren hinaus in den Garten. Wie normal war sein Leben doch noch letzte Woche gewesen? - Laufen, malen, gelegentlich ein kleiner Artikel für den Lokalteil ... Und jetzt? Jetzt steckte er auf einmal inmitten einer Mordserie, seine

Gunda machte vermutlich mit 'nem alten Knacker rum und sein toter Freund war wieder allgegenwärtig. Und solange er Hennings Vermächtnis nicht erfüllt hatte, würde sich daran auch nichts ändern. Doch jetzt, wo er mitten in dieser Mordgeschichte steckte, konnte er nicht auch noch Gunda und ihrer Mutter von Hennings Brief erzählen. Das musste jetzt einfach hinten anstehen.

»Guten Morgen Engelchen. Gut geschlafen?«

Gunda drückte mit der einen Hand ihr Handy ans Ohr, während sie sich, den anderen Arm weit über den Kopf gestreckt, wohlig rekelte.

»Jaaaa, Pit. Und du?«

»Wie ein Stein«, antwortete Bens. »Hab ich dich geweckt?«

»Hmmh«, murmelte sie und blickte auf ihren Radiowecker. Erschrocken fuhr sie in die Höhe. Von wegen 'Guten Morgen'. Es war inzwischen fast elf. Sie musste offenbar vorhin noch einmal richtig fest eingeschlafen sein. »Gut, das du angerufen hast. Ich hätte sonst glatt verschlafen.«

»Verschlafen? Musst du etwa gleich arbeiten?«

»Ja, leider.« Sie hatte sich aufgesetzt und fuhr sich mit der Hand durchs Haar.

»Dann kann ich das gemeinsame Essen wohl knicken«, stellte er entäuscht fest.

»Gemeinsames Essen? - Das wäre echt schön. Aber in 'ner knappen Stunde muss ich schon wieder auf der Brücke stehen.«

»Und wenn ich dir eine Entschuldigung schreibe?« Gunda lachte und erinnerte sich daran, wie Benning ihr so ab und zu mal eine Auszeit von der Schule verschafft hatte.

»Wenn das so einfach wäre. Kannst du dir vorstellen was los ist, wenn ich meine Crew hängen lasse?«

»Lieber nicht«, antwortete Bens und fragte gleich hoffnungsvoll hinterher: »Und heute Abend?«

»Ich weiß noch nicht«, erwiderte sie unschlüssig. »Könnte eventuell später werden. Und gestern abend ging es ja auch schon ziemlich lang ...«

»Für mich hätte es noch ewig so weitergehen können«, schmeichelte er mit sanfter Stimme.

»Du bist lieb«, flüsterte sie glücklich.

»Meld' dich einfach heute abend, wenn du noch Lust hast«, schlug er vor. »Ich warte auf jeden Fall auf dich!«

»Okay. Aber sei mir nicht böse, wenn ich mich nicht mehr melde, dann ist es wirklich zu spät geworden. Morgen rufe ich dich aber ganz bestimmt an.« Sie machte eine kurze Pause.

»Und Pit ...«

»Ja?«

Gunda ließ sich in die Kissen fallen und blickte glücklich an die Decke.

»Danke für den schönen Abend.«

»Hoffentlich bald wieder«, antwortete er.

»Ganz bestimmt. Und vergiss mich bis dahin nicht«, hauchte sie ins Telefon und schickte einen schmatzenden Kuss hinterher.

»Niemals. - Ich freu mich auf dich!«

Sie legte auf und ließ den Arm auf die Bettdecke sinken. Für einen Moment genoss sie das angenehm warme Gefühl in ihrem Bauch, dann sprang sie, wie von der Tarantel gestochen, mit einem Satz aus dem Bett und weiter ins Bad. Jetzt musste sie aber wirklich Gas geben.

Verdammt, fluchte Benning innerlich. Warum bestand bei einigen Menschen das größte Talent darin, genau dann anzurufen, wenn man gerade das Essen auf dem Tisch hat? Eigentlich hatte er sich geschworen solche Anrufe zu ignorieren, aber ...

Ärgerlich warf er sein Besteck auf den Teller und griff nach seinem iPhone. Es war Silke Ingwersen.

»Wie sieht's aus?«, fiel sie hektisch gleich mit der Tür ins Haus. Das war typisch für sie. Irgendwie kam sie scheinbar nie so ganz zur Ruhe, immer auf der Jagd nach neuen Storys. Diesmal sah er über die fehlende Begrüßung hinweg, obwohl er ihr das an und für sich nicht mehr durchgehen lassen wollte. Nur ein kurzes 'Hallo', das würde ja schon reichen. Aber mit dem Blick auf seinen Teller, von dem ihn ein Schnitzel zur Eile mahnte, entschied er sich es für heute dabei bewenden zu lassen.

»Leider nichts Neues. Außer vielleicht, dass das LKA eingeschaltet ist. Mal sehen, ob ich dazu noch mehr erfahren kann.«

»Das LKA?«, fragte die Ingwersen überrascht. »Scheint wohl was Größeres zu sein.«

»Hinrichs meint, das wäre reine Routine«, versuchte er ihre Erwartungen ein wenig zu dämpfen. »In Mordfällen müsste er die grundsätzlich informieren.«

»Na gut. Dann sieh mal zu, dass du das klärst. Ich will was Neues in der Montagsausgabe haben.«

»Ich tue, was ich kann«, sagte er und stocherte ungeduldig mit der Gabel in seinen Bratkartoffeln. »Ich rufe dich an, sobald ich was habe.«

»Ich zähl auf dich«, sagte sie nachdrücklich. »Nach fast einer Woche ohne Neuigkeiten dazustehen, ist nicht gerade prickelnd.« Dann legte sie ohne ein weiteres Wort auf.

»Dir auch einen schönen Tag«, murmelte er verärgert und schnitt sich ein Stück von seinem Schnitzel ab. Lustlos kauend legte er das Besteck aber dann gleich wieder zur Seite. Irgendwie war ihm zwischenzeitlich der Appetit vergangen. In der Küche tauschte er kurz darauf lauwarmes Schnitzel gegen frischen Kaffee, nahm sich seine Notizen und den Laptop und machte sich wieder an die Arbeit.

Vor einiger Zeit hatte er sich eine Datenbank angelegt, in der er Informationen zu Personen speicherte, mit denen er als Journalist zu tun hatte. Insbesondere fanden sich dort Prominente, die in regelmäßigen Abständen die Insel besuchten. Damit verfügte er über eine Vielzahl von Grundinformationen, die ihm bei der Vorbereitung von Interviews die Arbeit wesentlich erleichterten. In diese Datenbank hackte er nun auch seine Notizen zu den ermordeten Mädchen ein. Vielleicht konnte er so, mithilfe entsprechender Filter, weiteren Gemeinsamkeiten oder Besonderheiten auf die Spur kommen. Und so stand einige Zeit später Doreen N. direkt hinter Dieter Bohlen.

Auch Sandra Meyers Daten hatte er bereits gespeichert. Für einen kurzen Moment überlegte er, ob er sie nicht gleich wieder herausnehmen sollte. Ihr Fall war im Grunde abgeschlossen und alles andere stand in Hennings Brief.

'Wollen sie die Datei wirklich löschen?'

Unschlüssig fuhr Benning mit dem Cursor über das Ja-Feld des Pop-up-Dialogs. Doch schließlich setzte sich der Sammler in ihm durch. Viel zu oft hatte er sich schon darüber geärgert, Daten voreilig gelöscht zu haben. Vielleicht konnte er ausgerechnet diese ja noch gebrauchen.

Sandra blieb.

Dafür bestätigte er die Frage, ob er Windows wirklich beenden wolle, mit 'Ja' und während er sich erhob, legte er Notizen und Skizzen zusammen und versteckte sie anschließend wieder in seinem Sekretär.

Er blickte zur Pendeluhr und stemmte die Hände in die Hüften. Mit einem langen Seufzer überstreckte er seinen vom langen Sitzen schmerzenden Rücken. Wie schnell die Zeit doch wieder vergangen war. Es war bereits kurz vor vier.

Na, dachte er, dann mal nix wie los. Jetzt hieß es bei einem Läufchen wieder den Kopf freizubekommen.

»Hallo Robbie!«

Gunda küsste ihn auf die Wange und musterte belustigt sein überraschtes Gesicht. Nachdem ihre Ablösung rechtzeitig gekommen war, hatte sie noch einige Minuten nachdenklich in ihrem Mini gesessen. Aus der Kontaktliste ihres Handys hatte sie bereits Peter Bens Nummer aufgerufen, als sich plötzlich ihr schlechtes Gewissen gemeldet hatte. Was war mit Robert? Seit gestern hatte sie sich nicht mehr bei ihm gemeldet und ihn dann auch noch heute Morgen vor der Tür stehen lassen. Der Gedanke sich nun erneut nicht bei ihm zu melden hatte ihr sichtliches Unbehagen bereitet. Und so hatte sie sich, wenn auch schweren Herzens, gegen Peter entschieden. Jedenfalls für den Moment.

Vielleicht ist er ja gar nicht da, hatte sie auf der anschließenden Fahrt insgeheim gehofft. Verliebte Herzen haben es wirklich nicht leicht. Doch Benning war da und bat sie jetzt freudig überrascht in die Wohnung.

»Du arbeitest wohl noch?«, fragte Gunda, als sie das Esszimmer betraten. Auf dem Tisch lagen überall Blätter kreuz und quer durcheinander und mittendrin stand, wie ein Fels in der Brandung, sein Laptop.

»Ich störe dich auch nicht lange«, fügte sie noch rasch hinzu, während ihr Herz einen kleinen Sprung machte. Da war er: der Grund für ihre kurze Stippvisite, mit der sie ihr Gewissen beruhigen konnte. Gleich würde der Weg wieder frei sein. - Pit, ich komme, dachte sie beschwingt.

»Ach was«, sagte Benning. »Du störst nicht. Ich wollte nur noch ein paar Sachen überfliegen. Vorhin beim Laufen sind mir ein paar Ideen gekommen und da habe ich mir noch mal meine Unterlagen vorgenommen. Aber das hat Zeit.«

Peng! Da war die Tür zu ihrer neuen Liebe auch schon wieder zu. - Adieu Pit, dachte Gunda und versuchte sich ihre Enttäuschung nicht anmerken zu lassen.

»Und, heute mal wieder ordentlich ausgeschlafen?« Der unterschwellige Vorwurf in Bennings Stimme war nicht zu überhören.

»Tut mir leid«, sagte sie und sah ihn aus treuen Augen an. »Aber ich konnte dir heute Morgen unmöglich aufmachen. Ich hab kaum die Augen aufgekriegt.«

»Wohl 'ne lange Nacht gehabt«, sagte er und schob sich in Richtung Küche an ihr vorbei. »Möchtest du auch was trinken?«

»Nein, danke!«, antwortete sie entgeistert. Die unterschwellige Anzüglichkeit in seiner Bemerkung war ihr nicht entgangen.

»Wieso lange Nacht?«, fragte sie.

»Ach, nur so«, wiegelte er ab. »Nicht weiter wichtig.«

Sie schielte verstohlen zu ihm herüber. Ob er etwas von Peter ahnte?

»Dafür hast du heute Morgen die schönsten Croissants verpasst.« Er war mit einem Glas seines Lieblingsgetränks aus der Küche getreten und sah sie mitleidig an.

»Was sind denn das für Zeichnungen?«, fragte sie rasch und wies auf die Tatortskizzen, die vor ihr auf dem Tisch lagen. Sie hoffte, so vom Thema ablenken zu können.

Benning zuckte zusammen. Erst jetzt fiel ihm auf, dass er vorhin in der Eile versäumt hatte, seine Notizen und Skizzen verschwinden zu lassen. Sofort, nachdem er sie an ihrem speziellen Klingeln erkannt hatte, war es ihm heiß und kalt den Rücken herunter gelaufen und seine Gedanken nur noch von dieser einen Frage beherrscht worden: Wie konnte er am besten aus ihr herausbekommen, was es gestern Abend mit dem Mann an ihrer Seite auf sich gehabt hatte?

Scheiße, Scheiße, Scheiße, dachte er und überlegte krampfhaft, wie er aus der Nummer wieder herauskam. Michael würde ihn umbringen, wenn nur wenige Stunden nach ihrer konspirativen Absprache alles auffliegen würde.

»Das sind Skizzen vom Tatort«, stammelte er und begann hastig die Blätter zusammenzuschieben.

»Warum hast du denn so viele verschiedene gemacht? Und hier fehlt auch noch der Strandkorb.« Sie wies auf die Zeichnung von Andrea Schumann, der Toten aus Flensburg.

»Das ist, weil ...«, begann er verzweifelt eine plausible Antwort zu formulieren, doch es wollte ihm einfach nichts weiter einfallen.

»Was ist los?«, fragte Gunda. Sein Zögern kam ihr spanisch vor. Irgendetwas stimmte hier nicht.

Benning überlegte immer noch verbissen nach einem Ausweg. Sie anlügen kam nicht infrage. Das würde sie auf der Stelle durchschauen. Also musste letzten Endes Voltaire herhalten: 'Alles was du sagst, sollte wahr sein. Aber nicht alles was wahr ist, solltest du auch sagen'. Er richtete sich auf und setzte eine wichtige Miene auf.

»Versprich mir, dass du niemandem von dem erzählst, was ich dir jetzt anvertraue. Es ist absolut vertraulich. Aus Polizeiakten.«

Gunda sah ihn mit großen Augen an. Na, das klang ja ziemlich dramatisch. Sie setzte eine möglichst feierlich wirkende Miene auf und hob die rechte Hand wie zum Schwur.

»Großes Indianerehrenwort!«

»Gunda«, ermahnte er sie ernst und verfluchte sich erneut wegen seiner Nachlässigkeit. »Das ist wirklich kein Spaß!«

Sie sah ihn betroffen an, während sie die Hand schnell wieder herunternahm.

»Tschuldigung!«

So todernst hatte sie ihn ja seit Jahren nicht mehr gesehen, wo er doch sonst immer für einen Spaß zu haben war.

»Ich finde es nicht so lustig, wenn Menschen umgebracht werden«, redete er ihr eindringlich ins Gewissen.

»Es tut mir leid«, sagte sie und senkte verschämte den Kopf. »Du hast ja recht.« Was musste er jetzt von ihr denken? Dabei bemühte sie sich doch, wo immer es ging, ihm zu zeigen, dass sie eben nicht mehr das kleine alberne Mädchen von früher war. Erst platzte sie hier so mir nichts, dir nichts rein und dann steckte sie auch noch ihre Nase in Dinge, die sie gar nichts angingen. Ein Mensch war tot. Ermordet. Und sie benahm sich wie ein kleines Kind.

»Also, zu niemandem ein Wort!«, schwor Benning sie erneut ein.

Sie nickte aufrichtig.

»Es gibt eine weitere Tote!«, sagte er leise.

»Wie bitte?«, platzte sie heraus. »Das kann nicht sein. Davon hätte ich doch gehört.«

»Nein, nicht hier. Der Fall liegt außerdem schon fünf Jahre zurück«, erklärte er und berichtete von der Ermordeten aus Flensburg. Gunda hörte ihm aufmerksam zu. Auf einmal schien sie sich zu erinnern.

»Ich glaub davon habe ich gehört«, rief sie aufgeregt. »Ich war doch damals in der Ausbildung in Husum und bin fast jeden Tag zu Mutti nach Flensburg gefahren. Die Zeitungen waren voll davon.«

Gunda sah ihn bestürzt an. Die Nachricht war ihr damals sehr nah gegangen. An jenem Abend war sie nämlich, genau wie die Ermordete, in der *Mausefalle*, einer neu eröffneten Diskothek, gewesen. Immer wieder hatte sie sich in den folgenden Tagen das Bild der Toten in der Zeitung angeschaut und versucht sich an das Gesicht zu erinnern.

»So wie es im Moment aussieht spricht alles dafür, dass es der gleiche Täter war«, sagte Benning.

»Du meinst, es war ein Massenmörder hier?« Gunda erschauderte.

»Ein Serienmörder«, verbesserte er. »Und möglicherweise ist er noch hier. Deswegen ist es auch so wichtig, dass niemand hiervon erfährt.«

»Aber die Leute müssen doch gewarnt werden«, wandte sie besorgt ein. »Was wenn er erneut zuschlägt?«

»Davon geht die Polizei zurzeit nicht aus. Zwischen den beiden Morden sind einige Jahre vergangen. Und da man ihn damals nicht erwischt hat, fühlt er sich vielleicht so sicher, dass er leichtsinnig wird. Er darf also auf keinen Fall aufgeschreckt werden. - Denk an dein Versprechen!« Benning sah sie für einen kurzen Moment eindringlich an. Die Besorgnis in ihrem

Gesicht ließen nun auch seine Bedenken erneut aufkeimen. Auch um sich selbst zu beruhigen, legte er ihr die Hand auf die Schulter.

»Vertrau mir.«

Gunda nickte zögerlich und rieb sich über die Arme, auf denen sich trotz der Wärme eine Gänsehaut gebildet hatte. »Robbie, ich habe Angst!«

Benning zog sie an sich heran.

»Keine Sorge«, sagte er sanft. »Ich pass schon auf dich auf.«

Warum zum Teufel war er auch nur auf Hinrichs' blöden Vorschlag eingegangen?

»Trotzdem ...«, sagte sie leise und lehnte ihren Kopf an seine Schulter. Ihre aufgeregte Neugier von Sonntag, so dicht an Ermittlungsarbeiten in einem Mordfall zu sein, war gänzlich verflogen.

»Es wird schon alles wieder«, flüsterte er ihr zu, während er ihre warme Nähe und den so vertrauten Geruch in sich aufnahm. Zärtlich strich er über ihr Haar.

»Kennst du deinen neuen Freund eigentlich schon länger?«, platzte es unvermittelt aus ihm heraus. Er biss sich auf die Lippe. Einen unsensibleren Versuch vom Thema abzulenken hätte er wirklich nicht unternehmen können. Aber es war ihm eben das herausgerutscht, was ihn im Moment am meisten beschäftigte.

Gunda wandte sich aus seinen Armen und sah ihn fragend von unten an.

»Wen meinst du?«

»Na, den netten alten Mann, mit dem du die Nacht verbracht hast.«

»Alter Mann?« Sie stemmte entrüstet die Hände in die Hüften und legte den Kopf etwas schief. Ein Zeichen für ein bevorstehendes Donnerwetter, wie er nur allzu gut wusste.

»Wer im Glashaus sitzt, sollte nicht mit Steinen werfen. Der 'alte Mann', mein lieber Freund, ist kaum älter als du.«

»So war das auch nicht gemeint!«

»So, wie war es denn gemeint? Woher weißt du überhaupt ...« Sie stutzte und hob auf einmal wissend die Augenbrauen.

»Dann warst du das doch. Gestern Abend. Hab' ich mich also nicht versehen. Sag mal spinnst du? Spionierst du mir jetzt schon nach?«

»Quatsch. Ich war rein zufällig in der Nähe!«

»Natürlich! - Rein zufällig!«

»Ich war auf dem Nachhauseweg«, erklärte er. »Michael und ich waren noch auf einen Absacker im *Alt Berlin* ...«

»Sicher!«, sagte sie. Die Augen zu schmalen Schlitzen zusammengekniffen, funkelte sie ihn gefährlich an.

»Du kannst ihn ja fragen, wenn du mir nicht glaubst!«, erwiderte er trotzig. Herrgott, sie konnte sich aber auch manchmal verrennen.

»Und was war das heute Morgen? Ein kleiner Kontrollbesuch?«

Jetzt reichte es aber. Er holte tief Luft. Doch noch bevor er antworten konnte, fuhr sie ihm erneut über den Mund.

»War sicher auch nur rein zufällig!«

»Du tust ja gerade so, als ob wir noch nie zusammen gefrühstückt hätten. Und wer hat mich am Sonntag mit frischen Croissants überfallen? Ich wusste nicht, dass du neuerdings unter Realitätsverlust leidest.«

»Ach so, ich habe dich also überfallen? Gut das zu wissen. Aber keine Angst: Wird nicht mehr vorkommen.«

Sie nahm ihre Tasche und sah ihn wütend an.

»Und unter Realitätsverlust leide ich schon mal überhaupt nicht. Bei dir bin ich mir da allerdings nicht so ganz sicher. Und eins merk dir ein für alle Mal: Mit wem ich wann und wohin gehe, geht dich gar nichts an. Ich bin nämlich erwachsen, falls du es noch nicht bemerkt haben solltest!«

»Aber Gunda ...« Benning hob besänftigend die Hände.

»Lass mich!«, rief sie mit zittriger Stimme und hastete hinaus.

»Gunda, so warte ...« Mit einem lauten Knall schnitt ihm die zuschlagende Haustür das Wort ab.

Durch das Flurfenster beobachtete er, wie sie in ihren Wagen sprang und rückwärts aus der Einfahrt preschte. Wütend blickte sie noch einmal zu ihm herüber. Dann gab sie Gas und brauste mit quietschenden Reifen in Richtung Innenstadt davon.

Benning ging mit gesenktem Kopf ins Esszimmer zurück. Er nahm seine Zeichnungen vom Tisch und betrachtete sie nachdenklich. Sollte er auf ihre Reaktion oder auf seine eigene Blödheit wütend sein? Ihre letzten Worte hatten ihn stark getroffen. Natürlich war sie inzwischen fünfundzwanzig und erwachsen. Das änderte jedoch nichts daran, dass er sich nach wie vor für sie verantwortlich fühlte. Henning hatte ihn seinerzeit zu einer Art Vaterersatz für sie bestimmt und in diesem Sinne hatte er all die Jahre gehandelt. Er war immer für sie da gewesen, wenn sie ihn gebraucht hatte. Wie oft hatte er in der schweren Zeit nach Hennings Tod zwischen Gunda und ihrer Mutter vermittelt? Zum Beispiel damals, als sie unüberlegt die Schule geschmissen und einen Saisonjob in einer Pizzeria angenommen hatte. Und seinen Überredungskünsten hatte sie es letztlich zu verdanken gehabt, dass sie ihre Schule hier hatte beenden dürfen. Dem Versprechen, das er einst Henning gegeben hatte, fühlte er sich nach wie vor verpflichtet. Und nach dem Auftauchen von Hennings Brief erst recht. Also hatte er doch wohl verdammt noch mal auch dafür zu sorgen, dass sie nicht an den Falschen geriet. Und wenn sie hundertmal volljährig war. In seinem Ärger vergaß er völlig, dass es im Grunde seine Eifersucht gewesen war, die zu ihrem Streit geführt hatte.

War ja nicht anders zu erwarten, dachte er selbstmitleidig. So, wie der Tag begonnen hatte. Vielleicht wäre es am besten, ihn einfach nur noch ganz schnell abzuhaken. Mit einer entschlossenen Handbewegung drehte er den Haustürschlüssel herum und verschwand nach oben ins Schlafzimmer.

Draußen war es noch taghell. Benning zog die Vorhänge zu. Er konnte sich nicht daran erinnern, wann er das letzte Mal um diese Zeit ins Bett gegangen war. Mit einer Hand zog er sich die Bettdecke bis an die Brust hoch, während er mit der anderen den Fernseher einschaltete. Er schmiss die Fernbedienung auf die Decke und blickte geistesabwesend auf den Bildschirm, wo irgendeine dieser amerikanischen CSI-Sendungen lief. Ihm war es egal. Für heute konnte ihm die Welt gestohlen bleiben.

»Ich hab's ja gewusst!«, freute sich Bens über ihren so sehnsüchtig erwarteten Anruf. Sofort, nachdem Gunda zu Hause angekommen war, hatte sie sich ans Telefon gehängt. Einen lieben Menschen zum Reden, das war es, wonach sie sich jetzt sehnte.

»Was hast du gewusst?«

»Na, dass du ohne mich nicht leben kannst«, übertrieb er fröhlich. »Deswegen rufst du doch an.«

»Freu dich nicht zu früh«, warnte sie ihn mit ernster Stimme.

»Wieso? Ist was passiert?« Seine Fröhlichkeit war plötzlich einer Besorgnis gewichen.

»Erzähl ich dir gleich. Können wir uns noch sehen?«

»Natürlich, ich bin sofort bei dir ...«

»Nein! - Bitte Pit. Ich muss hier raus. Macht's dir was aus, wenn wir uns bei dir treffen?«

»Aber ganz im Gegenteil«, antwortete er. »Ich bin dir ja sowieso noch mein Häuschen schuldig!«

Ein leichtes Lächeln umspielte Gundas Mundwinkel.

»Ja, da hast du recht. Und es macht dir wirklich nichts aus?«

»Wirklich nicht. Ich freue mich!« Er machte eine kurze Pause und fuhr dann fort: »Du brauchst dir auch keine Sorgen wegen meiner Haushälterin zu machen. Sie hat schon Feierabend. Wir haben also sturmfreie Bude.«

»Da bin ich aber froh«, sagte sie mit einem befreiten Lachen. Sie genoss seine kleinen Aufmunterungsversuche und merkte, wie gut ihr seine Unbekümmertheit tat.

»Osterheideweg 9«, wiederholte sie noch einmal seine Adresse und verabschiedete sich von ihm. Bevor sie sich allerdings auf den Weg machte, huschte sie noch einmal schnell ins Bad. Mit diesen verheulten Augen konnte sie unmöglich los.

Osterheideweg 9!

Na, dein 'Häuschen' liegt ja ziemlich versteckt, dachte sie. Durch die Windschutzscheibe ihres Minis betrachtete sie beeindruckt die vor ihr liegende Reetdachvilla. Seine Immobiliengeschäfte schienen ja recht gut zu gehen. Sie öffnete langsam die Fahrertür und stieg, ohne den Blick von dem Haus zu nehmen, aus.

»Gefällt's dir?«

Gunda zuckte zusammen und fuhr erschrocken herum. Links von ihr stand Bens hinter einem kleinen weißen Gartentor und lächelte sie freundlich an. Zwischen den mit hohen Syltrosen bewachsenen Friesenwällen hatte sie ihn nicht bemerkt.

»Du hast wirklich nicht übertrieben mit deinem Häuschen«, sagte sie mit unverhohlener Ironie in der Stimme und wies mit dem Kopf in Richtung Haus. Bens trat durch das Tor und zuckte lediglich mit den Schultern. Ohne ein weiteres Wort nahm er sie in den Arm und gab ihr einen zärtlichen und langen Kuss.

»Endlich«, sagte er, nachdem sich ihre Lippen wieder voneinander gelöst hatten. »Das waren die längsten Stunden meines Lebens. So, ohne dich.«

Sie boxte ihn sanft gegen den Oberarm.

»Alter Schmeichler!«

»Wollen wir rein gehen?«, fragte er sanft und zog sie an der Hand mit sich zum Haupteingang.

Im Innern erwartete Gunda eine Einrichtung im für Sylt so charakteristischen Landhausstil. Alles war geschmackvoll zusammengestellt und strahlte eine vertraute Gemütlichkeit aus. Sie fühlte sich auf Anhieb wohl.

»Ist das nicht ein bisschen groß für einen allein?«, fragte sie, während sie ihren Blick prüfend umherschweifen ließ.

»Man gewöhnt sich dran«, antwortete er knapp. »Das Haus ist seit langer Zeit im Familienbesitz.«

Sie folgte ihm, sich weiter neugierig umschauend, ins Wohnzimmer.

»Und wo ist der Rest der Familie?«

»Lass uns heute nicht über mich reden«, lenkte er sofort ab. »Erzähl lieber von deinem Tag.« Er hatte sich mitten im Raum umgedreht und zog sie in elegantem Bogen in seine Arme. »Also, was war los?«

Gunda lehnte sich glücklich zurück und sah ihm tief in die Augen.

»Ich hatte es fast schon wieder vergessen.«

Sie gab ihm einen Kuss und wandte sich behutsam aus seinen Armen. Mit einem leichten Seufzer trat sie einen Schritt vor und blickte durch die geöffnete Terrassentür hinaus in den Garten.

»Wie schön du es hier hast.«

Bens trat hinter sie und schlang seine Arme um ihren Bauch.

»Und mit dir ist es gleich doppelt so schön«, flüsterte er sanft in ihr Ohr, wobei seine Lippen ihr Ohrläppchen berührten.

»Hmmmh, das kitzelt«, beschwerte sie sich lachend.

»Apropos, wie wär's mit einem Prickelwässerchen?«

»Gerne«, antwortete sie.

»Sieh dich inzwischen ruhig ein bisschen um«, sagte er, während er sich langsam von ihr löste. »Ich bin gleich zurück!«

Gundas Blick folgte ihm, bis er im Flur verschwunden war. Gemächlich schlenderte sie anschließend durch den Wohnraum. Trotz seiner Größe wirkte er behaglich. An der gegenüberliegenden Wand hatte jemand einige Holzscheite dekorativ in dem offenen Kamin aufgestapelt. Vielleicht die Haushälterin? Gunda dachte daran, wie schön es sein musste, hier im Winter am prasselnden Feuer zu sitzen und durch die großen Terrassenfenster in den verschneiten Garten zu schauen. Ihr Blick wanderte suchend durch den Raum. Seltsamerweise entdeckte sie nirgendwo Familienbilder, wie man es normalerweise in einem Familienwohnsitz erwarten würde. Selbst in ihrer Wohnung stand ein Foto ihrer Großeltern, das Hochzeitsbild ihrer Eltern und noch einige jüngere Bilder der beiden.

Achselzuckend drehte sie sich um und schlenderte hinaus auf die Terrasse. Vor ihr öffnete sich eine von hohen Hecken aus Syltrosen eingefriedete Grünanlage, hinter der in der Ferne das Wattenmeer im letzten Licht des Tages schwach glitzerte.

»Ah, hier bist du!«

Gunda blickte über die Schulter. Bens war mit zwei Champagnerschalen in den Händen auf die Terrasse getreten und kam nun lächelnd auf sie zu.

»Ich genieße gerade diesen wundervollen Ausblick«, sagte sie.

»Komm, wir setzen uns da rüber«, schlug er vor und wies mit dem einen Glas zu einer einladenden Sitzgruppe aus braunem Korbgeflecht. Dort reichte er ihr ein Glas und prostete ihr zu.

»Auf dein Wohl, mein Engelchen!«

Nachdem sie einen Schluck getrunken hatten, ließen sie sich auf die dicken weißen Leinenpolster sinken.

»Also, raus mit der Sprache. Welche Laus ist dir über die Leber gelaufen? War heute bei euch so viel los?«

Bens hatte sich, die Ellenbogen auf die Oberschenkel gestützt, nach vorne gebeugt und sah sie fragend an.

»Im Grunde nicht mehr als sonst auch«, antwortete sie mit gesenktem Kopf. »Aber Robert hat Stress gemacht.«

»Robert?« Für einen Moment zog er die Stirn in Falten. Dann schien er sich zu erinnern. »Ach, dein Stiefvater. Du hattest ihn, glaub ich, an unserem ersten Abend kurz erwähnt.«

Gunda nickte.

»Eigentlich ist er ja nicht mein Stiefvater. Eher ein guter Freund. Aber heute ist er komplett durchgedreht!«

Sie nahm noch einen Schluck Champagner und schielte über den Glasrand zu ihm hinüber. Immer noch blickte er sie erwartungsvoll an. Sie stellte ihr Glas ab und erzählte von dem Streit mit Benning.

»Hältst du mich auch für zu alt?«, fragte er mit sorgenvoller Miene, nachdem sie geendet hatte.

Gunda lachte.

»Ach was, Dummerchen!« Sanft streichelte sie ihm über die Wange. »Aber jetzt fang du bitte nicht auch noch an.« Nein, sie hatte wirklich genug von männlichen Eitelkeiten.

»Entschuldige, aber dass sich ein so junges Mädchen mit jemandem in meinem Alter ...«

»Bitte lass es«, unterbrach sie ihn. Ihre Stimme hatte plötzlich eine unüberhörbare Schärfe. »Wenn du mir zu alt wärst, wäre ich jetzt nicht hier. Und nun ist Schluss mit diesem Unsinn!«

Bens hob abwehrend die Hände.

»Gnade«, bettelte er mit einem verschmitzten Lächeln. »Bitte nicht an den Mast!«

»So gefällst du mir schon besser.« Sie beugte sich zu ihm vor. Wieder fanden sich ihre Lippen zu einem langen zärtlichen Kuss. Wie in Zeitlupe sank sie in seine Arme. So glücklich war sie lange nicht mehr gewesen.

10.

Robert Benning schlurfte verschlafen in die Küche. Wie jeden Tag führte in sein erster Gang zur Kaffeemaschine und heute war es auch bitter nötig. Er fühlte sich wie gerädert. Ohne einen Extralöffel Kaffeepulver, das wusste er genau, würde er heute sicher nicht in den Tag kommen. Und während der Brühautomat zischend seine Arbeit aufnahm, hockte er sich müde an den Esstisch. Beide Ellenbogen auf die Tischplatte gestützt, fuhr er sich mit den Händen durch die Haare. Er versuchte sich zu erinnern. Irgendwann in der letzten Nacht hatte ihn die piepsende Stimme einer halb nackten Rätselspielmoderatorin aus einem oberflächlichen Schlaf gerissen. Die Ereignisse der vergangenen Tage waren sofort wieder vor seinem geistigen Auge erschienen und hatten ihn danach, jedenfalls fühlte er sich im Moment so, nicht mehr zur Ruhe kommen lassen. Sobald er die Augen geschlossen hatte, waren sie da gewesen: Junge Mädchen mit Kronen aus geflochtenen Syltrosen, die ihn mit leerem Blick aus schwarzen blutenden Augenhöhlen vorwurfsvoll angeschaut hatten. Das Ganze war ihm so real erschienen, dass es ihm manchmal schwergefallen war zwischen Albtraum und Wachphase zu unterscheiden und ihm jetzt noch erschauern ließ. Danach hatte ihn zusätzlich noch seine Grübelei über den unsinnigen Streit mit Gunda lange Zeit nicht in den Schlaf finden lassen. Irgendwann musste er dann aber doch eingeschlafen sein, jedenfalls hatte ihn heute Morgen der Wecker seines iPhones hochschrecken lassen.

Die Kaffeemaschine röchelte ein letztes Mal, so als ob sie ihn rufen wollte. Mühsam drückte er sich aus seinem Stuhl hoch und folgte der Einladung zu dem heiß ersehnten Muntermacher. Den Kaffeepott mit beiden Händen fest umschlossen, trat er an das Küchenfenster und schaute hinaus.

Ob sie wieder bei ihm war? Bestimmt hatte sie gestern noch Trost bei ihm gesucht. Der Gedanke verstärkte das flaue Gefühl in seinem Bauch. Doch warum? Sonst hatte er sich ja auch nicht in ihre Beziehungen eingemischt. Gut, vielleicht hier und da mal ein kleiner Seitenhieb oder ein freundschaftlicher Rat. Aber in die Haare waren sie sich deswegen nie geraten. War es wirklich nur das Alter, das ihn an ihrem Neuen störte? - Oder seine verwirrenden Gefühle, die er ihr gegenüber neuerdings empfand? - Nein, es lag sicher mehr daran, dass in seinen Augen jeder Fremde ab Mitte dreißig ein mutmaßlicher Mörder sein konnte.

Er trank noch einen Schluck Kaffee. Mit einem lauten Knurren rebellierte plötzlich sein Magen, der bereits seit gestern Mittag auf feste Nahrung hatte verzichten müssen. Auch wenn er immer noch nicht den rechten Appetit hatte, musste er doch etwas essen. Vielleicht halfen ja frische Brötchen. Und so bugsierte er kurz darauf, nach einer eiligen Katzenwäsche, sein klappriges Hollandrad um die Hausecke herum. Die knapp dreihundert Meter zum Bäcker waren auch mit seiner alten Möhre schnell zurückgelegt. Und da die morgendliche Schlange der Touristen durch die fleißigen Saisonkräfte im Verkaufsraum längst abgearbeitet worden war, tunkte er schon wenig später das erste Croissant in seinen Kaffee.

Die *Sylter Zeitung* vor ihm auf dem Tisch, die er nach seiner Rückkehr aus dem Briefkasten geangelt hatte, erinnerte ihn daran, dass er heute noch etwas zu erledigen hatte. Viel Zeit blieb ihm nämlich nicht mehr, um irgendetwas Brauchbares für die Montagsausgabe zu recherchieren. Es half alles nichts. Er musste noch mal ran. Datenbank, Notizen und Tatortskizzen. Irgendwo hoffte er doch noch, den ersehnten Hinweis zu finden. Und wenn es nur eine Kleinigkeit war. Hauptsache irgendetwas aus dem man einen Artikel basteln konnte. Aber so sehr er auch nach Anhaltspunkten suchte ... Fehlanzeige, Fehlanzeige, Fehlanzeige! Er befand sich mal wieder in einer Sackgasse.

Ärgerlich klappte Benning seinen Laptop zu, füllte noch einmal Kaffee nach und schlurfte frustriert in den Garten. Er setzte sich in seinen Deckchair aus rotbraunem Teakholz, der hinter dem Haus an seinem Lieblingsplatz stand. An drei Seiten von kleinen Wällen mit einer dichte Hecke aus Syltrosen umgeben, die ihn vor neugierigen Blicken aus den Nachbargärten schützte, hatte er dort einen herrlichen Rückzugsort gefunden. Hier konnte er so richtig abschalten und die Seele baumeln lassen. Er schmiegte sich in die weiche Auflage und zupfte das kleine Nackenkissen zurecht. Noch einen Schluck Kaffee, Augen zu und ... Perfekt!

Nur ganz leise drang das Geräusch der ab und zu vorbeifahrenden Autos von der Straße zu ihm herüber. Irgendwo bellte ein Hund, doch nach und nach traten diese Geräusche in den Hintergrund. Einzig das konstante gleichförmige Rauschen des schwachen Morgenwindes, der durch die Kronen der niedrigen sturmgebeugten Bäume fuhr, trug nun seine Gedanken langsam auf einer Welle der Monotonie davon. Nur mit Mühe gelang es ihm die Augen offen zu halten. Die kurze Nacht forderte ihren Tribut.

Hin- und hergerissen zwischen der Verlockung eines kleinen Schläfchens und seinem eigentlichen Vorhaben, eine Idee für einen Artikel zu entwickeln, zeichnete sich auch schon das nächste Problem ab: Entstehender Kaffeedurst trat gegen die Beibehaltung der ach so bequemen Liegeposition an. Gefangen in diesem Dilemma banaler Entscheidungsfindung senkte sich erneut der süße Schleier der Müdigkeit auf ihn nieder. Doch ein neues und fremdes Geräusch verhinderte, dass er gänzlich vom Schlaf übermannt wurde. Ein leises undefinierbares Quietschen war an sein Ohr gedrungen und ließ ihn, nach der Ursache suchend, aufblicken. Jetzt, wo er einmal zur Bewegung verdammt war, griff er wie automatisch zu seinem Kaffeebecher. Über den Becherrand schielend scannten seine Augen angestrengt die Umgebung und blieben schließlich an dem weißen Flaggenmast seines Nachbarn hängen. An der Spitze des für Norddeutschland so typischen Gartenaccessoires hatte Herr Thießen ein Wetterfähnchen in Form eines Matrosen angebracht. In seiner blauen Uniform mit dem großen Hemdkragen auf dem Rücken lachte der lütte Seemann unverdrossen bei Wind und Wetter aus einem verschmitzten Gesicht. Auf seinem kugelrunden Kopf saß etwas schief eine weiße Tellermütze und verlieh ihm eine gewisse Lässigkeit.

Benning liebte ihn, erinnerte ihn Jan Maat, wie er die Holzfigur liebevoll nannte, doch an seine eigene Borddienstzeit bei der Marine. Es kam ihm wie gestern vor, als er zusammen mit dem Signalmaaten auf dem Peildeck der 'Tübingen' gestanden hatte. An die Bedeutung der farbenfrohen Wimpel und Flaggen, die sie damals zu sinnhaften Kombinationen zusammengesteckt und anschließend gehisst hatten, konnte er sich allerdings nicht mehr erinnern.

Auch Jan Maat hielt zwei bunte Signalflaggen in den Händen. Diese hob und senkte er, je nach Windstärke mal träge dann wieder quirlig und wies dabei in die Richtung, aus der der Wind wehte. Heute hatte er jedoch leichtes Spiel. Lediglich ein laues Lüftchen strich über seine hölzernen Wangen und nur widerstrebend erfüllten seine Arme ihre Pflicht. Langsam hob Jan Maat gerade den rechten Arm hoch über den kleinen Kopf, während der andere ...

Mit einem Satz sprang Benning von einem Moment zum anderen auf und konnte nur mit Mühe verhindern sich den restlichen Kaffee über die Hose zu schütten. Hastig stellte er den Becher auf die Ablage des Deckchairs und stürmte Hals über Kopf ins Haus.

Im Esszimmer lagen seine Skizzen noch so, wie er sie vorhin hinterlassen hatte. Auf der Suche nach einer ganz bestimmten Zeichnung schob er sie aufgeregt hin und her. Dann hatte er gefunden, wonach er gesucht hatte. Zufrieden richtete er sich auf. In der Hand hielt er die Skizze des Tatortfotos von Brigitte Mesbach aus Westerstede. Genau wie kurz zuvor bei Jan Maat war auch ihr rechter Arm über den Kopf ausgestreckt, während der linke eng an ihrem Körper anlag. Eilig suchte Benning nun auch die anderen Skizzen heraus und legte sie nebeneinander vor sich hin. Und tatsächlich, bei allen lagen die Arme in einer anderen Position.

»Wenn es das ist, was ich denke ...«, murmelte er und klappte hastig sein Laptop wieder auf. Nervös mit den Fingern auf der Tischplatte trommelnd wartete er ungeduldig auf das Erscheinen des Anmeldebildschirms. Es wurde wirklich Zeit, dass er sich einen neuen ...

Endlich!

Ein Klick öffnete den Browser und mit zittrigen Fingern gab er das Wort Flaggenalphabet in die Suchmaschine ein. Keine Sekunde später lieferte ihm eine Wikipedia-Seite das gewünschte Ergebnis. Fieberhaft suchte Benning in den vielen bunten Abbildungen der unterschiedlichen Signale nach der, die Brigittes Armposition am nächsten kommen könnte. Und tatsächlich, da war es: ein 'D'. - Ganz klar und unverkennbar. Er kritzelte den Buchstaben auf das Skizzenblatt und nahm sich die nächste Zeichnung vor. Wenn seine Annahme richtig war und der Mörder wirklich auch für die anderen Morde verantwortlich war, wovon sie ja bisher ausgegangen waren, dann müssten sich auch die Armstellungen der anderen Opfer einem Buchstaben zuordnen lassen.

Bei Swenja Brüggemann aus Oldenburg war der rechte Arm im rechten Winkel abgespreizt und der linke lag ungefähr in einem Fünfundvierziggradwinkel. Mit dem Finger fuhr Benning über die Reihen der kleinen Figuren mit ihren gelbroten Signalflaggen und wurde tatsächlich erneut fündig. Diesmal handelte es sich um ein 'S'. Wie zuvor notierte er den Buchstaben auf die rechte untere Ecke der Skizze und griff nach der nächsten. Mit jeder neuen Übereinstimmung wuchs in ihm die Überzeugung, dass es sich hierbei unmöglich um einen Zufall handeln konnte. Zweifellos hatte der Täter neben den Rosen noch weitere Hinweise hinterlassen und das deutete darauf hin, dass er sich wirklich sehr sicher fühlen musste.

Nachdem Benning auch den letzten Buchstaben zugeordnet hatte, übertrug er alle auf einen Schmierzettel. Er hatte ein 'D', ein 'S', ein 'A' und ein 'N'. Nachdenklich kratzte er sich am Kopf. So ergaben sie keinen Sinn. Vielleicht musste man sie nur in eine andere Reihenfolge bringen. Gesagt, getan. Und schon hatte er eine auf den ersten Blick Erfolg versprechende Kombination gefunden, die er unter die erste Reihe schrieb: S A N D ... Sand? - Was hatten die Mädchen mit Sand zu tun? Oder war es der Bestandteil eines Namens? - Sander, Sanders, ... Aber auch das ergab für ihn keinen richtigen Sinn. Außerdem waren das auch zu viele Buchstaben. Grübelnd lehnte er sich zurück. Seinen nächsten Gedanken hätte er am liebsten gleich wieder vergessen. Ihm war jedoch klar, dass sie alle Eventualitäten in Betracht ziehen mussten. Dazu gehörte auch die Möglichkeit, dass vielleicht noch Buchstaben fehlten. Auch solche Überlegungen mussten erlaubt sein und weitergedacht werden. Dennoch fiel es ihm schwer sich vorzustellen, dass es in dem Fall entweder noch weitere Opfer geben musste, von denen sie bisher nichts wussten, oder aber, dass der Täter weitere Morde geplant hatte.

Benning stand auf und verschwand mit sorgenvoller Miene in der Küche. Vier Mordopfer. Reichte das nicht für so einen kleinen 'Otto Normaljournalisten' wie ihn? Sein Bedarf an Hiobsbotschaften war jedenfalls mehr als gedeckt.

Kurz darauf saß er wieder vor seinem Schmierzettel. Aus der Küche hatte er sich einen großen Becher Kaffee mitgebracht, an dem er jetzt vorsichtig nippte, während er weitere Buchstabenkombinationen ausprobierte. N S D A ... NSDAP! Er hob verblüfft die Augenbrauen. - Morde mit einem rechtsextremistischen Hintergrund? Das klang doch irgendwie plausibel. Allerdings musste man zuerst einmal das Umfeld jedes einzelnen Opfers auf Verbindungen zur rechten Szene durchleuchten, um diesen Verdacht erhärten zu können. Und damit stand er auch schon vor der nächsten Hürde. Selbst mit den Segnungen des Internets brauchte er sich keine großen Hoffnungen machen, solche Verbindungen herausfinden zu können. Hinzu kam, dass der älteste Fall schon fünfzehn Jahre zurücklag und damit in einer Zeit, in der das Internet noch in den Kinderschuhen steckte.

An diesem Punkt konnte demnach nur noch der helfen, der ihm das alles hier überhaupt erst eingebrockt hatte. Jemand mit genau den Möglichkeiten, die jetzt benötigt würden. Jemand wie ...

»So ein Zufall«, sagte Hinrichs mit gedämpfter Stimme. »Ich wollte dich auch gerade anrufen.«

»Das wird auch langsam Zeit. Die Ingwersen sitzt mir schon im Nacken. Sie will ...«

»Ja ja. Später«, würgte ihn Hinrichs ab. »Ich hab nicht viel Zeit. Bin mit Rathjendorf in List bei der Fähre. Wollte nur schnell hören, ob du zu Hause bist. Ich schau auf dem Rückweg ... Ich muss auflegen.«

Wieso Fähre?, fragte sich Benning und blickte verwundert auf das Display seines Telefons, als ob es ihm die Frage beantworten könnte. Rückte das LKA etwa schon wieder ab?

»Na, gut geschlafen?« Zärtlich küsste Peter Bens sie auf die Stirn. Gunda öffnete schläfrig die Augen und streckte sich wohlig in die Kissen.

»Wie im siebten Himmel!«, murmelte sie und schlang ihre Arme um seinen Nacken. Sie zog ihn an sich heran und küsste ihn sanft auf den Mund. »Bist du schon lange auf? - Wie spät ist es überhaupt?« Suchend blickte sie sich nach einer Uhr um.

»Gleich zehn, du kleine Schlafmütze«, antwortete er und tippte ihr behutsam mit dem Finger auf die Nasenspitze. »Und ja, ich bin schon länger wach.«

Erleichtert sank Gunda in ihr Kissen zurück. Ihr blieben noch drei Stunden, bis die Pflicht sie wieder rief.

»Jedenfalls lang genug, um Kaffee zu kochen«, fuhr er fort und beugte sich lächelnd zum Nachttisch vor, von dem er eine Tasse mit frischem Milchkaffee nahm, die er kurz vorher dort abgestellt hatte.

»Das nenne ich mal Service«, antwortete sie und stützte sich auf den Ellenbogen, während sie ihm mit der anderen Hand vorsichtig die Tasse abnahm. »Diese Pension kann ich ohne Bedenken weiterempfehlen.«

Sie nippte an dem Kaffee und hob anerkennend die Augenbrauen. Er hatte sich am Dienstag in der *Sturmhaube* tatsächlich gemerkt, dass sie keinen Zucker nahm. - Respekt.

»Werden alle Gäste bei dir so verwöhnt?«

»Warte ab, bis du erst das Frühstück siehst«, antwortete Bens verheißungsvoll.

»Na, da bin ich ja gespannt!« Und tatsächlich machte sich bei dem Gedanken an ein Frühstück prompt der kleine Hunger, in Form eines dezenten Magenknurrens, bei ihr bemerkbar.

Bens stand langsam auf und sah zu ihr hinab. »Du kannst dich ja in der Zwischenzeit frisch machen. Wir sehen uns dann unten.« Er ging zur Tür, wo er sich noch einmal zu ihr umdrehte. »Im Bad liegen Handtücher und alles, was du sonst noch brauchst.«

Gunda nickte dankbar und schaute ihm lächelnd hinterher, während sie die Kaffeetasse zurück auf das weiße Nachtschränkchen stellte. Dann sah sie zu den kleinen Sprossenfenstern, hinter denen die Sonne mit ihrem warmen Licht lockte und den nächsten schönen Sommertag ankündigte. Ihre Gedanken folgten ihrem Blick hinaus in das strahlende Blau des Himmels, an den sich nur hier und da eine kleine Schäfchenwolke verirrt hatte.

Der schöne Abend und die letzte Nacht hatten alles um sie herum verblassen lassen. Nachdem sie sich den Frust von der Seele geredet hatte, war sie erleichtert in seine Arme gesunken. Irgendwann hatte seine Hand begonnen sanft ihren Nacken zu streicheln und ihr einen wohligen Schauer nach dem anderen über den Rücken gejagt. Wie selbstverständlich hatte auch sie seine Zärtlichkeiten erwidert. Die laue Sommernacht und ihr romantisches Plätzchen hatten das ihre beigetragen und dafür gesorgt, dass ihre Hände mutiger wurden. Irgendwann schienen seine liebevollen Berührungen überall zu sein und sie hatte sie nicht nur zugelassen, sondern auch ihren Teil dazu beigetragen, dass sie sich gegenseitig Schritt für Schritt erobert hatten. Und dann war die Leidenschaft, wie eine riesige Welle über ihnen zusammengeschlagen. Sie hatten sich ihre Kleider förmlich vom Leib gerissen und sich im weichen Schein der flackernden Gartenfackeln das erste Mal geliebt. Die Sichel des Mondes und den millionenfach funkelnden Nachthimmel hatte sie zunächst nur wie durch einen Schleier wahrgenommen, als sie einige Zeit später erschöpft und glücklich die Augen öffnete. Ihre Finger, die sich noch kurz zuvor in den muskulösen Rücken ihres Liebhabers gekrallt hatten, als die Wellen der Lust durch ihren Körper geflutet waren, hatten kleine blutende Kratzer dort hinterlassen. Schwer atmend war er von ihr gerollt und hatte sie zärtlich in den Arm genommen. Sie hatten sich mit etwas Champagner erfrischt und es dann erneut miteinander getrieben. Wie oft wusste sie genauso wenig, wie wann sie schließlich in seinem Schlafzimmer gelandet waren. Gunda lächelte sinnlich, als sie jetzt daran dachte. Entweder hatte er ihr beweisen wollen, dass er wirklich noch nicht zum alten Eisen gehörte, oder er musste ewig keine Frau gehabt haben. Wie auch immer. Ihr war's recht gewesen.

Irgendwann hatten ihre schweißnassen Körper erschöpft nebeneinandergelegen und eine wohlige Müdigkeit von ihnen Besitz ergriffen. Zu guter Letzt waren sie eng umschlungen eingeschlafen. Und obwohl seitdem nicht viel Zeit vergangen sein konnte, fühlte sie sich jetzt überhaupt nicht müde. Ganz im Gegenteil.

Gunda seufzte glücklich. Mit einem Ruck schlug sie die Decke zur Seite. Auf der Bettkante sitzend rekelte sie sich noch einmal und gähnte herzhaft. Ihr Blick fiel auf einen kleinen weißen Holzstuhl, der vor ihr unter dem Fenster stand. Dort, ordentlich zusammengelegt, lagen ihre Sachen, die sie letzte Nacht im Garten zurückgelassen hatte. Mit einem dankbaren Lächeln erhob sie sich und verschwand im angrenzenden Bad.

Das niedrige Gaubenfenster des modern ausgestatteten Badezimmers stand weit offen und lud zu einem kurzen Verweilen ein. Sie lehnte sich auf das schmale Fensterbrett und genoss die sanfte Brise, die an ihr vorbei strich und ihre nackte bettwarme Haut kühlte. Von hier oben hatte sie einen herrlichen Blick über das Wattenmeer. Auf dem unbefestigten Uferpfad teilten sich Spaziergänger und Jogger diesen wunderschönen Morgen. Sie beugte sich etwas vor und sah über den Rand des ausladenden Reetdaches auf die Terrasse hinunter. Dort, neben ihrer kleinen Liebesinsel, stand Bens und deckte liebevoll den Frühstückstisch.

»Du bist ja immer noch nicht fertig!«, rief er unvermittelt zu ihr herauf. Irgendwie musste er ihren Blick gespürt haben, denn er hatte sich unerwartet umgedreht und schüttelte nun missbilligend den Kopf. »Oder soll ich dir beim Duschen helfen?«, fügte er vielsagend mit einem Zwinkern hinzu.

»Bin gleich bei dir«, antwortete sie schnell und sprang eilig in die bodengleiche Dusche. Schade, dass ich heute nicht frei habe, dachte sie lustvoll, während sie sich einseifte. Sein Angebot war wirklich sehr verlockend.

»Da bist du ja!«, rief Benning und winkte Hinrichs herein.

»Moin Robbie«, stöhnte der Kommissar und fuhr sich mit der Hand über die Stirn, als ob er Schweiß abwischen würde. »Den bin ich zum Glück erst mal bis Montag los. Tut mir leid, dass ich vorhin so schnell aufgelegt habe. Aber Rathjendorf war schon wieder im Anmarsch gewesen. Er hatte sich noch unbedingt ein Fischbrötchen von *Gosch* holen müssen.«

»Deswegen wart ihr in List?«

»Nein, nein«, winkte Hinrichs ab, während er zum Esszimmer durchging. »Er wollte mit der Fähre nach Rømø. Dort hatte er sich mit seiner Frau verabredet. Sie wollten das kurze Wochenende noch ausnutzen und mit dem Sohnemann ins *Legoland*.«

»Ich hoffe, du hast was Interessantes für mich«, sagte Benning und bot seinem Freund einen Platz an.

»Und ob! Deswegen bin ich ja hier.«

»Kaffee?« Benning war in der Küchentür stehen geblieben und sah Hinrichs fragend an.

»Gute Idee.«

»Erzähl schon mal«, rief Benning ihm von nebenan zu, während er zwei Becher aus dem Küchenschrank nahm und ihnen einschenkte.

»Halt dich fest«, sagte Hinrichs mit lauter Stimme. »Es gibt möglicherweise eine fünfte Tote.«

»Wie bitte?« Fast hätte Benning die Kaffeekanne fallen lassen. Also war seine Vermutung offenbar richtig gewesen. Es gab noch ein weiteres Opfer. Jetzt fehlte nur noch, dass die Armstellung der Toten einem 'P' entsprach. Dann hatte er den konkreten Hinweis auf einen möglichen rechtsextremistischen Hintergrund.

Sorgsam darauf bedacht mit seinen vor Aufregung zitternden Händen nichts zu verschütten balancierte er den Kaffee ins Esszimmer.

»Was ist denn mit dir los?«, fragte Hinrichs und nahm ihm sicherheitshalber gleich eine Tasse ab.

»Ich bin da auch auf was gestoßen«, antwortete Benning. »Aber erst du!«

Hinrichs lehnte sich wichtig auf seinem Stuhl zurück und verschränkte mit einem stolzen Lächeln die Arme vor der Brust.

»Habe dem Herrn Hauptkommissar aus Kiel mal unsere beiden toten Mädels aus Niedersachsen unter die Nase gerieben. Na, der hat vielleicht gestaunt. Hatte er wohl von so 'nem kleinen Provinzbullen nicht erwartet. Ist auch gleich drauf angesprungen.«

»Aber wir wollten doch erst einmal auf eigene Faust weitermachen ...«

»Ich weiß«, antwortete Hinrichs kleinlaut. »Aber ich konnte mich einfach nicht zurückhalten. Sein dummes Gesicht hättest du sehen müssen.«

Na toll, dachte Benning. Und ich schwitze hier Blut und Wasser, wegen der herumliegenden Skizzen. Er setzte sich neben seinen Freund und fragte: »Und was ist mit dieser ominösen fünften Toten?«

Hinrichs nahm einen Schluck Kaffee und beugte sich anschließend mit geheimnisvoller Miene zu ihm herüber.

»Also, Rathjendorf hat auf meine tolle Ermittlungsarbeit ...«

Benning sah ihn grimmig an.

»... hat auf unsere tolle Ermittlungsarbeit hin dann auch gleich in der LKA-Datenbank gesucht. Und stell dir vor, er ist wirklich noch einmal fündig geworden. Vor zwanzig Jahren wurde in einem Wald bei Tötensen ein ermordetes Mädchen aufgefunden. Du kennst doch Tötensen? Dieser kleine Ort bei Hamburg. Da in der Nähe wohnt doch auch dieser Bohlen.«

Benning nickte ungeduldig.

»Bei der Toten handelte es sich um eine gewisse Melanie Schütz. Und sie passt voll ins Schema: Anfang zwanzig, blond und auch sie wurde erdrosselt. Todesdatum ...« Er legte eine kurze bedeutungsvolle Pause ein. »... 19. Juli 1989! - Und? - Ist das nichts?« Hinrichs lehnte sich wieder zurück und sah seinen Freund mit wichtiger Miene an.

»Doch, doch«, antwortete Benning. Bis hierhin schien ja schon 'mal alles zu passen.

»Ein Tatortfoto hast du nicht zufällig?«, fragte er skeptisch.

»Natürlich. Rathjendorf hat sich gleich eine Kopie der Akte zumailen lassen.« Hinrichs nahm seine allgegenwärtige Aktentasche vor und griff zielsicher hinein.

»Nimmst du das olle Ding eigentlich auch mit ins Bett?« Schmunzelnd deutete Benning auf die Tasche.

»Sei froh, dass ich sie habe«, antwortete Hinrichs leicht verschnupft und schleuderte eine Gittermappe vor ihm auf den Tisch. »Sonst hättest du jetzt nicht die Fotos!«

»War doch nicht so gemeint«, sagte Benning mit einem entwaffnenden Lächeln und öffnete die Mappe.

Die Bilder darin waren noch schlechter, als die vom Westersteder Tatort. Offenbar hatte man alte Kopien eingescannt. Trotzdem erkannte er sofort, dass er mit seiner Vermutung daneben gelegen hatte. Statt der erhofften Neunuhrstellung der Arme erinnerte die unglückliche Melanie Schütz, so wie sie da lag, eher an eine Gekreuzigte.

»Kein 'P'!« Enttäuscht ließ er das Foto wieder sinken.

»Wie kein 'P'?« Hinrichs sah ihn fragend an. Was hatte den das Foto mit einem 'P' zu tun? Er verstand nur Bahnhof.

»Na, von NSDAP!«, erklärte Benning knapp.

»NSDAP?« Hinrichs runzelte ratlos die Stirn. Drehte sein Freund jetzt vollkommen durch? Was hatten denn nun auch noch Nazis mit ihrem Fall zu tun?

Benning fuhr sich verzweifelt mit den Händen durchs Haar.

»Und ich war mir so sicher«, murmelte er. Schließlich klärte er den immer noch verwirrt dreinschauenden Kommissar über Wetterfähnchen, Flaggenalphabet und seine Theorie auf. Dabei zeigte er ihm seine Zeichnungen und den Schmierzettel mit dem Buchstabenpuzzle.

»Interessant!«, sagte Hinrichs und rieb sich nachdenklich das Kinn. »Vielleicht liegst du ja nur mit deiner NSDAP-Vermutung falsch. Welcher Buchstabe wäre denn das?« Er wies auf das Tatortfoto.

Benning schielte mürrisch auf den Monitor seines Laptops. Mit dem Finger fuhr er über die kleinen bunten Signale auf der Wikipedia-Seite.

»Ein 'R'!«, antwortete er immer noch sichtlich enttäuscht und schrieb den Buchstaben lustlos zu den anderen auf den Schmierzettel.

»SAND, SRAND ...«, sagte Hinrichs leise vor sich hin. »Vielleicht STRAND?«

Sie sahen sich an.

»Aber wieso Strand?«, fragte Benning. »Mit dem Tatort kann es ja nichts tun haben. Soweit war ich auch schon mal. Außerdem ...« Er tippte mit dem Finger auf das Blatt. »... sind es sechs Buchstaben!«

Hinrichs sah ihn bedeutungsvoll an.

»Nein, bitte nicht noch eine!«, wehrte Benning mit erhobenen Händen ab. »Ich kriege ja so schon Albträume!«

»Keine Angst«, beschwichtigte sein Freund. »Kein weiteres Opfer. Jedenfalls nicht in der Vergangenheit. Rathjendorf hat alles gecheckt. Er ist bis ins Jahr 1980 zurückgegangen. Keine ähnlichen Fälle in Norddeutschland. Was unser Täter eventuell noch plant, wissen wir natürlich nicht.«

»Das beruhigt ja mächtig«, sagte Benning voller Ironie und stand auf. »Das hieße ja, dass er jederzeit wieder zuschlagen könnte.« Er merkte, wie plötzlich die Angst wieder da war. Was war mit Gunda und ihrem Neuen? Grübelnd ging er in die Küche und kam kurz darauf mit der Kaffeekanne zurück.

»Bisher ist er nur alle fünf Jahre aktiv geworden«, sagte Hinrichs. »Also hätten wir bis 2014 Zeit ihn zu schnappen.«

»Echt?«, fragte Benning überrascht. Er stellte die Kanne eilig vor Hinrichs auf den Tisch und beugte sich über seinen Computer. War ihm das wirklich trotz seiner intensiven Suche entgangen? Er öffnete die Datenbank und ... Tatsächlich. Alle Morde lagen auf den Tag genau fünf Jahre auseinander. Verdammt, ärgerte er sich über sich selbst. Alles hatte er durchforstet und ausgerechnet das Naheliegendste übersehen. Auch diese Regelmäßigkeit konnte schließlich ein Hinweis sein. Vielleicht irgendein Jahrestag? Langsam nahm er die Kaffeekanne und hielt sie mit fragendem Blick über Hinrichs leeren Becher.

»Für mich nicht mehr! Vielen Dank. Ich glaube, viel weiter kommen wir heute eh nicht mehr. Ich fahr noch mal kurz zur Dienststelle und vielleicht bleibt ja diesmal ein klein wenig vom Wochenende übrig.«

»Du bist gut«, sagte Benning. »Fünf Tote, ein Serienmörder und du sprichst von Wochenende. Vergiss bitte auch meinen Artikel nicht. Die Ingwersen macht mir die Hölle heiß, wenn ich nichts bringe.«

»Ach so. Gut, das du's sagst. Das hätte ich ja fast vergessen. Ich hab das noch mit Rathjendorf geklärt, bevor er gefahren ist. Über den Verdacht hinsichtlich eines Zusammenhangs mit dem Flensburger Mord kann ich eine Pressemitteilung herausgeben. Du kannst also loslegen. Und auch, dass das LKA mit im Boot ist, kann mit rein. Aber mehr erst einmal noch nicht.«

Hinrichs erhob sich schwerfällig und schloss seine Aktentasche.

»Das da lass ich dir auch da.« Er wies auf die Papiere, die er mitgebracht hatte. »Sind alles Kopien. Pack sie bitte zum Rest.«

»Ist gut«, sagte Benning. »Und falls ich noch was herausfinde, ruf ich dich an.«

»Untersteh' dich!«, warnte Hinrichs. »Deine E-Mail mit der Pressemitteilung und deinem Artikel ist alles, was ich von dir noch sehen möchte. Und zwar spätestens morgen früh. Mehr nicht! Du könntest übrigens auch ruhig mal wieder abschalten, so müde, wie du aussiehst.« Er hob noch einmal kurz zum Abschied die Hand und verschwand, ohne sich umzusehen, im Flur.

Benning folgte ihm noch bis zur Haustür. Dass er regelmäßig die Pressemitteilungen für Hinrichs schrieb, war über die Jahre schon fast zur Routine geworden. Sein Freund hatte mit diesem Thema genau wie mit Computern so seine Probleme. Dafür erhielt er immer einen kleinen Vorsprung, um seinen Artikel vor den anderen Journalisten herausbringen zu können. So wusch eine Hand die andere.

»Mach's gut«, rief er seinem Freund noch hinterher, bevor er die Tür langsam ins Schloss drückte und sein Smartphone aus der Hosentasche angelte. - Immer noch keine Nachricht von Gunda. Für einen kurzen Augenblick dachte er daran sie anzurufen, doch dann überlegte er es sich wieder anders. »Nein, Fräuleinchen«, sagte er zu sich selbst. »Nicht mit mir. Ich werde ganz bestimmt nicht zu Kreuze kriechen.« Energisch schob er das Telefon in die Tasche zurück.

Im Esszimmer fiel sein Blick auf das Bild der Ermordeten aus Tötensen. Mit ihren fast schon anklagend ausgebreiteten Armen stimmte sie ihn allerdings doch noch einmal nachdenklich: Und wenn Gunda etwas passiert war? Erneut nahm er sein Telefon hervor und wählte ihre Nummer. Unruhig lauschte er dem monotonen Tuten des Freizeichens und mit jedem Ton wuchs sein Unbehagen. Warum ging sie nicht ran? Er probierte ihre Festnetznummer. - Auch nichts. Nur sprang jetzt der Anrufbeantworter an. Er legte auf. Die Uhr auf seinem Telefon zeigte 11:57 Uhr. In der Küche blickte auf Gundas Dienstplan, den sie immer noch

Woche für Woche dort mit einem Magnet an die Kühlschranktür heftete. Eine alte Marotte von ihr. Genau an derselben Stelle hatte schon ihr Stunden- und später ihr Ausbildungsplan gehangen. Wie er dem Plan entnehmen konnte, musste sie in einer Stunde wieder im Hotel sein.

Vielleicht duschte sie ja auch gerade nur und konnte deshalb nicht rangehen. Dann probier ich es halt gleich noch mal, dachte er und räumte Hinrichs Becher in die Spülmaschine.

»Cause you're hot then you're cold...«, unterbrach Katy Perry nun schon zum wiederholten Male ihr romantisches Frühstück, das sich inzwischen schon fast zu einem Brunch ausgedehnt hatte. Gunda hob entschuldigend die Augenbrauen und blickte aufs Display. - Robert! - Konnte oder wollte er nicht verstehen, dass sie nicht gestört werden mochte? Ärgerlich schaltete sie ihr Telefon auf stumm und warf es zurück in ihre Tasche. Das hätte ich schon längst machen sollen, dachte sie entnervt.

»War er das wieder?«, fragte Bens.

Sie nickte.

»Aber der stört uns jetzt nicht mehr!«, sagte sie sanft lächelnd und streichelte ihm zärtlich mit dem Daumen über den Handrücken. »Am liebsten würde ich den ganzen Tag hier so sitzen und mich von dir verwöhnen lassen!«

»Und ich würde dich am liebsten den ganzen Tag verwöhnen!«, flüsterte er und sah ihr tief in die Augen.
»Aber leider ...«, seufzte sie traurig.

»Ja, ja. Ich merk schon: Deine Arbeit ist dir wichtiger als ich.« Demonstrativ verschränkte er die Arme vor der Brust und schob wie beleidigt seine Unterlippe vor.

»Dafür darfst du mich küssen!« Sie beugte sich zu ihm hinüber, spitzte die Lippen zu einem Kussmund und schloss die Augen.

»Auch wieder wahr«, erwiderte er und nahm das Angebot ohne zu zögern an.

Na dann eben nicht, dachte Benning in einer Mischung aus Enttäuschung, Ärger und Besorgnis. Nachdenklich beobachtete er, wie die Displaybeleuchtung langsam erlosch. Und wieder war da dieses flaue Gefühl, das ihn innerlich aufzuweichen schien und seine Knie zittern ließ. Vielleicht sollte er erst einmal etwas essen.

»Hallo Robert«, begrüßte ihn eine halbe Stunde später die Bedienung im *Da Luigi* und stellte ihm, obwohl er noch gar nichts bestellt hatte, eine Apfelsaftschorle hin. Sie sah freundlich lächelnd zu ihm herab und fragte: »Wie immer?«

»Moin Susanna. Ja, danke! Wie immer!«

Benning kam regelmäßig zum Mittagessen in seine Stammpizzeria. Sie lag nur unweit des Bäckers und hier gab es, wie er fand, die beste Pizza der Insel. Und da er einige Gewohnheiten so gut wie nie änderte, kannte Susanna inzwischen sehr gut seine Standardbestellung für diese Uhrzeit. Nur wenn er mit Freunden oder abends im *Da Luigi* aß, wählte er aus der Karte.

Benning hatte unter einem der ausladenden, grünen Becks-Sonnenschirme, die den Außenbereich der

Pizzeria gegen die starke Mittagssonne abschirmten Platz genommen. Er beobachtete, wie Luigis Tochter noch schnell einen Nachbartisch abräumte und anschließend mit zwei Tellern und einem Tablett mit Gläsern im Restaurant verschwand.

Entspannt lehnte er sich nach hinten gegen die bunte Auflage des Plastikstuhls und setzte seine Sonnenbrille wieder auf, die er zuvor zu Susannas Begrüßung abgenommen hatte. Er blickte sich um. Außer ihm saß nur noch eine junge Familie hier draußen. Die Kinder, ein ungefähr fünf Jahre alter Junge und seine jüngere Schwester, machten sich gerade voller Freude über ihr Pinocchio-Eis her. So aus der Ferne glichen ihre Gesichter, um deren Münder sich die Tomatensoße des Hauptgangs nun mit Vanilleeis mischte, denen kleiner Clowns. Ihre Eltern sahen ihnen lässig lächelnd dabei zu, während sie an ihren Cappuccinos nippten. Ihre Bemühungen die niedlichen Fratzen zu säubern, hatten sie schon längst aufgegeben. Offenbar hatten sie sich auf eine Endreinigung nach dem Essen geeinigt.

Eine mit Keschern, Schaufeln und großen Strandtaschen beladene Sportkarre ließ darauf schließen, dass als Nächstes ein ausgiebiger Strandaufenthalt auf ihrem Urlaubsprogramm stand.

»Einä Prosciutto Funghi, wie immär!« Höchstpersönlich servierte heute der Chef.

»Danke, Luigi«, sagte Benning und griff nach seinem Besteck. Beim Anblick der herrlich duftenden Pizza, die eben erst aus dem Holzofen gezogen worden war, lief ihm das Wasser im Mund zusammen.

»Wie gäht es meinem Freund?«

»Kann es ihm schlecht gehen, wenn er eine deiner Pizzen vor sich stehen hat?«

»Mamma Mia«, lachte Luigi. »Von so viele Complementi sie wird auch nicht billigää!«

Was folgte, war noch ein kurzer aber ehrlicher Austausch von Höflichkeiten. Dann verschwand Luigi wieder Richtung Küche. Als guter Gastgeber hielt er seine Gäste nie lange vom Essen ab.

Erschöpft ließ Gunda ihre Wohnungsschlüssel auf das Sideboard fallen. Der Arbeitstag hatte es mal wieder in sich gehabt. Am liebsten wäre sie gleich nach Kampen zu Pit durchgestartet. Doch der hatte ihr heute Mittag mit einem merkwürdigen Gesichtsausdruck für heute und morgen abgesagt. - Irgendein Familiengeburtstag. Jetzt, wo sie in Ruhe darüber nachdenken konnte, kam ihr nicht nur sein Gesichtsausdruck merkwürdig vor. Auch die knappe und verbindliche Art seiner Mitteilung war irgendwie eigenartig gewesen. Ein Familienfest? - Und nirgendwo in der Wohnung ein Hinweis auf ein Familienmitglied. Kein Bild, keine Kleidung, keine Accessoires im Bad ... Nichts!? - Also, fragte sie sich, wirklich ein Familienfest? Oder steckte am Ende vielleicht etwas anderes dahinter. In ihr keimte auf einmal ein Misstrauen, das die Gedanken an die schöne letzte Nacht und den heutigen Morgen trübte. Doch was erwartete sie eigentlich? Würde sie ihn nach der ersten gemeinsamen Nacht gleich auf einen Familiengeburtstag mitschleppen? - Nein! - Aber die Aussicht, ihn erst übermorgen wiederzusehen, gefiel ihr trotzdem nicht.

Auf ihrem Weg durch den Flur streifte Gunda die Schuhe von den müden Füßen und ließ sie an Ort und Stelle liegen. Jetzt noch ein schönes Bad ...

Die kleinen Teelichter, die sie wie immer, wenn sie ein abendliches Entschleunigungsbad nahm, auf dem Wannenrand drapiert hatte, tauchten den Raum in ein gemütliches und entspannendes Licht. Sie stellte ein Glas mit Rotwein auf den schmalen Hocker neben der Badewanne und schaltete die Micro-Anlage an. Ihre CD mit Rockballaden starte sogleich mitten in einem Lied von *Foreigner*, das sie zuletzt gehört hatte und das genau zu ihrem momentanen Gemütszustand passte: 'I want to know what love is'.

Abermals betrachtete sie prüfend ihr kleines Arrangement. Mit einem zufriedenen Nicken löste sie den Knoten ihres Handtuchs und ließ es zu Boden gleiten. Langsam stieg sie in die bis zum Rand mit Schaum gefüllte Wanne und ließ sich gemächlich in das herrlich warme nach Lavendel duftende Wasser gleiten. Sie nahm einen großen Schluck Wein in den Mund und lehnte sich entspannt nach hinten. Den Kopf auf das kleine Nackenkissen gebettet, schluckte sie genüsslich nach und nach den lieblichen Rebensaft herunter.

Für einen kurzen Moment dachte sie an Benning und ihren dummen Streit. Jetzt, mit dem notwendigen Abstand und durch die rosarote Brille einer Frischverliebten betrachtet, schien alles auf einmal nur noch halb so wild. Sie beschloss ihm morgen, nachdem sie noch eine Nacht darüber geschlafen hatte, einen spontanen Besuch abzustatten. Dann würden sie sich, so wie immer, zusammensetzen und über alles quatschen. Sie würden sich wie immer wieder vertragen und wie immer über ihre eigene Dummheit lachen. Gute Freunde machen das so, hatte Robert ihr früher jedesmal gesagt, wenn sie sich gestritten hatten. Und Robert war ihr guter Freund. - Nein, ihr bester Freund. Trotz allem. Für immer. Sie kniff sich umständlich die Nase zu und tauchte in die Stille ihres Lavendelbades ab.

Mit einem dumpfen Laut landete Bennings Fuß auf dem Deckel der Papiertonne. Er war gerade von seiner abendlichen Laufrunde zurückgekehrt und begann wie üblich mit seinen Dehnübungen. Dabei ging sein Blick nach Westen, wo sich die Sonne langsam der Dünenkette näherte, hinter der sich ein langer Strandtag seinem Ende neigte. Nun musste er sich aber beeilen, wenn er die sommerliche Abendstimmung noch auf der Leinwand einfangen wollte. Bilder von Sonnenuntergängen, möglichst schön kitschig, landeten nämlich meistens nicht in der Sprakebüller Scheune. Auf seinen kleinen Ausstellungen an der Kurpromenade und in der *Sylter Welle* fanden sie immer reißenden Absatz und stützten so seine Tarnung als Inselmaler.

Nachdem er seine Übungen beendet hatte, trottete er ins Haus. Dort kontrollierte er gewohnheitsmäßig seine Telefone, doch außer einer SMS von seiner Chefredakteurin, die ihn an den morgigen Abgabetermin erinnerte, befand sich nichts in den Anruf- und Nachrichtenlisten.

»Schon erledigt«, rief er lautstark in den Raum, als ob sie ihn so hören könnte, und löschte ihre Mitteilung. Pressemitteilung und Artikel hatte er gleich nach seinem Besuch bei Luigi geschrieben. Sie müssten jetzt eigentlich noch in Hinrichs E-Mail-Posteingang liegen. Doch wie er seinen Freund kannte, hatte der die Nachricht sicher längst bearbeitet und zurückgeschickt. Aber das würde er erst morgen früh kontrollieren. Im Moment wollte er nur noch malen.

Benning zog seine verschwitzten Laufsachen aus und schmiss sie die Kellertreppe hinunter. Dort landeten sie regelmäßig, wenn sie gewaschen werden sollten. Nackt, wie er war, huschte er gleich weiter ins Bad und dort unter den lauwarmen Wasserstrahl seiner Dusche. Und während er sich einseifte, dachte er an Gunda. Noch immer hatte sie sich nicht gemeldet. - So langsam übertreibt sie es wirklich, dachte er. Sie musste doch seine Nummer auf ihrem Handy gesehen haben. Wenigstens ein kleines Lebenszeichen wäre sicher nicht zu viel verlangt gewesen. Nachdem er sich den Schaum vom Körper gespülte hatte, drehte er den Wasserhahn zu und griff verdrossen nach seinem Handtuch.

Ein wenig hatte es ihn immerhin beruhigt, dass er ihren schwarzen Mini auf dem Parkplatz der *Villa Meeresrauschen* hatte stehen sehen, als er vorhin, während seines Laufs, dort 'zufällig' vorbeigekommen war. Also war sie zumindest bei der Arbeit gewesen.

Wenn sie sich morgen auch nicht meldet, dachte er, dann kann sie sich warm anziehen. Was sich dieser junge Hüpfer immer so rausnahm. Kopfschüttelnd band er sich das Handtuch um die Hüften und stapfte die Treppe zum Schlafzimmer hinauf, um sich anzuziehen. Nun musste er aber auch wirklich los.

11.

In der Marinesiedlung herrschte bereits reges Treiben, als Benning schlaftrunken sein Schlafzimmerfenster öffnete. Gegenüber brachte Frau Blumberg soeben eine Kaffeekanne und einen Korb mit frischen Brötchen in den Garten, wo ihr Mann schon am gedeckten Frühstückstisch wartete. Bei Böhlkes zerrten bereits bunte Handtücher, Hosen und T-Shirts fröhlich im Wind an ihren zwischen verwitterten Holzpfosten gespannten Leinen. Über allem lag das leise Brummen eines Elektromähers, der irgendwo in der Graf-Spee-Straße einem Vorgarten einen neuen Rasenschnitt verpasste.

Frische Morgenluft flutete herein und versuchte den Muff der mit Albträumen beschwerten Nacht zu vertreiben.

Oh, du schöne heile Welt, dachte Benning. Wenn du wüsstest ... Noch immer spukten verwischte Schatten fünf toter Mädchen durch seinen Kopf und ließen sich nur schwer abschütteln. Da draußen ahnte man nichts von alledem. Der alte Blumberg hielt seiner Frau seine Tasse entgegen und sie schenkte ihm mit einem liebevollen Lächeln einen Kaffee ein.

Die beiden wohnten nun schon seit Anfang der vierziger Jahre in ihrer kleinen Haushälfte, in der sie drei Kinder großgezogen hatten. Kurz, nachdem die Marinesiedlung damals errichtet worden war, waren sie eingezogen. Blumberg hatte als höherer Reichsbeamter am Ausbau der Festung Sylt mitgewirkt und seine Frau als Krankenschwester in dem benachbarten Luftwaffenlazarett, der heutigen Nordseeklinik, gearbeitet. Nach dem Krieg war er bis zu seiner Pensionierung in der Außenstelle des Bundesvermögensamtes, gleich hier um die Ecke, beschäftigt gewesen.

Benning lächelte gerührt, als er die beiden so sah. Nach so vielen Jahren waren sie immer noch ein Herz und eine Seele und machten jeden Tag einen gemeinsamen Spaziergang zum Strand. Wie zwei frisch Verliebte. Hand ihn Hand.

Ein Kaffee wäre jetzt auch nicht schlecht, dachte er beim Anblick der kleinen Frühstücksszene und arretierte die Fensterflügel mit den Sturmhaken.

Er stieg langsam die Treppe hinab, checkte die Telefone und stellte die Kaffeemaschine an.

Hätte mich auch gewundert, dachte er, während er im Bad verschwand. So unruhig, wie ich geschlafen habe, hätte ich sicher mitbekommen, wenn eins der Geräte auch nur den kleinsten Laut von sich gegeben hätte.

»Verdammter Mist!«, fluchte Benning eine halbe Stunde später und lehnte wütend sein Hollandrad an die Hauswand. Auf dem Rückweg vom Bäcker war er durch eine Scherbe gefahren und jetzt war sein Vorderreifen platt. Völlig in Gedanken versunken hatte er die zerbrochene Bierflasche zu spät gesehen und sich fast auch noch bei einem instinktiven Ausweichversuch hingelegt. - Oh, wie er diese Hinterlassenschaften betrunkener Partyurlauber hasste.

Na, das wird ja hoffentlich nicht der Beginn eines neuen Katastrophentages sein, dachte er.

Kurze Zeit später sah die Welt allerdings schon wieder etwas versöhnlicher aus. Benning hatte seinen Frühstückstisch im Garten gedeckt und lehnte sich zufrieden in seinem Strandkorb zurück. Voller Genuß schlürfte er an dem heiß ersehnten ersten Kaffee des Tages.

»Robbie?«, rief plötzlich eine ihm so vertraute Stimme hinter ihm und ließ sein Herz hüpfen. Die Sache mit dem Katastrophentag hatte sich just in diesem Moment erledigt. Jetzt merkte er erst richtig, wie sehr er seine Gunda vermisst hatte.

»Hier bin i ...« Benning stockte, als unversehens eine Tüte mit frischen Brötchen vor seiner Nase baumelte.

»Friedensangebot!« Keck lächelnd trat Gunda hinter dem Strandkorb hervor und hockte sich schwungvoll, so als ob nichts gewesen wäre, neben ihn.

»Schön, dich zu sehen«, sagte er und sein freudiger Gesichtsausdruck ließ keinen Zweifel daran, wie ernst er das meinte. Liebevoll zog er sie zu sich und drückte ihr einen dicken Kuss auf die Wange.

»Da bin ich wohl etwas zu spät!«, sagte sie mit einem Blick auf den gut gefüllten Brotkorb, der vor ihr auf dem Tisch stand.

»Ach was! Hauptsache du bist da. Außerdem habe ich heute einen Bärenhunger, und wenn doch was übrig bleibt, gibt's da ja noch den Tiefkühlschrank.« Er nahm sich ein Brötchen, während er mit der anderen Hand zu seinem Messer griff.

»Hunger hätte ich ja auch, aber ...« Gunda hielt ihre leeren Hände in die Höhe. Für einen winzigen Moment sah er sie mit großen Augen verwirrt an, dann verstand er.

»Natürlich. Du brauchst ja noch Werkzeug.« Hastig schob er ihr sein Gedeck rüber und sprang auf. »Ich hol schnell ein neues.«

Mit einem Satz verschwand er in Richtung Haus, und als er kurz darauf zurückkehrte, hatte Gunda ihnen bereits ein Brötchen mit Butter und Marmelade geschmiert. Benning schenkte ihr auch einen Kaffee ein und setzte sich wieder neben sie.

»Ich habe dich ganz schön vermisst«, sagte er aufrichtig. »Dieser blöde Streit ...«

Gunda legte ihm ihren Zeigefinger auf den Mund. »Nicht jetzt! ... Bitte!« Sie sah ihn inständig an und schüttelte langsam den Kopf.

Schweigend saßen sie so für einige Minuten nebeneinander und kauten still auf ihren Marmeladenbrötchen herum. Es kam ihm wie eine Ewigkeit vor. Und obwohl er froh war, dass Gunda wieder bei ihm war, spürte er diese ungute Spannung, die über ihnen zu liegen schien. Ihn drängte es nach einer Klärung. Streitigkeiten ohne Aussprache erzeugte eine Unruhe in ihm, die er genauso hasste, wie unvollendete Bilder. Immer wieder ertappte er sich dabei, wie er verstohlen zu Gunda herüberschielte. Gut sah sie aus. Irgendwie glücklich. Vielleicht eine Spur zu glücklich, wie er fand. Lag es an ihrem Neuen? Er stellte sich gerade vor, wie sie bei diesem ominösen Fremden in den Armen ... In diesem Moment kreuzten sich unvermittelt ihre Blicke. Erschrocken fuhr er zusammen.

»Is' was?« Gunda sah ihn fragend an.

»Nein«, antwortete er schnell. »Ich freue mich nur so, dass du da bist.«

Sie nickte und nahm einen Schluck Kaffee. Dann fragte sie: »Was macht der Fall?«

»Im Moment gibt's nichts Neues«, erwiderte er frustriert. »Leider. - Ich hab so grade mit Ach und Krach einen kleinen Beitrag für die morgige Ausgabe zusammengekriegt. Deswegen war ich vorgestern auch etwas gereizt.«

»Etwas ist gut!«, entgegnete Gunda und sah ihn vorwurfsvoll an. »So hab ich dich ja noch nie erlebt. Wenn ich es nicht besser wüsste, könnte man schon fast denken, du wärst eifersüchtig.«

»Ach was!« Empört zog er die Stirn in Falten und schüttelte den Kopf. Er und eifersüchtig. Schließlich war sie so etwas wie eine Tochter für ihn.

»Ich weiß auch nicht, was mit mir los war. Irgendwie geht im Moment alles drunter und drüber. Die Morde, der Brief ...« Verdammt! - Er biss sich auf die Lippe und blickte verstohlen zu Gunda, die ihnen gerade Kaffee nachschenkte. Wie es aussah, hatte sie seine letzte Bemerkung offenbar überhört. - Schwein gehabt, dachte er. Doch zu früh gefreut. Gunda stellte langsam die Kanne ab und sah ihn mit neugierig erhobenen Augenbrauen an.

»Welcher Brief?«

Benning wurde es plötzlich heiß, was nicht an der kräftiger werdenden Sonne lag.

»Ach, nicht so wichtig«, antwortete er rasch und zeigte mit dem Messer auf den Brotkorb. »Noch ein Brötchen?«

»Lenk nicht ab«, sagte Gunda, die sein Ablenkungsmanöver sofort durchschaut hatte. Sie legte den Kopf schief und ihre Augen funkelten ihn gefährlich an. »Wenn er so unwichtig ist, hättest du ihn ja wohl nicht erwähnt!«

Leise fluchte er in sich hinein. Er könnte sich in den Arsch beißen. War 'in Fettnäpfchen springen' jetzt sein neuestes Talent? Rasch überschlug er seine Erfolgsaussichten, aus der Nummer wieder heil herauszukommen. Das Ergebnis war nicht eben vielversprechend: Verweigerte er die Preisgabe des Briefes, wäre der nächste Streit unvermeidlich. Sie würde ihm vorwerfen, Geheimnisse vor ihr zu haben und dass er ihr nicht mehr vertrauen würde. Doch wie würde sie erst auf eine Nachricht ihres toten Vaters reagieren, die er ihr zu allem Überfluss auch noch seit mehreren Tagen vorenthielt?

Er stand mit dem Rücken zur Wand. Keine Frage. Und so sehr er auch hin und her überlegte, nirgendwo tat sich das rettende Hintertürchen auf.

»Warte hier«, sagte er schließlich bedrückt. Irgendwann müsste er sowieso Farbe bekennen. Und im Grunde konnte es nur noch schlimmer werden. »Ich bin gleich zurück.«

Ohne sie anzusehen, stand er schwerfällig auf und trottete ins Haus. Vielleicht flog ihm ja noch eine Lösung zu, während er den Brief holte. Doch auch dieser letzte Hoffnungsschimmer verglimmte und so saß er zwei Minuten später mit einem vergilbten und zerknitterten Briefumschlag wieder neben ihr.

Schweren Herzens hob er zögernd den Arm und hielt ihn ihr hin. - Gundas Blick wanderte verwirrt zwischen ihm und dem Umschlag hin und her.

»Versprich mir, dass du Anja nichts davon erzählst.« Er sah sie eindringlich von der Seite an. »Zumindest noch nicht.«

Gunda war auf einmal sichtlich verunsichert: Erst sein eigenartiges Verhalten wegen dieses Briefes und jetzt brachte er auch noch ihre Mutter ins Spiel.

Benning schien ihre Gedanken erraten zu haben.

»Es ist ein Brief von deinem Vater«, sagte er unvermittelt.

»Von meinem Vater?«, stammelte sie und betrachtete erschrocken den Umschlag. Ihr versteinerter Blick schweifte über die Aufschrift. Tatsächlich, das war zweifellos Hennings Handschrift. Und auch wenn ihr Vater nun schon seit fast zehn Jahren tot war, waren ihr seine geschwungenen Buchstaben, die so gut zu seiner lebensfrohen Art passten, immer noch vertraut.

»Aber woher ...«

»Aus dem Bild«, erwiderte er, noch bevor sie ihre Frage ganz ausgesprochen hatte. »Er war in dem Bild versteckt, das mir runtergefallen war!«

Seine Stimme krächzte. Schnell nahm er einen Schluck Kaffee und fuhr fort: »Wenn du ihn gelesen hast, wirst du verstehen. Wir werden Anja alles erzählen. Aber gemeinsam.«

Gunda nickte, obwohl sie immer noch nicht verstand. Die Sache wurde ihr zusehends unheimlicher. Mit zittrigen Händen öffnete sie den Umschlag. Unschlüssig sah sie ihn an.

»Lies ihn«, sagte er mit einem ermutigenden Nicken. Vorsichtig, ja fast schon andächtig faltete sie den Brief auseinander und begann zu lesen. Ihre Augen wanderten unruhig zuckend über die Zeilen. Ab und zu hielten sie kurz inne, um dann wieder eilig ihren Weg durch Hennings Beichte fortzusetzen. Er beobachtete, wie sich ab und zu ihre Stirn in Falten zog. Dann verharrte sie auf einmal ohne jede weitere Regung. Gundas Blick hing wie versteinert auf dem Ende des Briefes.

Von einer Minute auf die andere kam es Benning so vor, als ob rings um sie herum die Welt eingefroren wäre. Trotz der Hitze war ihm kalt. Selbst das Vogelzwitschern, das Rauschen der Blätter und das Geräusch der vorbeifahrenden Autos, das von der Norderstraße monoton herüber scholl, nahm er nur noch wie durch Watte wahr. Er hielt die Luft an und wagte nicht sie anzusprechen. Nur zu gut wusste er, wie sie sich jetzt fühlen musste. Vor nur wenigen Tagen war es ihm ähnlich ergangen, als er Hennings Zeilen das erste Mal gelesen hatte.

Gunda starrte immer noch regungslos auf den letzten Gruß und die Unterschrift ihres Vaters. Aus ihrem Augenwinkel löste sich eine Träne und rann ihre Wange herab. Dann begannen ihre Lippen zu zittern, und während sie langsam den Brief sinken ließ, sah sie traurig zu ihm auf.

»Warum hast du mir nichts davon erzählt?«, fragte sie leise und die Enttäuschung, die in ihrer Stimme mitschwang, trug einen gewissen Vorwurf.

»Weil ich es selbst noch nicht fassen kann«, antwortete er und versuchte ihre Hand zu ergreifen. Doch Gunda zog sie schluchzend zurück.

»Lass mich!«, sagte sie mit belegter Stimme. »Du hättest es mir gleich sagen müssen! ... Gleich, nachdem du ihn gefunden hast!«

»Aber ich wusste doch selbst nicht, was mich erwartet«, verteidigte er sich. »Und da er an mich adressiert war, wollte ich ...«

»Der Brief ist von meinem Vater!« Gunda sah ihn wutentbrannt an. »Und weißt du was? ... Es ist mir scheißegal, an wen er adressiert ist.«

Aufs Neue stiegen ihr Tränen in die Augen. Diesmal vor Wut.

»Aber Gunda. Lass dir doch erklären ...« Erneut streckte er seine Hand nach ihr aus, doch sie versteckte ihre Arme mit einer hastigen Bewegung hinter dem Rücken. »Ich wollte wirklich nur den richtigen Moment abwarten. Niemals hätte ich ihn dir vorenthalten.«

»Ach ja?« Aufgeregt wedelte sie mit dem Brief vor Bennings Gesicht. »Nur durch Zufall habe ich ihn jetzt. Nach vier Tagen! Sag' mal, vertraust du mir eigentlich überhaupt nicht mehr?«

»Natürlich vertrau ich dir«, beteuerte er.

Mit einem Ruck sprang Gunda auf und pfefferte den Brief vor ihm auf den Tisch.

»Da hast du deinen Brief«, fuhr sie ihn aufgeregt an. »Er ist ja schließlich an dich adressiert. Bitte sehr, Herr Benning.« Dann drehte sie sich um und stürmte wütend davon.

»Gunda! So warte doch!«, rief er ihr hinterher und sprang auf. Sie hatte bereits das Gartentor erreicht und blieb kurz stehen. Drohend zeigte sie mit dem Finger auf ihn und aus rotgeränderten Augen sah sie ihn giftig an.

»Lass künftig deine Finger aus meinem Leben, sonst …« Ohne eine weitere Reaktion von ihm abzuwarten, hastete sie zu ihrem Wagen.

»Gunda! Nun sei doch vernünftig!«

Benning war ihr noch bis zur Hausecke gefolgt. Er sah, wie sie wütend die Tür ihres Minis zuschlug. Dann heulte auch schon der Motor auf. Hilflos schlug er sich mit den Handflächen auf die Oberschenkel. Er wusste, dass er sie diesmal nicht so schnell wiedersehen würde. Aber ihr jetzt noch hinterher zu rennen, war sinnlos. Mit einer verzweifelten Geste drehte er sich um und ging zurück in den Garten. Von der Straße drang plötzlich das bedrohliche Geräusch quietschender Reifen, gefolgt von einem wütenden Hupkonzert, zu ihm herüber. Instinktiv kniff er die Augen fest zusammen und duckte sich, so als ob er damit den scheinbar unvermeidlichen Zusammenstoß verhindern könnte. Doch der erwartete Knall blieb aus. Erleichtert atmete er auf.

Hennings Brief lag noch genau dort, wo Gunda ihn hingeworfen hatte. Mit leerem Blick faltete er ihn sorgfältig zusammen.

»Ach, alter Freund, was hast du nur angerichtet?«

»Idiot!«

Gunda wischte sich die Tränen aus dem Gesicht und sah wütend in den Rückspiegel. Ihr Hintermann bedachte sie nun auch noch mit einem Blitzgewitter seiner Lichthupe. Schniefend sah sie wieder nach vorn. Alles um sie herum nahm sie nur noch wie durch einen Schleier wahr, als sie so die Norderstraße entlangjagte. Sie wollte nur noch nach Haus.

In ihrem Wohnzimmer ließ sie sich rücklings aufs Sofa fallen und blickte verzweifelt zur Decke. Erneut stiegen Tränen in ihr auf. Ein Brief von ihrem Vater. Sie konnte es immer noch nicht fassen. Umständlich nestelte Gunda ein zerknülltes Taschentuch aus ihrer Hosentasche und wischte sich schniefend die Tränen aus den Augen. - Was hatte Paps noch geschrieben?, versuchte sie sich an den Inhalt des Briefes zu erinnern. Nur mühsam bekam sie ihn in ihrem Gefühlschaos nach und nach wieder zusammen: Ihr Vater hatte ihre Mutter betrogen. Mit einem Mädchen, das sich dann umgebracht hatte. - Seinetwegen.

Gunda schüttelte ungläubig den Kopf. Das alles kam ihr so unreal vor. Wie ein böser Traum, aus dem sie hoffentlich bald erwachen würde.

Warum hab ich den verdammten Brief auch nicht mitgenommen, fragte sie sich ärgerlich. - Und Robert? ... Was war nur auf einmal in ihn gefahren? Erst der dumme Kommentar wegen Pit und dann hatte er ihr auch noch Paps Brief vorenthalten. Mühsam setzte sich Gunda auf und blieb einen Moment lang auf der Sofakante hocken. Sie schneuzte sich kräftig, nahm das Taschentuch und ging in die Küche. Mit einem lauten Knall fiel der blecherne Deckel des Mülleimers zu und gab damit den Startschuss für ihr nächstes Etappenziel. Der Kühlschrank. Irgendwo musste sie noch einen Rest Wein haben.

Das erste Glas leerte Gunda gleich in einem Zug. Sofort schenkte sie sich nach und schlurfte zurück ins Wohnzimmer. Sie kauerte sich mit angezogenen Beinen in die Sofaecke und nippte an ihrem Wein. Ihre geröteten Augen schmerzten und ihr leerer Blick wanderte durch den Raum. Die Uhr des DVD-Players in dem kleinen Fernsehbänkchen zeigte zehn Uhr. Noch drei Stunden. Dann musste sie wieder strahlend Touris bedienen. So, als ob nichts passiert wäre. Doch daran mochte sie im Augenblick noch gar nicht denken. Warum konnte verdammt noch mal Peter nicht bei ihr sein? Jetzt wo sie ihn so sehr brauchte. Ob sie ihn trotz Familienfeier anrufen sollte? Sie beugte sich vor und angelte bereits nach dem Handy, das sie auf den niedrigen Couchtisch gelegt hatte ... Nein. Das konnte sie nicht machen. Am Ende wäre auch er noch sauer auf sie ... Doch wem sonst könnte sie sich sonst noch anvertrauen? Ihren Freundinnen? Am heiligen Sonntag? Um diese Uhrzeit? Unmöglich! Entweder lagen sie nach einer langen Nacht noch im Bett oder arbeiteten bereits wieder. Die Saison auf einer Ferieninsel eignete sich wirklich nur sehr bedingt zur Freundschaftspflege.

Sich in ihr Schicksal fügend nahm sie noch einen Schluck Wein und verzog das Gesicht. Selbst der schmeckte nicht mehr. Vielleicht wäre es ja einfach das Beste, wenn sie sich schon zurechtmachen und am Strand noch etwas frische Luft schnappen würde. Auf dem Weg zur *Villa Meeresrauschen* könnte sie noch im *Luzifer* eine Kleinigkeit essen und einen Cappuccino trinken. Sie hoffte, dass es ihr dann etwas besser gehen würde.

Der Strand war um diese Zeit brechend voll. Kein Wunder bei diesem Wetterchen, dachte Benning. Er hatte die Schuhe ausgezogen und schlenderte durchs Wasser in Richtung Süden. Es war unübersehbar: Sylt steckte mal wieder inmitten eines großen Bettenwechsels. Braun gebrannte, erholte Städter waren weißen Neuankömmlingen gewichen. Einzig die krebsroten Badegäste schienen nie zu wechseln.

Sein Blick schweifte vom regen Treiben am Flutsaum nach links und hinaus aufs Meer. Sofort nahm ihn die befreiende Weite ein, die er so liebte und die einem so viel Luft zum Atmen gab. Luft, die er gesucht hatte, um der Enge seiner Wohnung zu entfliehen, in der sich seine Gedanken nur um den erneuten Streit mit Gunda gedreht hatten. Doch auch hier fand er nicht den erhofften Abstand.

Seufzend blinzelte er hinauf zur Sonne, die erbarmungslos auf ihn niederbrannte. Er wischte sich den Schweiß von der Stirn und bemerkte erst jetzt, dass er für einen Strandausflug zur Mittagszeit mit Poloshirt und Jeans deutlich overdressed war. Also beschloss er, gleich am nächsten Übergang den Strand wieder zu verlassen und zurück nach Haus zu gehen.

Der warme Seewind trug den Geruch von Pommes und Sonnenöl zu ihm herüber, als er in Höhe des Restaurants *Seenot* die Dünenkette passierte. Sein Blick fiel auf das Meer von Syltrosenbüschen, die sich hier im Schutze der Dünen rechts und links des Weges erstreckten. Und schon war auf einmal auch sein anderes Problem wieder gegenwärtig: fünf rätselhafte Morde. Und so schob er auf dem gesamten Rückweg nun ein weiteres Mal Buchstaben in seinem Kopf hin und her und versuchte ihr Geheimnis zu lüften.

Zu Haus angekommen schaltete er als Erstes Computer und Kaffeemaschine an. Ein Automatismus, den er sich durch seine journalistische Tätigkeit angewöhnt hatte. Immer wenn er gedankenbeladen von einem Spaziergang oder einem seiner Läufe nach Haus kam, folgte er dieser Gewohnheit, die aber auch dem Dienstalter der Geräte geschuldet war.

Fünf tote Mädchen, alle Anfang zwanzig und im Abstand von fünf Jahren ermordet. Und alle an einem 19. Juli, rekapitulierte er zum x-ten Mal die Fakten in seiner Datenbank. Die Lage ihrer Arme konnte jeweils einem Buchstaben im Winkeralphabet zugeordnet werden. Aneinandergereiht ergaben sie, so wie Michael und er vermuteten, einen Hinweis oder eine Mitteilung des Mörders. Nur welche? An diesem Punkt kam er einfach nicht weiter. Standen die Buchstaben unter Umständen mit den anderen Hinweisen in Verbindung? Mussten sie also zusammen mit der Rose und dem Todestag gelesen werden?

Fragen über Fragen, aber keine Antworten. Grübelnd blickte er auf den Monitor und trank vorsichtig ein Schlückchen von seinem brühheißen Kaffee. Nebenbei probierte er, über alle möglichen Filterfunktionen seines Programms einen Zusammenhang zu finden.

Zuerst filterte er nach dem Todesdatum und erhielt sechs Mädchennamen aufgelistet.

Für einen Moment stutzte er. - Wieso sechs Namen?

Noch bevor er die Liste ganz überflogen hatte, fiel es ihm wieder ein. Natürlich! Sandra Meyer war ja auch an einem 19. Juli gestorben.

Er rief ihren Datensatz auf und bemerkte, dass das Todesjahr noch nicht befüllt war. Umständlich lehnte er sich zu seinem Sekretär hinüber und fischte die

Gittermappe mit der Aufschrift 'Kriminalpolizei Westerland' aus dem Geheimfach. Er schlug die Mappe auf und fand sofort auch Sandras Todesjahr: 1984.

1984, dachte Benning und erinnerte sich. Ende Juni, also kurz vor dem Vorfall, war er aus der Bundeswehr entlassen worden und hatte seine Ausbildung in Wilhelmshaven aufgenommen. Er tippte die Jahreszahl in das freie Datenfeld und sortierte die Liste nun aufsteigend nach dem kompletten Datum. Ganz oben stand nun Sandra, gefolgt von Melanie Schütz aus Tötensen, Brigitte und Swenja aus der XY-Sendung sowie Andrea ...

Erneut hielt Benning überrascht inne. Das gibt's doch nicht, dachte er und las laut: »1984, 1989, 1994, 1999, 2004 und 2009.« Zu seinem Erstaunen passte Sandra auch noch in das Fünfjahresmuster! - Einzig ihre Todesumstände unterschieden sie jetzt noch von denen der restlichen fünf Toten.

Den Kopf auf die Hand gestützt saß er da und kritzelte ratlos auch ihren Namen auf seinen Schmierzettel. Sandra, Sandra, Sandra, ..., wiederholte er in Gedanken immer wieder ihren Namen.

»Das ist es!«, rief er plötzlich und richtete sich auf. Auf einmal ergaben die Buchstaben auf dem Zettel einen Sinn. Von wegen NSDAP, Strand oder Sand. Eilig strich er die bisherigen Lösungsversuche durch und schrieb in großen Lettern: S-A-N-D-R. - Sandra! - Sandra Meyer war die erste Tote gewesen. Sie stand am Anfang der Serie und war nicht umgebracht worden. Sie hatte sich selbst getötet und musste dadurch irgendwie der Auslöser für die nachfolgenden Taten gewesen sein. - Beunruhigend fand er jedoch auch hierbei, dass noch ein Buchstabe fehlte. Gleichwohl war er schon gewaltig stolz. Er, der kleine Gelegenheitsjournalist und Inselmaler, hatte den Schlüssel gefunden. Und dass er ihn gefunden hatte, da war er sich sicher. Aufgeregt griff er nach seinem Telefon. Diese Neuigkeit musste er sofort Hinrichs erzählen. Wochenende hin oder her.

»Ich hatte dich doch ...«, sagte Hinrichs mit warnendem Unterton in der Stimme, wurde aber sofort wieder unterbrochen.

»Michael, wir müssen uns sehen. Jetzt gleich. Ich glaub, ich hab die Lösung!«

»Wäre ja auch zu schön gewesen, mal ein wenig Ruhe zu haben«, beschwerte sich Hinrichs mürrisch. Andererseits wusste er, dass es keinen Sinn hatte, auf die kümmerlichen Reststunden dieses freien Sonntags zu bestehen. So aufgeregt, wie sein Freund klang. »Also gut, ich bin gleich bei dir. Und Gnade dir Gott, wenn es nicht wirklich wichtig ist.«

»Okay. Gehen wir mal davon aus, dass deine Vermutung richtig ist«, sagte Hinrichs, als er sich eine gute halbe Stunde nach Bennings Anruf dessen Bericht angehört hatte. Nachdenklich zog er die Stirn in Falten. »Demnach müsste unser Täter also in irgendeiner Beziehung zu dieser Sandra Meyer stehen.« Irgendwie fand er Bennings Theorie gar nicht so abwegig. In jedem Fall war sie eine genauere Betrachtung wert, zumal sich die Anzahl der Hinweise, die sie bisher erhalten hatten, deutlich in Grenzen hielt.

»Vielleicht ein ehemaliger Freund?«, mutmaßte Benning.

»Oder ein Familienmitglied. Ich werde gleich morgen mal ihr Umfeld durchleuchten. Soweit das nach der langen Zeit noch möglich ist.«

»Na ja, es wird ja nicht gleich die ganze Familie ausgelöscht sein«, sagte Benning. »Irgendeinen Bruder, Onkel oder Cousin wird es schon noch geben.«

»Du sprichst immer nur von männlichen Tätern«, gab Hinrichs zu Bedenken.

»Natürlich. Die Rosen, das Winkeralphabet ... Alles Dinge, die doch wohl eher auf einen Mann als auf eine Frau deuten.«

»Grundsätzlich hast du natürlich recht. Es spricht sicherlich mehr für einen Täter als für eine Täterin. Auch, dass es sich vermutlich um eine Mordserie handelt, wäre ein weiteres Indiz in diese Richtung. Serienmörderinnen bilden in der Kriminalgeschichte eher die Ausnahme. In Deutschland zuletzt ...«. Hinrichs versuchte sich zu erinnern.

»Ich glaube, vor drei Jahren«, fuhr er fort. »Der Todesengel aus der Charité. Aber davor ...«

»Na, der Engel von Bremen«, sagte Benning wissend. »Das weiss ja sogar ich. Obwohl das ja nun schon über hundertfünfzig Jahre her ist. - Aber ist es nicht komisch, dass weibliche Mörder immer als Engel bezeichnet werden?«

Hinrichs nickte gleichgültig. Über den Geschlechtsstatus von Mördern und Engeln zu philosophieren, danach stand ihm nicht der Sinn.

»Trotzdem müssen wir erst mal in alle Richtungen ermitteln«, sagte er bestimmend. »Mal sehen, was ich morgen so herausfinde.«

12.

Elf Uhr. Müde sank Gundas Kopf zurück in ihr Kissen und ihre Hand rutschte träge von ihrem Wecker. Gestern Abend war es mal wieder später geworden, und als sie nach Haus gekommen war, hatte sie nur noch ins Bett gewollt. Darüber hatte sie ganz vergessen, den Alarm auszuschalten. Heute musste sie erst um neun Uhr abends im Hotel sein. Spätschicht. Zum Glück.

Erleichtert drehte sich Gunda wieder um. Nach diesem furchtbaren Sonntag war sie heilfroh noch liegen bleiben zu können. Sie seufzte zufrieden und versuchte wieder in ihren Traum zu finden. Doch schon nach kurzer Zeit machte sich der nächste Störenfried bemerkbar: ihre Blase. Krampfhaft versuchte sie das dringende Bedürfnis zu unterdrücken, indem sie an etwas anderes dachte, aber ihr Traumregisseur spielte immer wieder rauschende Bäche oder Wasserfälle ein. Widerwillig quälte sie sich schließlich aus dem Bett und verschwand eilig schlurfend im Bad.

Auf ihrem Rückweg ins Schlafzimmer griff Gunda im Vorbeigehen in ihre Handtasche, die sie gestern Abend an den schwarzen Garderobenständer im Flur gehängt hatte. Sie nahm ihr Handy und entsperrte das Display. - Vier Anrufe in Abwesenheit. Die ersten drei Einträge löschte sie sofort aus der Anruferliste. Robert konnte ihr erst mal gestohlen bleiben. Lass mich bloß in Ruhe, dachte sie. Sofort kochte die Wut wieder in ihr hoch. Doch schlagartig erhellte sich ihre Miene, als sie den übrig gebliebenen Eintrag las. Und auch die eben noch so große Verlockung wieder ins Bett zuschlüpfen hatte auf einmal ihren Reiz verloren. Fieberhaft aktivierte sie die Rückruffunktion.

»Morgen, mein Schatz«, säuselte Gunda kurz darauf in ihr Telefon. »Wie war deine Feier?«

»Ganz nett«, antwortete Bens verbindlich knapp.

Hoppla, dachte Gunda, welche Laus ist dem denn über die Leber gelaufen? Waren im Moment denn alle nur noch schlecht drauf?

»Und wie war dein Tag?«, fragte er zurück und klang nun schon etwas freundlicher. Doch jetzt war es Gunda, die gereizt antwortete.

»Wenn du es wirklich wissen willst: beschissen!«

»Haben dich die Touris wieder so gequält?«, erkundigte Bens sich mitleidig.

»Nein, eigentlich waren die mal zur Abwechslung ganz nett.« Gunda klemmte sich das Telefon zwischen Schulter und Ohr und begann damit, sich einen Kaffee aufzusetzen. »Aber sonst war es gestern die Hölle.«

»Du Ärmste!«, erwiderte er. »Magst du drüber reden? Etwa immer noch Ärger mit diesem Robert?«

»Nein, nicht immer noch«, berichtigte sie ihn. »Schon wieder!«

»Und wahrscheinlich bin ich wieder der Grund!«

»Nein, nein. Mit dir hatte es diesmal absolut nichts zu tun. Aber das ist 'ne längere Geschichte.«

»Ich hab Zeit!«

»Warum konntest du gestern nicht da sein?«, fragte sie traurig. »Ich hätte dich so sehr gebraucht.«

»Tut mir leid«, entschuldigte sich Bens sanft. »Aber es ging wirklich nicht. Dafür bin ich ja jetzt für dich da. Also, raus mit der Sprache. Was ist passiert?«

»Kann ich dir das unter vier Augen erzählen?«, bat sie zaghaft.

»Klar! ... Wie wär's mit Mittagessen? - Bei mir?«, schlug er vor. »Mit anschließender Seelenmassage?«

»Ist das auch in Ordnung für dich?«, fragte sie unsicher. Vielleicht waren ja noch Familienangehörige bei ihm und da wollte sie nicht so einfach mit ihren Problemen hereinplatzen.

»Natürlich«, lachte Bens. »Ich freue mich.«

»Wirklich? Und es macht dir auch bestimmt keine Umstände?«

»Nun sei nicht albern. Setz dich in dein Auto und komm endlich her!«

»Na gut. Aber beklag dich hinterher nicht, ich hätte dich nicht gewarnt. Ich habe jede Menge zu erzählen.«

»Solange du nur bei mir bist, darf es auch die Neverending Story sein«, schmeichelte er mit sanfter Stimme.

»Du bist süß«, sagte sie leicht verlegen. »Dann bis gleich, mein Schatz!« Sie hauchte noch einen Kuss ins Telefon, den er postwendend doppelt erwiderte.

Sofort, nachdem sie aufgelegt hatten, wählte Bens die Nummer seines Stamm-Partyservices. Sein Kühlschrank war, bis auf einige Getränke, Eier, Aufschnitt, Käse und Marmelade, wie gewöhnlich so gut wie leer. Das Gleiche galt für die Vorratsschränke. Für wen sollte er auch schon kochen? Außer ihm gab es hier niemanden. Er war allein. Hier. In Hamburg. Und auf der Welt ...

Wieder nur die Mailbox. Benning überlegte, ob er es noch ein viertes Mal probieren sollte. Doch dann entschied er sich für eine andere Nummer in seiner Kontaktliste. Gunda konnte ihn ja zurückrufen, wenn ihr danach war.

»Michael? Ich bin's. Robert. Hast du schon etwas zu Sandra Meyer herausfinden können?«

»Tut mir leid«, sagte Hinrichs gehetzt. Knapp angebunden. »Ist jetzt ganz schlecht. Ich muss zu 'ner Besprechung. Rathjendorf ist eben angekommen. Ich ruf später zurück.«

Noch ehe Benning antworten konnte, hatte sein Freund auch schon wieder aufgelegt. Er legte das Telefon zur Seite und widmete sich erneut der ersten Lokalseite seiner Zeitung. Zufrieden nickte er. Sein Artikel war doch ganz gut geworden. Mal sehen, wann Silke Nachschub verlangt, dachte er und sah auf die Wanduhr. Da anscheinend niemand im Moment mit ihm sprechen wollte, könnte er ja auch die Gunst der Stunde nutzen und ein Ründchen drehen. Heute Nachmittag konnte es schon wieder ganz anders aussehen.

»Hallo, Schatz!« Gunda nahm Bens zärtlich in den Arm und gab ihm einen langen liebevollen Kuss. Er blickte ihr tief in die Augen und lächelte.

»Schön, dass du da bist. Ich hab die letzten Tage ständig an dich denken müssen.« Er nahm ihre Hand, zog sie ins Haus und gleich weiter hinaus auf die Terrasse. Unter dem großen Sonnenschirm war bereits der Tisch für sie gedeckt. Er zog eine tropfnasse Champagnerflasche aus einem randvoll mit Eis gefüllten Sektkübel und schenkte ihnen ein.

»Nobel, nobel!«, sagte sie mit einem anerkennenden Nicken. »Champagner so früh am Tag!«

Bens blickte auf seine Uhr.

»Wieso?«, fragte er mit einem spitzbübischen Lächeln. »Ist doch schon nach zwölf.«

Er reichte ihr eine Champagnerschale und stieß mit ihr an. »Auf dein Wohl, mein Engelchen!«

»Aaah, das tut gut!«, seufzte sie und nahm gleich noch einen Schluck von dem herrlich prickelnden Getränk. »Mir geht es schon gleich viel besser. Obwohl. - So auf nüchternen Magen ...«

»Natürlich ...«, rief er bestürzt und stellte eilig sein Glas ab. »Unser Essen!« Mit schnellen Schritten verschwand er in Richtung Haus.

»Setz dich schon mal«, rief er ihr noch über die Schulter zu. »Ich bin sofort wieder da.«

Gunda ließ sich in die weichen Polster des Korbsofas sinken und augenblicklich wanderten ihre Gedanken zu der schönen Nacht, die sie hier mit ihm verbracht hatte. Ein wohliger Schauder fuhr ihr den Rücken hinunter. Ach, könnte ich doch heute hier bleiben, dachte sie und blickte verträumt vor sich hin.

»Et voilà!« Gunda zuckte zusammen. Bens war zurückgekommen und präsentierte mit einer schwungvollen Bewegung, elegant wie ein Oberkellner, zwei große Salatteller. »Ich dachte, was Leichtes wäre bei dem Wetter genau das Richtige.«

»Das sieht ja köstlich aus«, sagte sie und fischte sich sogleich mit den Fingern eine Cocktailtomate von einem der Teller. Schuldbewusst, wie ein Kind, das man beim Naschen ertappt hatte, ließ sie die Frucht in null Komma nichts im Mund verschwinden und sah zu ihm auf.

»Wer soll das denn alles essen?«, nuschelte sie, während sie gleichzeitig mit der Zunge die Tomate wie ein Bonbon in die Wangentasche schob.

»Mit vollem Mund spricht man aber nicht«, sagte er mit gespielter Ernsthaftigkeit. Dann erhob er erneut sein Glas. »Lass es dir schmecken.«

Gunda begutachtete den Teller vor sich, während sie gleichzeitig an ihrem Glas nippte. Nicht nur dass er mehr als üppig gefüllt war, er strotzte auch nur so von Leckereien: Artischockenherzen, Käse, Kresse, gegrillte Hummerkrabben ... Sie nahm ihre Gabel und pickte sich eine Peperoni heraus.

»Köstlich!«, sagte sie und schloss für einen kurzen Moment die Augen. Bens hielt ihr den Brotkorb mit frischem Baguette hin. »Schön, dass es dir schmeckt.«

Eine leichte Brise zog über die Terrasse und machte so die Mittagshitze einigermaßen erträglich. Während sie weiteraßen, unterhielten sie sich ausschließlich über Belanglosigkeiten. Gunda hatte zwar auch einmal versucht die Geburtstagsfeier anzuschneiden, doch merkwürdigerweise war er ihr sofort wieder ausgewichen. Dabei hätte sie so gerne mehr von seiner Familie erfahren. Auch wenn sie vorhin nur kurz durchs Haus gehuscht waren, hatte sie dort keine Veränderung zu ihrem letzten Besuch erkennen können. Und auch hier draußen ... Sie sah sich verstohlen um. Also, wenn es wirklich eine Feier gegeben hatte, dann sicher nicht hier. Warum bereitete ihm das Thema ein derartiges Unbehagen? Was konnte an einem stinknormalen Geburtstag nur so geheimnisvoll sein?

»Noch einen Latte macchiato?«, fragte er schließlich, als Gunda ihr Besteck auf den blitzeblanken Teller gelegt hatte. Mit dem Baguette hatte sie selbst den allerletzten Tropfen des köstlichen Frenchdressings aufgenommen.

»Gerne«, sagte sie und tupfte sich mit ihrer Serviette die Mundwinkel ab. »Das war der leckerste Salat, den ich jemals gegessen habe.«

»Das Kompliment gebe ich sofort an die Küche weiter«, hüstelte er vornehm und spielte auf einmal einen alten Butler. In gleicher Manier stellte er das Geschirr zusammen und balancierte es elegant zurück ins Haus.

Kurz darauf erschien dann ihr alter Peter wieder. Er reichte ihr ein Glas Latte macchiato und setzte sich neben sie aufs Sofa.

»So, nun erzähl aber mal. Was war los?«

Gunda saugte an ihrem Strohhalm und sah ihn an. Dann holte sie tief Luft und legte los: »Ich habe gestern einen Brief von meinem Vater gelesen.«

»Von deinem Vater?« Bens sah sie erstaunt an. »Aber hattest du nicht erzählte, dass er mit dem Auto ...«

»Ja«, sagte sie und sah ihn bedrückt an. »Nun ist aber ein alter Brief von ihm aufgetaucht. Robert hat ihn in einem Bilderrahmen gefunden, der ihm letzte Woche in meiner Wohnung runtergefallen war.«

»Warum hast du denn nicht eher davon erzählt?«, fragte er und griff mitfühlend ihre Hand.

»Na, weil dieser blöde Hund ihn vor mir versteckt hat«, brauste sie auf. »Das ist ja das Schlimme. Nur durch Zufall habe ich es gestern erfahren.«

Sie merkte, wie es auf einmal wieder in ihr zu brodeln begann. »Wer weiß, ob ich von dem Brief sonst jemals erfahren hätte?«

»Na, da hast du ja einen schönen Freund!«, sagte er und schüttelte verständnislos den Kopf. »Was denkt sich der Kerl?«

»Das ist ja noch nicht alles«, fuhr Gunda fort und erzählte bruchstückhaft von dem, was ihr Vater geschrieben hatte. Erneut ärgerte sie sich, dass sie den Brief nicht mitgenommen hatte.

Ohne sie zu unterbrechen, lauschte er aufmerksam ihrem Bericht und hätte sie nicht fast die ganze Zeit auf ihr Glas gestarrt, während sie ihm alles erzählte, wäre ihr auch nicht die Überraschung, die sich hier und da in seinem Gesicht breit gemacht hatte und das gelegentliche Zucken in seinen Mundwinkeln entgangen. Auch wie er klammheimlich seine Hand zurückzog, hatte sie nur beiläufig registriert.

»Wie sagtest du noch, hieß das Mädchen?«, fragte er interessiert, nachdem sie geendet hatte.

Deutlich erleichtert ließ sie die Schultern sinken und sah ihn an. Das Reden hatte gut getan.

»Sandra Meyer ... Oder war es Beyer? - So genau weiß ich das auch nicht mehr.« Nachdenklich runzelte sie die Stirn. »Aber auf jeden Fall Sandra. Da bin ich mir absolut sicher. Eine gute Schulfreundin von mir hieß nämlich auch Sandra. Wieso fragst du?«

»Ach, nur so«, antwortete er hastig und griff nach seinem Glas. Eilig trank er einige Schlucke.

»Es war vollkommen richtig, dass du gegangen bist«, sagte er anschließend und nahm sie tröstend in den Arm. »Ich glaub, ich muss mich mal mit dem Herrn unterhalten!«

»Nein!« Gunda fuhr hoch und sah ihn ernst an. »Mit Robert werde ich schon alleine fertig.«

»Ich seh doch, wie weh es dir tut!«, sagte er gedankenverloren und strich ihr sanft mit der Hand über die Wange. Irritiert bemerkte sie, wie sein leerer Blick in die Ferne schweifte. Sie sah ihn verstört an und sagte: »Deswegen musste ich ja auch mit jemandem reden.«

Immer noch starrte er geistesabwesend vor sich hin.

»Pit? ... Ist irgendwas?« Sanft legte sie die Hand in seinen Nacken.

»Nein, nein!«, erwiderte er und schüttelte den Kopf. Dann blickte er sie entgeistert an, so als ob er gerade aus einem bösen Traum erwacht war. »Ich verstehe einfach nicht, wie er dich so behandeln kann. Ich könnte ...«

Sie legte ihren Finger über seine Lippen.

»Lass es gut sein«, sagte sie mit ruhiger Stimme. »Mir geht's schon wieder viel besser. Ich regel das mit Robert. Schließlich kenne ich ihn ja nicht erst seit gestern.«

»Trotzdem soll er sich vorsehen«, erwiderte er mit einem gequälten Lächeln. »Ab jetzt kümmere ich mich um meine Piratenbraut.«

»Danke fürs Zuhören.« Sie beugte sich zu ihm herüber und hauchte ihm einen Kuss auf die Lippen. Bens, dem ihre Berührung auf einmal irgendwie unangenehm zu sein schien, löste sich ungelenk aus ihrer Umarmung und griff nach der Champagnerflasche.

»Möchtest du noch?«, fragte er hastig.

»Nein, danke«, sagte sie. Was war denn nun schon wieder los? Hatte sie irgendwas Falsches gesagt?

»Du bist sicher, dass alles in Ordnung ist?«, fragte sie.

»Ja natürlich«, antwortete er schnell und schenkte ihnen nach. »Vielleicht steckt mir noch die Feier in den Knochen. Ist doch ganz schön spät oder besser gesagt früh geworden.« Er reichte ihr das Glas und lächelte sie gezwungen an.

»Nein, wirklich nicht! Ich muss noch fahren und wie du weißt, auch noch ein paar Stündchen arbeiten. Sei mir bitte nicht böse. Aber vielleicht hast du was Alkoholfreies? Vielleicht ein Wasser?«

»Wie wär's mit 'nem O-Saft?«

Gunda nickte, während sie den Rest Kaffee aus ihrem Glas schlürfte.

»Warte, ich hol eben was.«

Bens drückte sich aus dem Sofa hoch und verschwand mit eiligen Schritten im Haus.

Indessen lehnte Gunda sich gemächlich zurück und dachte über sein merkwürdiges Verhalten nach. Seit sie von dem Brief erzählt hatte, war er wie ausgewechselt. Ihr Blick wanderte übers Watt hinaus in die Ferne. Bis auf das wütende Schreien einer Möwe, die irgendein Spaziergänger am Ufer aufgeschreckt haben musste, war es still. So gingen die Minuten dahin und Gunda merkte auf einmal, wie ihr die Lider schwer wurden. - Wo Peter nur blieb?

»Peter Bens?«, fragte Benning. Hinrichs hatte ihn am frühen Nachmittag angerufen und um ein Treffen gebeten. Jetzt standen die beiden am Brandenburger Strand an die Reste des ehemaligen Westwalls gelehnt, und beobachteten das Strandtreiben. Ein paar unverzagte Surfer schoben ihre Bretter in die mäßige Brandung hinaus, in der Hoffnung vielleicht doch noch eine größere Welle abreiten zu können.

Hinrichs hatte gerade wegen einer Anzeige in der Nähe zu tun gehabt und so hatten sie sich kurzerhand hier verabredet. Die Terrassentür einer Ferienwohnung war aufgehebelt und die Urlaubskasse eines älteren Ehepaars aus Kassel gestohlen worden.

»Wahrscheinlich wieder unsere Freunde aus Osteuropa«, hatte Hinrichs gemutmaßt. In den letzten Wochen war es vermehrt zu derartigen Einbrüchen gekommen, wie Benning wusste. Er hatte schon mehrfach darüber berichtet. Alle erfolgten am helllichten Tag und nach dem gleichen Schema. Erste Ermittlungen sprachen dafür, dass es sich bei den Tätern um Auftragsdiebe der Russenmafia handelte.

»Ja, Sandra Meyers älterer Bruder«, antwortete Hinrichs, während er weiter den Strand beobachtete. »Die beiden stammten aus einer wohlhabenden hanseatischen Kaufmannsfamilie. Peter Bens hat später den Namen seiner Frau angenommen.« Er machte eine kurze Pause und schüttelte mitleidig seufzend den Kopf. »Eine richtige Unglücksfamilie, diese Meyers.«

»Wieso?«, fragte Benning und blinzelte angestrengt gegen die Sonne. Seine Sonnenbrille hatte er natürlich mal wieder zu Haus liegen lassen. Na, wenigstens liegt sie dort gut, dachte er ärgerlich.

»Als ich meine Hamburger Kollegen nach den Meyers gefragt hatte, wussten die sofort Bescheid«, fuhr Hinrichs fort und wandte sich zu ihm. »Du erinnerst dich an den Concorde-Absturz in der Nähe von Paris?«

Benning nickte. Nur zu gut konnte er sich an diesen Tag erinnern: Nur einen Monat nach Hennings Unfall waren die entsetzlichen Bilder der startenden Maschine, die einen langen Feuerschweif hinter sich herzog, um die Welt gegangen. Auch ein paar Sylter waren an Bord gewesen. Genau wie der ehemalige Fußballtrainer Rudi Faßnacht. Sein Vater, ein alter Hannover 96 Fan, hatte, als Benning noch ein Kind war, immer von Faßnacht, der einige Zeit dort gespielt hatte, geschwärmt.

»Die Meyers und Bens' Frau waren auch an Bord. Sie waren auf dem Weg zu einer Kreuzfahrt. Er selbst hatte nur durch Zufall überlebt. Wegen eines dringenden Geschäftstermins hatte er noch kurzfristig auf eine spätere Maschine umbuchen müssen.«

»Wie furchtbar«, sagte Benning. »Erst seine Schwester und dann ...« Er blickte auf die Urlauber, die unten am Strand unbeschwert ihrem Badevergnügen nachgingen. »Da will man die schönste Zeit im Jahr genießen und dann ist mit einem Schlag alles vorbei.«

»Ja«, erwiderte Hinrichs leise und folgte Bennings Blick. »Manchmal denke ich, dass die gar nicht so unrecht haben, die immer sagen, man solle jeden Tag so leben, als ob es der letzte wäre.«

»Na, ob das so gut ist?«, sagte Benning nachdenklich. »Wenn man sich keine Gedanken mehr über die Zukunft macht, wird es auch keine Zukunft mehr geben. Keiner würde mehr Kinder in die Welt setzen und überhaupt ... Nein, das ist auch keine Lösung ...«

»Da hast du auch wieder recht«, sagte Hinrichs.

»Und, meinst du, dass dieser Bens was mit den Morden zu tun hat?«, fragte Benning.

»Möglich«, antwortete Hinrichs und zuckte mit den Schultern. »Die Hamburger Kollegen überprüfen gerade sein Alibi.«

»Tut mir leid«, sagte Bens. »Hat etwas gedauert. Dafür habe ich dir aber auch eine wunderbare Medizin gemixt.« Schwungvoll nahm er zwei Cocktails von einem kleinen silbernen Tablett und stellte sie vor ihnen auf den Tisch. »Du wirst sehen, deine Sorgen werden wie weggeblasen sein. Und garantiert ganz ohne Alkohol. Stattdessen Vitamine, Vitamine, Vitamine!«

Gunda staunte nicht schlecht. Weniger über die Getränke als vielmehr darüber, dass er scheinbar wieder der Alte war. Sie nahm ihr Glas und prostete ihm zu.

»Na, da bin ich aber gespannt«, sagte sie und saugte erwartungsvoll an ihrem Strohhalm. So wie es schmeckte und aussah, dürfte sein dekorativer Obstkorb, den sie vorgestern in der Küche entdeckt hatte, nun nahezu leer sein.

»Mmmh! Schmeckt super! Du hast dich mal wieder selbst übertroffen.« Erneut nahm sie den Strohhalm in den Mund und zwinkerte ihm mit beiden Augen zu. Gierig ließ sie die fruchtig erfrischende Flüssigkeit, die eine angenehme Süße hatte, über ihre Zunge laufen.

»Danke«, sagte Bens und beobachtete sie aus dem Augenwinkel. »Was tut man nicht alles für so eine besondere Frau.«

»Und da ist bestimmt kein Alkohol drin?«, fragte Gunda mit erhobenen Augenbrauen. Eine wohltuende und wohlige Wärme durchflutete auf einmal ihren Bauch.

»Kein Tropfen«, sagte er. Dass er dabei seine Hand zum Schwur hob, nahm sie nur noch wie durch einen Schleier wahr. Die Hitze stieg unaufhaltsam in ihr hoch und plötzlich drehte sich alles um sie herum. - Hat er mich also doch angeschwindelt, dachte sie noch und öffnete langsam den Mund, um sich zu beschweren. Wie konnte er nur? Schließlich wusste er doch, dass sie heute noch arbeiten musste ...

»Gunda? ... Was ist?« Von ganz weit weg drang seine besorgte Stimme an ihr Ohr. »Ist alles in Ordnung?«

»Hallo? ... Frau Meyermann!« Benning war sichtlich überrascht, hatte er doch eigentlich jemanden anderen erwartet, als die Nummer der *Villa Meeresrauschen* auf dem Display seines klingelnden Telefons erschien. »Wie kann ich Ihnen helfen?«

Er blickte verwundert zu seiner Wanduhr ... 21:15 Uhr ... Gunda war noch nicht zur Arbeit erschienen.

»Nein, hier ist sie auch nicht«, sagte er ratlos. »Und bei ihr haben Sie es auch schon probiert? ... Mmmh, merkwürdig!«

Er versuchte sich vergeblich zu erinnern, wann sie das letzte Mal zu spät zur Arbeit gekommen war ... Nein, das passte so gar nicht zu ihr. Sogar wenn sie krank war, rief sie umgehend an und sorgte meistens auch noch selbst rechtzeitig für einen Ersatz.

»Natürlich Frau Meyermann, sobald ich was weiß, melde ich mich. - Ja, Ihnen auch. Auf Wiederhören.«

Nachdenklich legte er auf. Es wird doch wohl nichts passiert sein? ... Womöglich ein Unfall. Er probierte nun selbst Gundas Nummern, aber auch er erreichte sie weder über ihr Festnetztelefon noch über ihr Handy. Ohne weiter zu überlegen, griff er nach seinem Autoschlüssel und stürmte davon.

Wenige Minuten später bog er mit quietschenden Reifen in die Hebbelstraße und bremste vor ihrer Wohnung. Gundas Auto war nirgendwo zu sehen. Mit zwei Sätzen sprang er die kleine Treppe zur Haustür hinauf und probierte es zunächst mit seinem Klingelzeichen. - Nichts. - Dann eben Sturmklingeln, dachte er und drückte den Daumen heftig auf den Knopf neben ihrem Namensschild. Doch auch das blieb ohne Erfolg. Er entschied, dass dies genau der Notfall war, für den sie ihre Wohnungsschlüssel ausgetauscht hatten und zog seinen Schlüsselbund aus der Hosentasche. Vorsichtig schob er die Tür zu ihrer Wohnung auf. »Gunda?«, rief er unsicher in den halbdunklen Flur. Keine Antwort. Er tastete nach dem Schalter und machte Licht.

»Gundaaa?« ... Immer noch war alles mucksmäuschenstill. Eilig hetzte er von Raum zu Raum. Doch die Wohnung war und blieb leer. Grübelnd ging er zurück zu seinem Wagen. Gunda war nicht in der *Villa Meeresrauschen* erschienen, ihr Auto war nicht da und zu Haus war sie auch nicht. Er spürte, wie sich sein Magen zusammenzog. Die ganze Geschichte wurde ihm so langsam doch unheimlich. Er zog das iPhone aus der Tasche und wählte ...

»Michael? ... Entschuldige die späte Störung ... Nein, es geht nicht schon wieder um den Mordfall. ... Gunda ist spurlos verschwunden.«

»Wie verschwunden?«, fragte Hinrichs. In knappen Sätzen setzte Benning ihn ins Bild.

»Nun mach dir mal keine Sorgen«, versuchte ihn sein Freund zu beruhigen. »Vielleicht ist sie einfach nur irgendwo versackt.«

»Nein, das ist nicht ihre Art«, widersprach er aufgeregt. »Außerdem könnte sie ja dann wenigstens ans Telefon gehen.«

»Nach eurem Streit?«, fragte Hinrichs. Benning hatte ihm vorhin am Strand kurz davon erzählt.

»Und ihre Chefin?«, fragte er gereizt. Er wollte im Moment nichts mehr von dem Streit hören. Fehlt nur noch, dass ihm Hinrichs auch noch die Schuld dafür gab, dass er Gunda den Brief nicht direkt gegeben hatte. »Was haben Frau Meyermann und ihre Kollegen damit zu tun? - Außerdem ist das ja nicht unsere erste Meinungsverschiedenheit.«

»Schon gut, schon gut«, sagte Hinrichs beschwichtigend. »Ich verstehe ja deine Sorge. Aber wart's ab. Morgen steht sie bestimmt wieder auf der Matte und es gibt für alles eine ganz simple Erklärung.«

»Bitte, Michael«, bettelte Benning, der sich wieder etwas beruhigt hatte. »Wir kennen uns jetzt so lange. Du weißt genau, dass ich dich niemals angerufen hätte, wenn ...«

»Okay, okay«, unterbrach ihn Hinrichs etwas genervt. Sein Freund klang nicht gerade so, als ob er im Moment vernünftigen Argumenten zugänglich sein würde. Also musste ein Kompromiss her. »Ich ruf' eben die Wache an und frage nach, ob es einen Unfall gegeben hat. Ich melde mich dann gleich wieder bei dir.«

»Danke«, sagte Benning und legte auf. Nervös lief er den Gehsteig auf und ab. Endlich, nach scheinbar endlosen Minuten, ertönte Falcos allererster Hit aus seinem Smartphone.

»Ja?«

»Nichts«, antwortete Hinrichs knapp. »Kein Unfall, kein Überfall. Die Kollegen haben sogar noch beim Rettungsdienst und in der Klinik nachgefragt. Deswegen hat es auch ein bisschen gedauert.«

»Und was jetzt?«, fragte Benning verzweifelt. »Wir müssen sie suchen. Es muss was Schlimmes passiert sein.«

»Tut mir leid, alter Freund«, sagte Hinrichs. »Aber es wird uns wohl nichts anderes übrig bleiben, als bis morgen früh zu warten. Ich hab aber die Kollegen gebeten mich sofort zu informieren, falls sie noch etwas erfahren. Mehr können wir im Moment wirklich nicht tun.«

»Eine Großfahndung ...«

»Robbie«, sagte Hinrichs eindringlich. »Beruhig dich bitte. Es ist für den Augenblick weiß Gott alles getan ...«

»Dann suche ich eben allein«, rief Benning trotzig und legte auf. Er stieg in seinen Mazda, wendete ihn in der schmalen Straße und bog mit aufheulendem Motor in die Norderstraße.

Kreuz und quer fuhr er anschließend über die Insel, immer auf der Suche nach ihrem Wagen. Gundas Lieblingsorte, Freundinnen, ... alles wurde abgefahren, doch ihr kleiner Mini blieb unauffindbar. Ganz zum Schluss, als ihm nichts Besseres mehr einfiel, fuhr er noch einmal zur *Villa Meeresrauschen*, aber auch dort war sie nicht aufgetaucht. Getrieben von Sorge und Verzweiflung rannte er schließlich hinunter zum Strand. Er brauchte einen freien Kopf. Tief atmete er die frische Abendluft ein und dachte nach: Was konnte nur passiert sein? Hatte sie am Ende gar die Insel verlassen und war zu ihrer Mutter nach Flensburg gefahren. Er hatte schon wieder sein Telefon in der Hand, überlegte es sich dann aber doch wieder anders. Wenn Gunda nicht bei Anja wäre, würde sie sich auch vor Sorgen die Nacht um die Ohren schlagen. Vielleicht hatte Michael ja recht gehabt ... Er blickte ein letztes Mal hinaus auf die See und schleppte sich den Strand hoch. Eventuell war ja inzwischen zu Haus eine Nachricht auf dem Anrufbeantworter.

Die Sterne des Abendhimmels spiegelten sich wie kleine glitzernde Diamanten in der nächtlichen Meeresdünung. Da waren sie wieder: seine Eltern, seine kleine Schwester und seine liebe Frau. Sie alle lächelten ihm freundlich zu. Bens war sich sicher, dass nur eine Fügung Gunda zu ihm geführt haben konnte. Sie war die Tochter des Mannes, der für Sandras Tod verantwortlich war. Hier auf Sylt, wo alles begonnen hatte, sollte sich also nun der Kreis wieder schließen. Hier, exakt an dieser Stelle am Lister Weststrand, hatte seine Schwester aus Liebe ihr Leben verloren.

Warum es sein Schicksal war, alle geliebten Menschen hergeben zu müssen, war eine Frage, die er sich ständig stellte und auf die er nie eine Antwort erhalten hatte. Die Tage und Nächte, in denen er keine Ruhe fand, waren lange schon ein fester Bestandteil seines Lebens. - Normalität? - Nein, Normalität wäre es vielleicht, wenn er sich mit seiner quälenden Situation arrangiert hätte. Doch die Bilder in seinem Kopf ließen das nicht zu. Wie in einer Endlosschleife sah er seine Eltern, wie sie an Sandras Grab zerbrachen; dann das Amateurvideo, das die brennende Maschine kurz vor ihrem Absturz zeigte. Immer wieder stellte er sich vor, wie hinter einem der vielen kleinen Punkte am Rumpf des legendären Flugzeugs, wie hinter einem dieser Kabinenfenster Betti saß und entsetzt auf die Flammen starrte. Nur zwanzig Minuten zuvor, als die drei schon an Bord waren, hatte er noch kurz mit ihr telefoniert, um ihr zu sagen, dass er mit dem nächsten Flieger nachkommen würde. »Ich muss jetzt mein Handy ausschalten«, hatte Bettina gesagt und scherzhaft hinzugefügt: »Sonst stürzen wir noch ab.«

Eine Träne rann zäh seine Wange hinunter und hinterließ eine salzige Spur. Wie oft hatte er in den letzten Jahren schon daran gedacht, ihnen zu folgen? Nur ihre Geburtstage waren ihm noch geblieben. Ein paar Stunden der Erinnerung, eine symbolische Geburtstagstorte. Viermal im Jahr holte er ihre Fotos aus dem alten Lederkoffer seines Vaters hervor. - So wie gestern. Auch da waren sie wieder alle versammelt gewesen. Aus ihren goldenen Bilderrahmen hatten sie ihm zugelächelt. Stumm hatte er fünf Stücke aus Sandras Torte geschnitten und vor jedes Foto und vor sich selbst gestellt. Erst als die letzte der 45 Kerzen erloschen war, hatte er so wie immer die Zeremonie beendet. Die Bilder waren wieder im Koffer gelandet und die Torte im Mülleimer.

Bens blickte hinauf in den Himmel und seufzte erleichtert. Sollte das nun endlich vorbei sein? Stand der Zeitpunkt seiner Erlösung nun unmittelbar bevor? Dann, wenn sie alle wieder vereint sein würden: seine Eltern, Sandra, er und Bettina. Und ... natürlich auch Gunda mit ihrem Vater. Ein versonnenes Lächeln umspielte seine Mundwinkel. Die nächste Träne wischte er mit dem Handrücken weg und drehte sich langsam um. Es wurde Zeit. Zeit zu beenden was beendet werden musste. Ein letztes Mal würde er nun noch einen geliebten Menschen verlieren müssen, um alles zu beenden. Doch wenigstens gab ihm das Schicksal dieses eine Mal die Möglichkeit, sich zu verabschieden.

Auf seinem Weg hinunter zum Parkplatz rief er sich ein Taxi. Und während er da stand und wartete, sah er noch einmal zu dem kleinen schwarzen Wagen mit dem Schachbrettmuster auf den Außenspiegeln. So einer hätte auch gut zu Sandra gepasst, dachte er.

Ein leises Brummen ließ ihn aufhorchen. Von List her näherten sich zwei Scheinwerfer. Das musste sein Taxi sein.

13.

Benning fühlte sich wie gerädert. Sein Kopf war schwer und schmerzte. Es war ihm, als ob er die ganze letzte Nacht durchgemacht hätte. Im Grunde war es ja auch so. Immer wieder hatte ihn die Sorge um Gunda aus einem sowieso nur oberflächlichen Schlaf gerissen. Er tastete auf dem Nachttisch nach seinem Smartphone. - Keine Nachricht. - Enttäuscht ließ er es auf die Bettdecke fallen und setzte sich schwerfällig auf. Mühsam wälzte er sich anschließend aus dem Bett und machte auf seinem Weg in die Küche zunächst noch einen kurzen aber dringend notwendigen Zwischenstopp im Bad. Das gehörte genauso zu seiner Morgenroutine, wie die gewohnten Handgriffe der Kaffeezubereitung: Wasser einfüllen, Filtertüte einsetzen, danach mit dem kleinen silbernen Messlöffel, den er von Oma Lore geerbt hatte, Kaffeepulver abmessen, Knopf drücken und fertig. Und während sich der erste Schwall heißen Wassers zischend in den Filter ergoss, wählte er nacheinander Gundas Nummern. Aber wie bereits am Vorabend meldeten sich lediglich die Mailbox und der Anrufbeantworter. In der *Villa Meeresrauschen* hatte man auch noch nichts von ihr gehört.

Benning seufzte. Es half alles nichts. Jetzt musste Michael ran und den ganzen Polizeiapparat in Bewegung setzen. Das war er ihm schuldig. Er hatte nun wirklich genug Geduld gezeigt. Noch einmal würde er sich nicht so einfach abspeisen lassen.

»Okay, Robbie«, sagte Hinrichs, der auch keine besseren Nachrichten für seinen Freund gehabt hatte. »Ich werde die Kollegen noch einmal bitten, die Augen offen zu halten und vermehrt Streifen zu fahren. Gibst du mir noch mal das Kennzeichen von Gundas Wagen? ...Ein schwarzer Mini, richtig?«

»Ja, mit diesem Schachbrettmuster auf dem Dach und an den Spiegeln«, erklärte Benning. »NF-GP 202 ...«

»Und ein Foto?«

»Von dem Mini ...?« Benning überlegte.

»Nein, von Gunda!«, sagte Hinrichs und verdrehte am anderen Ende der Leitung die Augen. Mensch Alter, du bist ja mächtig durch den Wind, dachte er kopfschüttelnd.

»Ach so, na klar. Auf meinem Laptop. Ich maile es dir sofort zu.«

Hastig kramte Benning, während er weiter telefonierte, mit einer Hand seinen Computer aus dem Sekretär und klappte ihn umständlich auf.

»Gut. Ich gebe es dann an alle Streifen«, sagte Hinrichs. »Dann heißt es aber leider wieder warten.«

»Ich weiß«, antwortete Benning betreten. »Und du rufst mich bestimmt gleich an, wenn ihr was habt?«

»Natürlich«, sagte Hinrichs. Dann legten sie auf.

Benning ging in die Küche und goss sich einen Becher Kaffee ein. Während er den ersten Schluck nahm, schielte er zu seinem Laptop, das nun endlich die Passworteingabe verlangte.

Eilig hängte er die Kopie von Gundas Personalausweis, den er vor einigen Monaten für irgendeinen Versicherungsvertrag eingescannt hatte, an die eilends getippte E-Mail. Dann klickte er auf Senden. Aufmerksam beobachtete er über den Rand seines Bechers den Fortschrittsbalken seines E-Mail-Programms, bis dieses den Sendevorgang bestätigt hatte. Er nippte noch einmal vorsichtig an seinem heißen Kaffee und sah gedankenverloren in den Garten hinaus, wo sich die hohen Syltrosenbüsche sanft im Wind wiegten. Zur Untätigkeit verdammt, stand er nun hier, doch das konnte er nicht. Irgendetwas musste er tun. Nur herumstehen und warten? Eine Stunde? Oder zwei? Oder ...?

Er setzte sich vor seinen Rechner und öffnete die Datenbank. In seiner Sorge um Gunda beschlich ihn auf einmal das ungute Gefühl, dass ja eventuell Doreens Mörder ... Eine unsichtbare Faust schien sich in seine Eingeweide zu bohren. Er musste unbedingt noch einmal alles genau checken. Vielleicht fand er ja doch noch einen Hinweis. Eine winzige Kleinigkeit, die sie bisher übersehen hatten und die ihnen jetzt weiterhelfen konnte. Vom Korrekturlesen seiner Artikel wusste er, wie schnell man den Wald vor lauter Bäumen nicht mehr sah und selbst offensichtliche Dinge unbeachtet ließ. Und selbst wenn er wirklich nichts mehr finden sollte, so war er doch wenigstens beschäftigt.

Wieder begann er von ganz vorne: sechs tote Mädchen, der gleiche Todestag, alle fünf Jahre. Und auch, dass sie sich äußerlich ähnelten, verband sie. Wieder fuhr diese unsichtbare Faust in seinen Bauch. Auch Gunda war blond und ungefähr im gleichen Alter. - Verdammt! - Was hatte er noch?

Das Bewegungsprofil des Mörders beschränkte sich ausschließlich auf Norddeutschland: Tötensen, Oldenburg, Westerstede, Flensburg. Bisherige Endstation war Sylt. Die Insel auf der Sandra Meyer als Erste gestorben war. Wenn Hinrichs und er mit ihrer Vermutung richtig lagen, musste der Täter in irgendeiner Verbindung zu ihr stehen. Wahrscheinlich kam er ebenfalls von hier oben. Reiste er möglicherweise beruflich in Norddeutschland herum? - Als Vertreter? Fieberhaft klickte er durch die Datensätze. Auch wenn Gunda nicht in das Fünf-Jahres-Schema passte, beruhigte ihn das nicht wirklich.

»Drah di net um - oh, oh, oh...«

Benning schreckte aus seinen Gedanken hoch.

»Michael!«, rief er aufgeregt in sein Telefon. »Habt ihr sie ...«

»Nein«, sagte Hinrichs. »Aber den Wagen.«

Benning schluckte.

»Und Gunda?«, fragte er vorsichtig und machte sich auf das Schlimmste gefasst.

»Nichts. Von ihr fehlt weiterhin jede Spur.«

»Und wo?«, fragte Benning. »Ich meine, wo habt ihr ihren Wagen gefunden?«

»Auf dem Parkplatz am Lister Weststrand.«

Er merkte, wie im schwindelig wurde. Am Lister Weststrand. Dort wo Henning und Sandra ... Nun konnte es keinen Zweifel mehr an ihrer Theorie geben.

»Habt ihr auch schon in den Dünen gesucht?«, fragte er mit krächzender Stimme, und obwohl er sich mehrmals räusperte, wollte sich der Kloß in seinem Hals nicht so recht lösen.

»Die Kollegen sind gerade erst raus. Ich fahre jetzt hinterher. Wollte dir nur eben ...«

»Ich komm mit«, unterbrach ihn Benning abrupt. Egal, was ihn dort erwarten würde, nichts konnte im Moment schlimmer sein, als die Untätigkeit, die ihn derzeit gefangen hielt.

»Kommt gar nicht infrage«, erwiderte Hinrichs bestimmt. »Ich ruf dich sofort an, wenn ...«

»Wenn du im Ernst glaubst, ich würde auch nur eine Sekunde länger hier warten, dann hast du dich geschnitten.«

»Rathjendorf reißt mir den Kopf ab, wenn ich da mit dir auftauche. Unsere gemeinsame Arbeit würde dann sofort auffliegen.«

»Weißt du, wie egal mir das ist? Ich war sowieso von Anfang an dagegen.« Benning wurde jetzt lauter. »Also, wir sehen uns dann in List!«

»Robert! - Warte ...« Benning war schon fast im Begriff gewesen, aufzulegen. »Ich bin gleich bei dir.«

Hinrichs wusste, dass es keinen Sinn machte, weiter an Bennings Geduld zu appellieren. Und bevor der womöglich selbst nach List fuhr und sich und andere auch noch in Gefahr brachte, war es wohl besser ihn unter Kontrolle zu haben.

»Dann sieh zu«, sagte Benning. »Wenn du in fünf Minuten nicht da bist ...« Ohne ein weiteres Wort legte er auf.

Jetzt reicht's, dachte er mit einem Blick auf die Uhr seines iPhones. Seit sechs Minuten wartete er nun bereits vergeblich auf Hinrichs. Er hatte schon den Schlüssel seines Mazda aus der Hosentasche gezogen, als ihn das Aufheulen eines hochtourig fahrenden Autos aufhorchen ließ. Er machte zwei Schritte die

Auffahrt hinunter und erkannte den Dienstwagen des Inselkommissars, der gerade aus dem Kreisverkehr am Rolanddenkmal heraus beschleunigte.

»Das wurde aber auch Zeit!« Benning ließ sich mit einem vorwurfsvollen Blick auf den Beifahrersitz fallen. Während er heftig die Tür zuschlug, schaute er über die Schulter auf die leere Rückbank. »Wo ist überhaupt der LKA-Fritze?«

»Der ist mit den Kollegen gefahren«, antwortete Hinrichs und blickte in den Seitenspiegel, bevor er wieder Gas gab. Die nächsten Kilometer sprachen die beiden kein Wort. Benning stierte wie gebannt auf die Straße und je mehr sie sich ihrem Ziel näherten, desto mehr keimte Angst in ihm auf. So langsam begann er zu realisieren, auf was er sich eingelassen hatte: Möglicherweise war er schnurstracks auf dem Weg zu Gundas Leiche ...

Schon signalisierte das rhythmische Schlagen der Räder des Passats, dass sie nun die ehemalige Panzerstraße erreicht hatten, die sie durch Listland unaufhaltsam ihrem Ziel näher brachte. Dem stakkatoartigen Geräusch, das sich mit zunehmender Geschwindigkeit steigerte, schien sich Bennings Puls anzupassen. Seine Knie zitterten und seine Handflächen waren schweißnass. In der Ferne erkannte er bereits die zuckenden Blaulichter der Streifenwagen. Ihr Ziel war nun schon zum Greifen nah. Nervös rieb er die Hände am groben Stoff seiner Jeans trocken.

Hinrichs zog den Wagen in einer engen Kurve auf den Parkplatz und bremste scharf ab. So wie es aussah, befand sich jeder Polizist der Insel hier oben: Überall standen Einsatzfahrzeuge und es wimmelte nur so vor

Uniformen. Einige Beamte versuchten neugierige Touristen hinter den notdürftigen Absperrungen aus Flatterband zurückzuhalten, während andere die Dünen rechts und links des Strandüberganges durchkämmten. An der Einfahrt zum Parkplatz standen zwei Rettungsassistenten des Roten Kreuzes im Schatten ihres Fahrzeugs.

Mit blockierenden Rädern rutschte der klapprige Passat auf dem leicht versandeten Asphalt noch einige Meter, bevor er kurz vor Hauptkommissar Rathjendorf zum Halten kam. Der LKA-Beamte drehte sich langsam zu ihnen um und musterte Hinrichs mit einem missbilligenden Blick. Der zuckte mit einem entschuldigenden Lächeln die Achseln und stellte den Motor ab.

Die Arme vor der Brust verschränkt drehte sich Rathjendorf noch ein Stückchen weiter und blinzelte durch die im Sonnenlicht blendende Windschutzscheibe auf den Beifahrersitz. Das muss dieser Klatschreporter sein, dachte er abfällig. Hatte Hinrichs nicht erzählt, dass der seine Tochter vermisste? Deswegen hatten sie doch nach dem Mini gesucht. Ärgerlich sah er wieder zu seinem Kollegen, der schwerfällig aus dem Wagen stieg.

»Wie sieht's aus?«, fragte Hinrichs und warf die Fahrertür ins Schloss.

»Was soll das?«, fragte Rathjendorf, ohne auf die Frage einzugehen, und wies mit einer kurzen Kopfbewegung in Bennings Richtung. Dass dieser Dorfsheriff den Angehörigen eines mutmaßlichen Opfers an einen Tatort schleppte, könnte er ja noch geradeso durchgehen lassen, vorausgesetzt Hinrichs präsentierte noch eine nachvollziehbare Begründung. Was ihm allerdings gänzlich gegen den Strich ging, war, dass dieser Benning für die lokale Presse schrieb. Mit diesen Schmierfinken hatte er nämlich schon seit längerem so seine Probleme.

»Herr Benning ist hier, um den Wagen von Frau Paulsen und mögliche weitere Funde zu identifizieren«, antwortete Hinrichs mit ruhiger fester Stimme. »Wer weiß, was sonst noch so in den Dünen rumliegt?«

Die Blicke der beiden Hauptkommissare trafen sich und für einen Moment sahen sie sich wortlos an. Rathjendorf reagierte als Erster. Er zog leicht die rechte Augenbraue hoch und ließ die Arme sinken. Na, dachte er, wenigstens hatte dieser Provinzsheriff doch noch eine akzeptable Begründung aus dem Hut gezaubert. Er blickte noch einmal abschätzig zu Benning, der immer noch wie versteinert im Wagen saß.

Durch die heruntergekurbelten Seitenscheiben hatte dieser den kurzen Schlagabtausch nur beiläufig verfolgt. Seine Aufmerksamkeit hatte vielmehr dem Treiben in den Dünen gegolten. Dort, zu seiner Linken, in der langgezogenen mit dichtem Strandhafer und Syltrosen bewachsenen Dünenkette hatten immer wieder weiße Dienstmützen, die zwischen den Halmen im grellen Licht der inzwischen hochstehenden Sonne aufblitzten, ihn in ihren Bann gezogen. Ängstlich hatte er daran gedacht, was wohl wäre, wenn jetzt einer der Beamten die Hand heben und einen Fund anzeigen würde. Am liebsten wäre er wieder nach Haus gefahren. Warum hatte Michael ihn auch mitnehmen müssen?

Hinrichs sah, lässig mit einem Ellenbogen auf das Dach des Passats gestützt, nun seinerseits fragend zu Rathjendorf, der ihm ja auch noch eine Antwort schuldig war. »Und?«

»Ich bin auch gerade erst angekommen«, sagte der LKA-Beamte. »Die Spusi untersucht noch den Wagen.« Er wies auf den schwarzen Mini Cooper rechts von ihnen, in dessen weit geöffneten Türen Beamte in weißen Polypropylenoveralls knieten. »Der Rest sucht in den Dünen nach Hinweisen.«

Hinrichs nickte wissend. Er beugte sich in das geöffnete Fenster der Fahrertür.

»Alles klar bei dir?«, fragte er mit besorgter Stimme und sah seinen Freund, der käsebleich zu ihm herübersah, mitleidig an.

»Ja!« Benning nickte und sein missglückter Versuch eines Lächelns zeugte vom Gegenteil. »Es geht schon.«

»Willst du lieber hier warten?«

Benning schüttelte mutlos den Kopf.

»Nein, ich komme mit«, entschied er und öffnete langsam die Beifahrertür. Er war sich zwar nicht sicher, ob seine Beine ihm nicht gleich den Dienst versagen würden, trotzdem wollte er auch nicht allein hier hocken bleiben. Mühsam drückte er sich aus dem Sitz hoch und blieb einen Moment lang in der offenen Tür stehen. Halb auf das Wagendach halb auf den Türrahmen gestützt blinzelte er an Hinrichs vorbei hinauf zu den Dünen. Dann atmete er noch einmal tief durch, bevor er langsam die Tür schloss. Mit jedem Schritt sicherer werdend, drängelte er sich zwischen Kühlergrill und Hauptkommissar Rathjendorf durch, der gar nicht daran dachte mehr Platz zu machen.

»Und Sie nehme ich persönlich in die Verantwortung, wenn auch nur die kleinste Spur versaut wird!«, rief Rathjendorf ihnen hinterher, während er, die Hände tief in den Taschen seiner grauen Anzughose vergraben, leicht mit dem Oberkörper hin und her wippte. »Und wehe ich lese auch nur ein Sterbenswörtchen in der Zeitung, was nicht vorher mit mir höchstpersönlich abgestimmt ist ...«

Diese blöden Pressefuzzis, dachte er. Überall mussten sie ihre Nasen reinstecken. Aus seiner Abneigung gegen die schreibende Zunft hatte er nie einen Hehl gemacht. Dass diese Haltung letztlich dazu geführt hatte, ihn vor zwei Jahren bei der Nachbesetzung des angesehenen Postens des Pressesprechers zu übergehen hatte sein Verhältnis zu Medienvertretern nicht wirklich verbessert. Statt Rathjendorf hatte ein gewisser Müller-Lüdendorff, den er noch mehr hasste, als die windigen Pressevertreter, den Job bekommen.

Hinrichs schob seinen Freund zu Gundas Mini, wo ein Kripobeamter gerade den Innenraum fotografierte.

»Moin, Helge!«, begrüßte er ihn. »Schon irgendwelche Spuren?«

»Moin, Michael«, antwortete Helge Fuchs und schüttelte den Kopf, während er sich aufrichtete. »Bisher nichts. Der Wagen war unverschlossen, als die Kollegen ihn fanden. Augenscheinlich gibt es keine Anzeichen für eine Gewalttat. Genaueres muss dann die KTU klären. Wenn es sich hier überhaupt um ein Verbrechen handelt ...« Er warf einen zweifelnden Blick auf Benning, dann sah er wieder zu Hinrichs. »Vielleicht hat man ja auch nur vergessen, ihn abzuschließen. Wäre ja nicht das erste Mal.«

Gerade, als Benning protestieren wollte, bedankte sich Hinrichs mit einem Kopfnicken bei seinem Kollegen und zog seinen Freund rasch weiter.

»Komm. Lass uns hochgehen.« Er legte die Hand auf Bennings Schulter und blickte ärgerlich zu Rathjendorf, der sich wichtig neben Fuchs aufgebaut hatte und ihnen hinterher grinste.

»Gunda lässt doch nicht einfach ihr Auto offen rumstehen«, wetterte Benning. »Du weißt doch wie ...«

»Ich weiß, ich weiß«, beruhigte ihn Hinrichs. Bei der nächsten internen Fortbildung musste er unbedingt noch einmal ein bisschen mehr Sensibilität einfordern. Es war nicht das erste Mal, dass seine Kollegen sich im Beisein von Angehörigen wie die sprichwörtliche Axt im Wald verhielten.

Benning schimpfte immer noch leise vor sich hin. Gunda und ihr Auto offen stehen lassen ... Dazu hatte sie, wie so viele andere Mädchen auch, eine viel zu spezielle Beziehung zu ihrem Wagen. Er erinnerte sich noch gut daran, wie sie freudestrahlend vor ihm gestanden hatte, als er ihr den Mini zum bestandenen Führerschein geschenkt hatte. Nie würde er vergessen, wie sie aufgeregt auf der Stelle gehüpft war, nachdem er ihr die Augenbinde abgenommen hatte. Verziert mit einer übergroßen roten Schleife auf der Motorhaube und bunten Luftballons an den Außenspiegeln hatte der Wagen plötzlich in der Auffahrt gestanden. Benning hatte einen ehemaligen Arbeitskollegen aus der Nordseeklinik gebeten, seinen Mazda gegen den Mini auszutauschen, sobald Gunda von der Schule gekommen und im Haus verschwunden war. Und wie ihre Reaktion gezeigt hatte, war ihm die Überraschung wirklich gelungen.

»Alice!«, hatte Gunda überglücklich verkündet, nachdem sie stolz hinter dem Lenkrad Platz genommen und zärtlich über das Armaturenbrett gestreichelt hatte. »Mein Alice!«

Zuerst hatte Benning überhaupt nicht verstanden, wieso sie den Wagen Alice getauft hatte, bis sie es schließlich aufgeklärt hatte: »Na, Mini Cooper... Alice Cooper!« Mit großen Augen hatte Gunda ihn angesehen und dann war auch bei ihm endlich der Groschen gefallen. Auf diese Verbindung wäre er von selbst niemals gekommen, schließlich war sie kein Fan der Rocklegende. Genau genommen kannte sie wie beinahe fast jeder Schüler nur seinen Hit 'School's Out'. Ein Song, den sie und ihre Mitschüler während der Abi-Feier nur so rauf und runter gegrölt hatten. - Nein, ihren Alice hätte sie niemals so einfach offen stehen gelassen.

Inzwischen hatten die beiden den Scheitelpunkt der Düne erreicht und vor ihnen öffnete sich die scheinbar unendliche Weite der blauen See. Ein warmer Luftzug trug gedämpftes Kinderlachen zu ihnen herauf. Unten am Strand herrschte allem Anschein nach unbeschwertes Urlaubsvergnügen. Viele hatten offenbar noch nicht einmal mitbekommen, dass es um sie herum nur so von Polizei wimmelte. Zum Glück, dachte Benning. Nicht auszudenken, wenn mit einem Mal sandalenbewehrte Füße hier alles niedertrampeln würden. Womöglich wichtige Spuren. - Spuren zu Gunda.

»Herr Hauptkommissar!«, rief plötzlich eine Stimme. Die beiden wandten sich nach links, von wo der Ruf gekommen war und entdeckten abseits des Weges zwischen hohem Strandhafer einen aufgeregt winkenden Polizeibeamten. Während Hinrichs sofort loseilte, folgte Benning ihm nur zögerlich. Was wäre wenn Gunda ...

»Mir waren die heruntergetretenen Halme neben dem Weg aufgefallen«, sagte der junge Saisonbeamte mit wichtiger Miene. »Und da bin ich der Spur bis hierhin gefolgt.«

Dass trotz entsprechender Verbote immer wieder Touristen durch die Randdünen spazierten, war zunächst einmal nichts Außergewöhnliches. Auch nicht, dass sie dabei oftmals wie ein Elefant im Porzellanladen die für den Inselschutz so wichtigen Anpflanzungen skrupellos niedertraten. Doch das hier war schon eigenartig: Jemand hatte eine kleine Lichtung geschaffen. Auf einer Fläche mit ungefähr einem halben Meter Durchmesser war sämtlicher Strandhafer herausgerissen und achtlos zur Seite geworfen worden. Und mitten auf dieser Lichtung lag ... Hinrichs schielte verstohlen zu Benning, der zum Glück in einiger Entfernung stehen geblieben war und sorgenvoll zu ihm herüber blickte. Langsam ging Hinrichs in die Hocke und zupfte dabei ein Taschentuch aus der Hosentasche. Langsam streckte er den Arm aus ...

»Eine Rose!«, rief Benning, der auf einmal hinter Hinrichs stand. Ihm war Hinrichs Blick nicht entgangen und so hatte er allen Mut zusammengenommen und war ihm bis hierhin gefolgt. »Er ist also noch auf der Insel«, stammelte er entsetzt. »Und er hat Gunda!«

Benning spürte, wie mit einem Mal kleine Sternchen vor seinen Augen tanzten und ihm schwarz vor Augen wurde. Seine Beine begannen, ihren Dienst zu versagen. Schwer atmend beugte er sich vor und stützte sich auf seinen Knien ab.

»Das muss noch gar nichts heißen«, versuchte ihn Hinrichs zu beruhigen, doch so richtig überzeugend klang auch er dabei nicht.

Gunda Paulsens verlassenes Auto. Ihr plötzliches Verschwinden. Und dann die Rose. Genau wie an den anderen Tatorten. Nur lag sie diesmal auch noch ziemlich genau dort, wo seinerzeit Sandra Meyer gestorben war. Zufall? - Nein! - Nun bestand kein Zweifel mehr, dass es eine Verbindung zwischen ihr und dem Täter geben musste.

»Holen Sie mal die Spusi«, wies er seinen jungen Kollegen an und drückte sich schwerfällig aus der Hocke hoch.

»Sehr wohl, Herr Hauptkommissar!«, antwortete dieser dienstbeflissen und stürmte sofort los.

»Ach, und Meier!«

Hinrichs hatte es sich angewöhnt, die Bäderbeamten, bei denen es sich meistens um unerfahrene Wachtmeister oder Kommissaranwärter handelte, so früh wie möglich mit Namen anzusprechen. Es gab ihnen ein gewisses Gefühl der Akzeptanz, wenn sie bereits nach kurzer Zeit von den älteren Kollegen persönlich angesprochen wurden. Das stärkte ihre Teamfähigkeit und erleichterte die nur kurze auf die Saison beschränkte Zusammenarbeit.

Meier blieb so abrupt stehen, dass er fast nach vornüber gefallen wäre. Mit wild rudernden Armen blickte er zurück. »Ja, Herr Hauptkommissar?«

»Gut gemacht«, sagte Hinrichs und nickte anerkennend. Meier lächelte in einer Mischung aus Stolz und Verlegenheit. Dann sauste er auch schon weiter, diesmal anscheinend noch eine Spur eifriger als zuvor.

Hinrichs drehte sich zu Benning um, der sich allmählich wieder aufrichtete. Sein Gesicht war kalkweiß.

»Komm Robbie. Lass uns schon mal zurückgehen.« Er klopfte seinem Freund auf die Schulter und schob ihn sanft in Richtung Strandübergang.

Am Strand schrie plötzlich ein Kind und rannte lauthals kreischend aus dem Meer. Ein Spielkamerad hatte es mit Wasser bespritzt. Doch kaum in Sicherheit machte der Kleine schon wieder auf dem Absatz kehrt und lief zurück, um sich den nächsten Kick abzuholen. Benning hielt für einen Moment inne. Er erinnerte sich an die kleine Gunda, wie sie lachend durch die flachen Priele sprang, die das ablaufende Wasser zurückgelassen hatte. Sie musste damals acht gewesen sein. Regelmäßig war er mit Henning und seiner Familie seinerzeit am Strand gewesen, wo sie kleine Sandburgen mit Muscheln und bunten Fähnchen geschmückt hatten und Benning war es auch gewesen, der Gunda damals das Schwimmen beigebracht hatte. Es waren so glückliche und unbeschwerte Tage gewesen. Da hatten sie sich kaum von den anderen Urlaubern unterschieden. Nur mussten sie nicht bereits nach drei Wochen wieder abreisen.

Onkel Robbie hatte Gunda ihn in jenen Tagen noch genannt und vor Lebensfreude nur so gesprüht. Ein richtiger Wirbelwind war sie gewesen. Es konnte doch nicht sein, dass das nun nur noch Erinnerungen bleiben sollten. Erinnerungen an einen geliebten Menschen, der nicht mehr ...

»Kommst du?«, fragte Hinrichs und blickte zu seinem Freund zurück, der immer noch gedankenverloren zum Strand hinunter starrte. Benning löste sich aus seiner Starre und nickte stumm.

Kaum hatten sie den befestigten Weg erreicht, stürmte auch schon Meier auf sie zu, gefolgt von Fuchs, der mit Kamera in der rechten und einem schwarzen Pilotenkoffer in der linken Hand nicht so ganz Schritt halten konnte und offensichtlich auch nicht wollte. Polizeikommissaranwärter Meier war stehen geblieben und sah sich zu dem Mann im weißen Overall um, der den Diensteifer seines jungen Kollege zu dessen Leidwesen nicht im gleichen Maße teilte. Deutlich genervt rollte Fuchs mit den Augen, als er an Hinrichs vorbeischlich und Meier in die Dünen folgte.

»Der wird auch noch ruhiger«, raunte ihm Hinrichs zu und schickte noch ein gutmütiges Lächeln hinterher. Dann begaben Benning und er sich stumm auf den Weg zurück zum Parkplatz. Ab und zu schielte Hinrichs mitfühlend zu seinem Freund, der mit sorgenvoll gesenktem Kopf und wieder tief in Gedanken versunken vor sich hintrottete. Mein armer Freund, dachte Hinrichs. Hoffentlich finden wir sie noch rechtzeitig.

Gunda öffnete die Augen und blinzelte in das grelle kalte Licht einer Glühbirne, die an einem kurzen Kabel von der Decke hing. Ihre Arme waren eingeschlafen und brannten wie Feuer. Vergeblich versuchte sie sich zu strecken. Irgendetwas hinderte sie daran. Sie drehte ihren Kopf und stellte entsetzt fest, dass ihre Hände an das rostige Kopfende eines alten Bettgestells gefesselt waren, auf dem sie lag. Irritiert blickte sie an sich herab. Auch ihre Füße waren mit groben Seilen an dem Bett festgebunden. Sie zerrte an den Fesseln und wandte sich so gut es ihre missliche Lage zuließ. Doch alle ihre Bemühungen sich zu befreien führten nur dazu, dass sich die dünnen Stricke noch tiefer in ihr Fleisch gruben. Ratlos ließ sie ihren Kopf auf die klamme und nach Schimmel stinkende Matratze sinken und sah sich um. Rechts von ihr lehnte ein altes Holzregal schief an der Wand, auf dessen vier durchgebogenen Regalböden sich ein paar rissige und angeschlagene Blumentöpfe unaufgeräumt verteilten. Am Fußende des Bettes entdeckte sie einen alten Holzstuhl. An mehreren Stellen war bereits der Lack abgeplatzt und hatte das darunterliegende Holz schutzlos der nasskalten Feuchtigkeit ihres Verlieses preisgegeben. Es war einer dieser Stühle, wie man sie früher häufiger in Amtsstuben vorfand. Ihr Vater hatte auch zwei Exemplare davon gehabt. Für 'nen Appel und 'n Ei hatte er die ausgemusterten Sitzgelegenheiten damals von der Bundeswehr erworben. »Was willst du denn mit den ollen Dingern?«, hatte ihre Mutter kopfschüttelnd gefragt.

»Vielleicht kann man sie ja mal irgendwann gebrauchen«, hatte er achselzuckend geantwortet. Auf 'Irgendwann' hatten die vermeintlichen Schnäppchen dann in der dunkelsten und hintersten Ecke des Kellers vergeblich gewartet. Schließlich hatten sie ihr undankbares Ende auf dem Lister Sperrmüll gefunden. Ja, in einem Keller könnte sie hier auch sein, dachte Gunda. Ihr rechteckiges Gefängnis hatte, so weit sie sehen konnte, keine Fenster. Ihre Augen hatten sich mittlerweile an das grelle kalte Licht gewöhnt und jetzt erkannte sie auch an der dem Fußende des Bettes gegenüberliegenden Wand schemenhaft eine Holztür. Sie ließ den Kopf wieder nach hinten sinken und starrte an die unverputzte Betondecke. In regelmäßigen Abständen lösten sich dort an einer besonders feuchten Stelle Wassertropfen und landeten mit einem leisen Platschen in einer Pfütze neben dem Bett. Sie fröstelte. Die feuchte Kälte war ihr in der Zwischenzeit in alle Glieder gekrochen. Wie lange sie wohl schon hier lag? - Und wie war sie überhaupt hier hineingekommen?

Angestrengt versuchte sie sich zu erinnern: der Streit mit Robbie und der anschließende Besuch bei Pit. Sie konnte sich vage ins Gedächtnis rufen, wie sie sich bei ihm ausgequatscht hatte. Aber dann ...

Ihr Kopf tat weh. Gedankenverloren wollte sie ihre pochende Schläfe massieren, doch ein stechender Schmerz in ihrem rechten Handgelenk ließ sie sofort wieder innehalten. Wütend zerrte sie an der Fessel, wodurch sich allerdings nur der Schmerz verschlimmerte.

Um dem unbarmherzigen Licht der Glühbirne zu entgehen, schloss sie die Augen. So waren die Kopfschmerzen, die sie zunehmend quälten, wenigstens einigermaßen erträglich. Noch einmal ging sie ihr Treffen mit Bens durch: Sie hatten zu Mittag gegessen und dann geredet. Dabei hatte sie ihm auch von dem Brief erzählt ... Richtig, da war ja auch noch der Brief von ihrem Vater. Nach und nach kamen nun die Erinnerungen zurück. Wegen dem Brief hatte sie sich doch auch mit Robert in den Haaren gehabt. So langsam lichteten sich die Nebel in ihrem Kopf. Wie sie allerdings in dieses Loch gekommen war und wer sie hier gefangen hielt, blieb weiterhin hinter einem undurchdringlichen schwarzen Vorhang verborgen.

Nach einigen Minuten öffnete Gunda wieder vorsichtig die Augen, vermied es aber zur Decke zu sehen. Sie musterte die Wand zu ihrer Linken, an die man das Bett gestellt hatte. Ein rostiger Nagel ragte nutzlos in den Raum. Leicht nach oben gekrümmt warf er einen Schatten auf den grauen Beton, der dem lockenden Zeigefinger der alten Hexe aus ihrem Märchenbuch ähnelte. Das Buch hatte sie noch immer. Es hatte eine ganz besondere Bedeutung für sie. Aus ihm hatte ihr Vater immer vorgelesen, als sie noch ein Kind gewesen war und ihr regelmäßig einen wohligen Gruselschauer über den Rücken gejagt.

Ach, Paps, dachte sie. Seit dem sein merkwürdiger Brief aufgetaucht war, musste sie wieder pausenlos an ihn denken.

Ihr Blick wanderte von dem 'Hexenfinger' weiter die Wand hinauf, wo sie die Reste eines verwitterten Schriftzuges entdeckte. Die weiße Farbe der Buchstaben, die vermutlich mit Schablonen auf den Beton gepinselt worden waren, war größtenteils abgeblättert. Sie kniff die Augen zusammen. Nur in ihrer Gesamtheit erschloss sich ihre Bedeutung: Schutzraum. - Also hatte sie mit ihrer Vermutung, was ihr Verlies anging, richtig gelegen. Wie sie aus der Schule wusste, gab es auf Sylt noch jede Menge solcher Schutzräume und Bunker. Im Krieg war die Insel als Teil des Westwalls stark befestigt gewesen und insbesondere die Häuser, die in der damaligen Zeit durch die Wehrmacht errichtet worden waren, verfügten über entsprechende Räume.

Die Kopfschmerzen nahmen wieder zu. Erneut schloss sie die Augen. Wie spät es wohl war? - War es noch Tag oder schon Nacht? Selbst das konnte sie nicht sagen. Jegliches Zeitgefühl hatte sie verloren. Siedend heiß fiel ihr auf einmal ein, dass sie ja zur Arbeit gemusst hätte. Ob man sie dort wohl schon vermisste? - So, wie sie die Meyermann kannte, hatte die sich wahrscheinlich schon nach zehn Minuten die Finger wund gewählt. Zu guter Letzt war sie bestimmt auch bei Robert gelandet. Vielleicht suchte er sie ja schon?

Ein merkwürdiges Scharren durchbrach mit einem Mal die Stille und ließ sie zusammenzucken. Mit leicht erhobenem Kopf versuchte sie, die Herkunft des Geräuschs zu lokalisieren ... Ratten? ... Da war es wieder! ... Nein, von hier drinnen kam es nicht. Dafür klang es zu dumpf und zu weit entfernt. Es schien mehr aus Richtung der Tür zu kommen. Wie zur Bestätigung ertönte genau von dort auch jetzt ein leises metallisches Quietschen. Gebannt fixierte sie die schwarzen Umrisse des einzigen Zugangs zu ihrem Gefängnis.

Ihr Herz schien ihr mittlerweile im Hals zu pochen. Sie schluckte. Waren da nicht auch Schritte? Es klang, als ob jemand mit schweren Schuhen eine Treppe hinunterstieg. Sie wagte jetzt kaum noch zu atmen. War das ihre Rettung oder etwa ...?

Ihre Zunge klebte am Gaumen. Erst jetzt merkte sie, wie durstig sie war. Durch die Ritzen der breiten Holzbretter, mit denen man die Tür angefertigt hatte, erkannte sie plötzlich einen schwachen Lichtschein. Gleichzeitig hatte sich auch das Geräusch der Schritte verändert: Sie hatten einen anderen Rhythmus bekommen und wurden zunehmend lauter. Kein Zweifel, irgendjemand näherte sich ihrem Verlies.

Instinktiv zerrte sie noch einmal an ihren Fesseln, bevor sie abrupt regungslos verharrte. Die Schritte waren verstummt und für einen Moment war es wieder totenstill. Nur die Wassertropfen platschten unbeeindruckt in stoischer Gleichmäßigkeit von der Decke auf den Boden. Endlich durchbrach das laute Klacken des Türschlosses die quälende Stille und mit einem lang gezogenen Quietschen schwang langsam die Tür auf. Im Türrahmen erkannte sie die schemenhaften Umrisse eines Mannes. In seiner Hand hielt er eine Taschenlampe, die er mit einem Ruck auf sie richtete. Geblendet kniff sie die Augen zusammen und drehte den Kopf etwas zur Seite ohne jedoch den Blick von der Gestalt zu nehmen.

»Gunda!«, sagte eine vertraute Stimme, die sogleich die Spannung aus ihrem Körper weichen ließ.

»Pit?«, fragte sie erleichtert und erstaunt zugleich. Mit ihm hatte sie nun überhaupt nicht gerechnet. »Wie hast du mich gefunden?«

Wortlos trat Bens aus dem Schatten des Türrahmens und kam auf sie zu.

»Das blendet!« Sie wandte sich noch ein bisschen weiter ab. Erst jetzt schaltete er die Taschenlampe aus und ließ sie in der Tasche einer abgegriffenen braunen Wachsjacke verschwinden. Er stand jetzt direkt neben ihr und blickte ungerührt auf sie hinunter.

»Was ist?«, fragte sie. »Mach mich schon los. Das tut höllisch weh.«

Bens beugte sich behäbig zu ihr herab und betastete ihre Handgelenke.

»Au!«, rief sie. »Das tut wirklich weh!«

»Du darfst auch nicht so dran zerren«, sagte er mit teilnahmsloser Stimme. Mit prüfendem Blick betrachtete er ihre Fesseln und richtete sich anschließend wieder auf.

Sie verstand nun gar nichts mehr.

»Das ist wirklich nicht witzig«, sagte sie. »Jetzt mach mich verdammt noch mal endlich los!« - Wie konnte er da nur so herumstehen? Er musste doch sehen, dass das alles kein Spaß war. Ungerührt griff Bens nach dem Stuhl, stellte ihn verkehrt herum vor sie hin und setzte sich. Lässig die Arme auf der Rücklehne abgestützt sah er sie mitleidig an. Für einen kurzen Moment begegnete ihre fassungslose Sprachlosigkeit seiner abwartenden Ignoranz.

»Je mehr du dran ziehst, desto schlimmer wird es«, sagte er.

»Was soll das heißen?« Sie war fassungslos. Was für ein Film lief denn hier ab? Eine furchtbare Ahnung keimte plötzlich in ihr. Aber noch weigerte sie sich zu glauben, was nicht sein durfte. »Nun komm. Mach mich los.«

»Das kann ich leider nicht«, antwortete Bens sanft und hob bedauernd die Augenbrauen. »Schließlich bist du nicht umsonst hier.«

Also doch, dachte Gunda. Mit einem Mal war ihre Ahnung zur bösen Gewissheit geworden. Er hatte sie in diese Lage gebracht. Ihr vermeintlicher Retter war also in Wirklichkeit ihr Kidnapper.

»Aber wieso ...?«, fragte sie und sah ihn verzweifelt an. Tränen waren ihr in die Augen gestiegen. Tränen der Wut, der Enttäuschung und des Schmerzes.

»Das alles tut mir wirklich leid«, sagte er mitleidig und irgendwie schien es ihr, als ob er das wahrhaftig ernst meinte.

»Ich hätte mir auch eine andere Zukunft für uns gewünscht«, fuhr er fort. »Aber wir haben nun mal eine andere Bestimmung. Nenn es einfach Schicksal.«

Bestimmung? - Schicksal? - Was ist das denn für ein Quatsch?, fragte sie sich insgeheim. Hilflos zerrte sie abermals an ihren Fesseln und sank anschließend wimmernd in die Matratze zurück.

»Beruhig dich, Schatz!«, sagte Bens leise und erhob sich seelenruhig. Er zog ein Taschentuch aus der Hosentasche und versuchte ihre Tränen zu trocknen. Mit einer abwehrenden Kopfbewegung wandte sie sich ab.

»Spinnst du?«, schrie sie ihn mit tränenerstickter Stimme an. »Von wegen Schatz. Wenn du nur das Geringste für mich empfinden würdest, würdest du so einen Mist nicht machen.«

Bens ließ sich wieder auf den Stuhl sinken und blickte betroffen vor sich auf den Boden.

»Es ist nicht so, wie es aussieht. Ich hab dich wirklich lieb. Glaub ja nicht, dass mir das hier leichtfällt. Aber Blut ist nun einmal dicker als Wasser.«

Ungläubig drehte Gunda den Kopf und sah ihn an.

»Blut ist dicker als Wasser?«, wiederholte sie. »Was soll das heißen?«

Bens legte sein Kinn auf seine über die Stuhllehne gekreuzten Arme und sah sie an.

»Der Brief von deinem Vater ...«, sagte er mit ruhiger Stimme. Gunda rollte mit den Augen. Jetzt bringt der auch noch Paps ins Spiel, dachte sie. Waren denn auf einmal alle um sie herum verrückt geworden?

»Nun weiß ich, wer Schuld am Tod meiner kleinen Schwester ist«, sagte er. »Du hast vollkommen richtig gelesen. Das Mädchen, das sich umgebracht hatte, hieß Sandra. - Sandra Meyer.« Er hob mit ernster Miene den Kopf und sah sie an. »Sandra Meyer war meine Schwester.«

»Aber Meyer?«, fragte sie verdutzt. So ganz konnte sie ihm nicht folgen. »Du heißt doch ...«

»Bens«, sagte er und nickte zustimmend. »Der Name meiner Frau. Ich habe ihn bei unserer Hochzeit angenommen.«

»Das auch noch«, rief sie und blickte für einen kurzen Moment entgeistert zur Decke. »Der Herr ist auch noch verheiratet. Jetzt verstehe ich, vor wem du mich hier versteckst. Ist sie überraschend zurückgekommen? Warum muss ausgerechnet ich immer auf euch Kerle ...«

»Sei still«, unterbrach Bens sie scharf. »Gar nichts verstehst du! Bettina ist seit neun Jahren tot.«

Er war aufgesprungen und hätte dabei fast den Stuhl umgeworfen. Wütend sah er auf sie herab.

»Und um sie geht es hier auch gar nicht. - Es geht um deinen Vater, mein liebes Fräulein. Vielleicht willst du es ja auch gar nicht hören, aber dein sauberer Vater hat Sandra auf dem Gewissen.«

»Aber ...«

»Nichts aber«, unterbrach er sie erneut. »Und du bist offenbar keinen Deut besser. Wie war das noch? - Sandra Meyer ... oder Beyer ... oder so ...« Er machte eine abfällige Bewegung mit der Hand und sah sie schief an. » ... So genau weiß ich das auch nicht mehr. - Das waren doch deine Worte, oder?«

Sie holte Luft, um ihm zu antworten, als er auch schon wieder fortfuhr. »Aber ist ja auch egal. Ist ja nur ein dummes Mädchen gewesen, das sich aus Liebe umgebracht hat.«

»So hab ich das nicht ...«

»Halt den Mund«, rief er und richtete drohend den Finger auf sie. Ängstlich drückte sie sich in die Matratze. Vor Wut zitternd blieb er für einen Moment wortlos vor ihr stehen. Dann drehte er sich um, stapfte zwei Schritte in Richtung Tür, machte auf dem Absatz kehrt und stürmte wieder auf sie zu.

»Ich will dir mal eins sagen ...« Seine bebende Stimme wurde auf einmal bedrohlich leise. »Sandra war nicht einfach irgendjemand. Sie war meine Schwester.« Er beugte sich langsam zu ihr hinunter. »Seit heute weiß ich nun endlich, wer sie auf dem Gewissen hat. Meinst du nicht, dass das Schicksal ist, dass ausgerechnet wir uns getroffen haben? Dank dir weiß ich nun auch, wie schmählich sie im Stich gelassen wurde.«

Er hatte sich weit über sie gebeugt und musterte ihr Gesicht. »Du selbst warst der Schicksalsbote, liebe Gunda. Du, die Tochter des Mannes, den Sandra geliebt und der sie ermordet hat.«

»Mein Vater hat niemanden ermordet«, widersprach sie zaghaft. Diesen ungeheuerlichen Vorwurf gegen ihren Vater konnte sie nicht einfach so stehen lassen. Auch wenn sie Gefahr lief, dass er gleich wieder ausrasten würde.

»Dein sauberer Vater hat sie wie ein Stück Dreck weggeschmissen«, sagte Bens und hielt ihr drohend den Finger unter die Nase. »Seinetwegen hat sie sich die Pulsadern aufgeschnitten. Das ist auch Mord.« Langsam lies er den Finger wieder sinken und richtete sich, ohne sie aus den Augen zu lassen, auf.

Sie wusste nicht, was sie noch sagen sollte. Erneut zu widersprechen war zu gefährlich. Sie durfte ihn auf keinen Fall noch mehr aufregen. Was sie jetzt brauchte, war sein Vertrauen. Das war ihre einzige Chance. Nur so konnte sie ihn so lange wie möglich hinhalten, um Zeit zu gewinnen. Zeit für Robert. Zeit, um sie zu finden.

Bens hatte ihr zwischenzeitlich den Rücken zugewandt und stand, die Hände tief in den Hosentaschen vergraben, vor dem alten Holzregal. Mit zusammengepressten Lippen stierte er auf die tönernen Blumentöpfe vor ihm. Ein Gefühl der Hilflosigkeit überkam ihn mit einem Mal und verdrängte nach und nach seine Wut. Er wusste, dass er Gunda unrecht tat. Was konnte sie schließlich für das Verbrechen ihres Vaters? In seiner Brust schlugen zwei Herzen: eins für sein Schwesterchen und das andere für Gunda. Er bereute seinen Ausbruch. Doch was er heute erfahren hatte, konnte er nicht mal eben so wegstecken. Alte Wunden, die tiefe Narben in seinem Leben und auf seiner Seele hinterlassen hatten, waren wieder aufgerissen worden. Er presste die Lippen noch fester zusammen und schüttelte den Kopf. Es tat so verdammt weh.

Aus dem Augenwinkel betrachtete er Gunda. So, wie sie hilflos da lag und mit Tränen in den Augen zur Decke starrte, tat sie ihm unglaublich leid. Für sie musste das alles genauso schrecklich sein. Am liebsten würde er sie sofort wieder losmachen. Seine Gefühle ihr gegenüber waren zu keiner Zeit gespielt gewesen. Ganz im Gegenteil. Das erste Mal seit Bettinas Tod hatte er wieder etwas für eine Frau empfunden. Mit Gunda war eine Leichtigkeit zurückgekehrt, die er so lange vermisst, ja fast schon verloren geglaubt hatte. Doch konnte er wirklich mit der Tochter des Mannes zusammen sein, der für den Tod seiner geliebten Schwester verantwortlich war? - Nein! Seine Liebe zu Gunda würde für ihn auch immer einen Verrat an Sandra bedeuten. Einen Verrat, den er sich niemals verzeihen könnte. Unter dieser Last würde ihre Liebe immer leiden und unweigerlich eines Tages zerbrechen. - Warum musste dieser verdammte Brief auch ausgerechnet jetzt, nach so langer Zeit, auftauchen? Für ihn gab es darauf nur eine Antwort: Bestimmung. Und der musste er nun folgen. Konsequent. So schwer es auch war. Bis zum bitteren Ende.

»Tut mir leid«, sagte Bens so unvermittelt, dass Gunda unwillkürlich zusammenzuckte. Er wandte sich wieder zu ihr um. Sein Herz bekam einen Stich, als er die Angst in ihren Augen sah. Es war, als ob er in einen Spiegel schauen würde. Auch er hatte Angst.

»Ich wünschte, es wäre anders gekommen«, sagte er mit belegter Stimme. »Das musst du mir glauben. Aber jetzt gibt es kein zurück mehr.«

Er blickte auf den Boden, um nicht in ihre Augen sehen zu müssen.

»Was soll das heißen, es gibt kein zurück?«, fragte sie angsterfüllt. Sie beobachtete, wie er sich abrupt wieder umdrehte und mit gesenktem Kopf schweigend in Richtung Tür eilte. Ungläubig sah sie ihm hinterher. »Wo willst du hin?«

Mit der linken Hand auf der Türklinke blieb er noch einmal stehen und legte seufzend den Kopf in den Nacken.

»Pit ...? - Was hast du vor?«

»Ich komme wieder«, sagte er kraftlos mit kaum vernehmbarer Stimme. »Bald bin ich zurück und dann ...« Er stockte. »Dann wird alles gut werden.« Ohne ein weiteres Wort trat er einen Schritt vor und zog die Tür hinter sich zu.

»Pit!«, rief sie ihm verzweifelt hinterher. »Pit! Du kannst mich doch hier nicht so einfach liegen lassen! - »Peteeer!«

Erschöpft sank sie auf ihr feuchtes und stinkendes Lager zurück. Sie hörte, wie sich seine Schritte entfernten. Ein dumpfes Geräusch, wie von einer schweren Eisentür, die in ihr Schloss fiel, ließ sie zusammenfahren. Es folgte wieder das scharrende Geräusch und dann war es still. Sie war allein. Allein mit ihren Gedanken. Allein mit ihrer Angst. Und während Tränen der Ohnmacht aus ihren Augenwinkeln rannen, löste sich, fast schon solidarisch, ein neuer Tropfen von der Decke. - Platsch.

14.

»Sandra?«, fragte Benning aufgeregt und hätte sich fast an einem Stück Pizza verschluckt. »Bist du sicher?«

Nachdem ihn Hinrichs am frühen Nachmittag wieder zu Haus abgesetzt hatte, war er zunächst erschöpft auf sein Sofa gefallen. Wie lange er anschließend dort gelegen und vor sich hingegrübelt hatte, wusste er nicht. Irgendwann hatte ihn das flaue Gefühl in seinem Bauch dann daran erinnert, dass er heute noch nichts gegessen hatte. Wahrscheinlich auch ein Grund mit dafür, dass er in List so wackelig unterwegs gewesen war. Aber ihm war schon den ganzen Tag nicht nach Essen zumute gewesen. So sehr war ihm Gundas Verschwinden auf den Magen geschlagen. Dennoch hatte er sich schließlich eine Pizza aus seiner tiefgekühlten Notration in den Ofen geschoben. Und so hatte er in seiner Küche gestanden und unter Zuhilfenahme kalter Cola mühsam Bissen um Bissen heruntergewürgt, als Hinrichs Anruf ihn erreichte.

Sie hatten Gunda noch immer nicht gefunden. Dafür waren Rathjendorf und Hinrichs, während einer erneuten Durchsicht der Akten, auf einen weiteren Hinweis gestoßen: Im Fall der Ermordeten aus Flensburg waren damals auch alle Jachtbesitzer, die zum Tatzeitpunkt in der Marina gelegen hatten, befragt worden und eine der Jachten hieß ...

»Ja, 'Sandra'«, sagte Hinrichs. »Du hast richtig gehört. Heimathafen Hamburg. Und Eigner war ein gewisser Peter Bens.«

Benning stockte der Atem.

»Sandra Meyers Bruder?«, fragte er mit kratziger Stimme.

»Genau der! Die Indizien lassen nun wirklich keinen anderen Schluss mehr zu. Die Hamburger Kollegen haben ihn zwar bisher nicht in seiner Wohnung angetroffen, fahnden aber mit Hochdruck nach ihm.«

»Und wenn er überhaupt nicht in Hamburg ist, sondern ...« Er stürmte ins Esszimmer, wo sein Laptop immer noch eingeschaltet auf dem Tisch stand. Er klemmte das Telefon umständlich zwischen Kopf und Schulter und ließ seine Finger über die Tastatur fliegen. Mit einer leicht ausholenden Bewegung drückte er schließlich die Enter-Taste.

»Ich hab ihn«, rief er aufgeregt ins Telefon. »Osterheideweg 9. - Kampen! Er hat hier tatsächlich auch eine Wohnung! Warum sind wir da nicht eher drauf gekommen?«

»Wirklich?«, fragte Hinrichs. Dass er nicht sonderlich überrascht klang, bemerkte Benning in seiner Aufregung nicht. »Dann werden ich die Mannschaft mal gleich losschicken.«

»Aber ich komme mit«, sagte Benning.

»Robbie, du weißt, dass das nicht geht. Wir wissen ja noch gar nicht, mit wem wir es zu tun haben. Vielleicht ist Bens bewaffnet. Das ist viel zu gefährlich.«

»Wenn Gunda wirklich bei ihm ist, muss ich da sein.«

»Und wenn sie nicht da ist?«, fragte Hinrichs. »Oder, wenn Bens gar nicht unser Mann ist und wir uns die ganze Zeit geirrt haben?«

»Michael«, sagte Benning mit warnendem Unterton in seiner Stimme. »Müssen wir das jetzt noch mal durchkauen? Ich kann auch allein ...«

»Ist ja gut«, antwortete Hinrichs erstaunlich gelassen. »Ich bin in fünf Minuten bei dir!«

»Aber diesmal warte ich nicht wieder ewig«, sagte Benning und legte auf. - Das brauchst du auch nicht, dachte Hinrichs und drückte die rote Taste seines Handys. Anschließend schob er es in seine Hosentasche zurück und blickte aus dem Beifahrerfenster seines Dienstwagens. Vor ihm lag der Gehweg, der hier vom Pidder-Lüng-Wai zu Bennings Haus hinaufführte. Sollte sein Freund versuchen sich ohne ihn auf den Weg zu machen, konnte er ihn jederzeit abfangen.

Natürlich wusste Hinrichs längst von der Wohnung in Kampen. Sämtliche Polizisten der Insel waren bereits auf dem Weg dorthin. Zunächst hatte er gezögert, seinem Freund überhaupt schon so früh von der neuen Entwicklung zu erzählen, doch er wusste auch, dass Benning nicht auf den Kopf gefallen war. Was wäre gewesen, wenn er aus lauter Untätigkeit heraus irgendwann von selbst auf die Idee gekommen wäre, nach Bens im Internet zu suchen? Womöglich wäre er dann mitten in die Polizeiaktion geplatzt. Nein, ihn unter Kontrolle zu haben, war einfach sicherer. Dieser Argumentation hatte sich dann auch Rathjendorf nicht entziehen können und letztlich dieser Vorgehensweise zugestimmt.

»Sie kommen aber erst nach, wenn ich die Lage sondiert habe und Ihnen grünes Licht gebe«, hatte Rathjendorf gesagt. »Ich rufe Sie dann an!«

Den Anruf hatte er zwar noch nicht erhalten, aber die Kollegen waren nun schon einige Zeit unterwegs. Im Grunde konnte sein Handy jeden Moment klingeln. Und sollte er dennoch einen Rüffel von Rathjendorf abbekommen, weil er zu früh losgefahren war, könnte er das auch noch wegstecken. Dass er seine Karriere hier auf der Insel beenden würde, damit hatte er sich längst abgefunden. Mit etwas Glück rief der LKA-Beamte ja noch an, bevor sie Bens Haus erreichten. Hinrichs blickte auf die Uhr am Armaturenbrett des Passats. Zwei Minuten waren seit seinem Anruf bei Benning vergangen. Sobald sein Freund zu seinem Wagen gehen würde, weil er meinte nun lange genug gewartet zu haben, würde er mit eingeschaltetem Martinshorn um die Ecke fahren.

Ein entferntes Quietschen ließ Gunda aufhorchen. Waren da nicht auch wieder Schritte? Obwohl tief in ihr ein kleiner Hoffnungsschimmer aufflammte, ahnte sie, wer sich ihr da näherte. Mühsam versuchte sie zu schlucken, um den Kloß in ihrem Hals loszuwerden. Doch so sehr sie sich auch anstrengte etwas Speichel in ihrem ausgetrockneten Mund zu sammeln, es war vergebens. Ihre Zunge klebte förmlich am Gaumen. Schwerfällig hob sie den Kopf genau in dem Moment, als die Tür aufschwang und sich dann doch ihre Ahnung bestätigte. Unfähig ein Wort zu sprechen sah sie Bens an.

»Ich habe dir etwas zu trinken mitgebracht«, sagte er mit ruhiger Stimme. »Du hast sicher Durst.« Dabei hielt er eine zu zwei Dritteln gefüllte Mineralwasserflasche in die Höhe. Er schob den Stuhl zur Seite und setzte sich neben Gunda aufs Bett.

»Bitte«, krächzte sie und sah ihn aus flehenden Augen an. »Mach mich los!« Abermals versuchte sie zu schlucken, doch es half nichts. Sie schielte auf die Flasche in seiner Hand, und obwohl er ihren Blick bemerkt haben musste, machte er keinerlei Anstalten ihr etwas zu trinken zu geben.

»Du kannst mich doch nicht ewig hier festhalten«, flüsterte sie mühsam und sah ihm in die Augen. »Irgendwann wird man mich finden«

»Ja«, nickte Bens mit mildem Blick. »Irgendwann wird man dich finden.«

Er erhob sich träge und ging zu dem Holzregal. Bedächtig nahm er einen der alten Tontöpfe in die Hand und hielt ihn ihr entgegen.

»In denen hat sie immer ihre Blumen aufgezogen«, sagte er leise. »Sandra liebte Blumen. Vor allen Dingen Rosen. Am letzten Sonntag wäre sie fünfundvierzig geworden.«

»Dann hast du also ...«

»Ihren Geburtstag gefeiert«, sagte Bens und nickte bekräftigend. Bei dem Wort 'gefeiert' malte er mit den Zeigefingern Anführungszeichen in die Luft.

Jetzt verstand Gunda, warum er ihr immer ausgewichen war, als sie ihn nach der Feier gefragt hatte.

Bens stellte den Topf ins Regal zurück und setzte sich wieder zu ihr.

»Ich mache das jedes Jahr«, erklärte er versonnen. »Es ist ja sonst keiner mehr da, der noch an sie denkt. Alle sind tot. Ich bin der Letzte.«

»Du hast sie sehr geliebt, oder?«, fragte sie. Vielleicht fand sie über Sandra einen Zugang zu ihm und konnte ihn dazu bringen, endlich aufzugeben.

Traurig ließ er den Kopf hängen.

»Ich hätte besser auf sie aufpassen müssen. Als großer Bruder muss man das doch, oder? Ausgerechnet im ersten Urlaub, den wir nicht zusammen verbringen konnten, musste es passieren.« Nervös knibbelte er am Fingernagel seines linken Daumens.

»Aber Sandra war doch schon erwachsen ...«, wandte sie ein und wurde sofort scharf von ihm unterbrochen.

»Was weißt denn du?«

Auf einmal funkelte wieder diese Wut in seinen Augen.

»In einer Soldatendisco hat sie sich herumgetrieben. Wäre ich da gewesen, hätte sie sicher nicht vergessen, wo sie herkommt. Als ob es auf Sylt nicht genug standesgemäße Discos geben würde. Und ausgerechnet in diesem Sommer verliebt sie sich in ...« Er stockte und Tränen stiegen ihm in die Augen. Hätten ihre schmerzenden Handgelenke sie nicht ständig an ihre missliche Lage erinnert, hätte sie fast schon Mitleid mit ihm haben können.

»Weggeschmissen hat er sie«, fuhr er fort und sah Gunda aus leicht zusammengekniffenen Augen an. »Einfach so.« Zur Bekräftigung schnippte er mit den Fingern. »Die ganzen Jahre habe ich mir Vorwürfe gemacht und mich gequält. Ich weiß nicht, wie oft ich danach in dieser Kaschemme war. Ich musste herausfinden, wer ihr das angetan hatte. Sandra hatte mir nie seinen Namen verraten. Doch nun hat mir das Schicksal ja dich geschickt. - Genau ein Vierteljahrhundert später! ... Das kann doch kein Zufall mehr sein. Das musst du zugeben.«

Von einer Sekunde auf die andere war seine Stimme wieder so sanft wie an jenem Morgen. Dem Morgen, an dem der Himmel noch voller Geigen hing und er sie so liebevoll geweckt hatte. Bens schien ihre Gedanken zu erraten, denn mit einem Mal strich er ihr behutsam eine Strähne aus dem Gesicht. Diese plötzlichen Stimmungswechsel machten ihr Angst.

»Was hast du vor?«, fragte sie unsicher.

»Mach dir keine Sorgen«, antwortete er sanft. »Ich verspreche dir, dass du schon bald hier wieder rauskommst.«

Tief in seinem Inneren war er froh, sie nicht angelogen zu haben, auch wenn ihm klar war, dass ihre und seine Auffassung von 'hier rauskommen' nicht die gleiche war.

Sie sah ihn misstrauisch an. Sie ahnte, dass er etwas im Schilde führte. Einfach hier herausspazieren, so als ob nichts geschehen wäre, würden sie wohl kaum. Sie versuchte etwas zu sagen, doch ihre Stimme versagte nun gänzlich. Außer einem unverständlichen Gekrächze kam kein Ton über ihre Lippen.

»Entschuldige«, sagte Bens. »Wie unaufmerksam von mir.« Er beugte sich vor und holte die Wasserflasche hervor, die er vorhin neben dem Bett abgestellt hatte. Eilig schraubte er den Verschluss von der Flasche, griff behutsam unter ihren Kopf und hob ihn leicht an. »Komm, trink einen Schluck.«

Langsam führte er die Flasche an ihren Mund.

»Das wird dir guttun.«

Für einen kurzen Moment hatte sie daran gedacht, ihre Lippen fest zusammenzupressen. Schließlich wusste sie ja nicht, was er ihr da einflößen wollte. Möglicherweise war das Wasser ja vergiftet. Doch dann war sie sich der Aussichtslosigkeit ihrer Situation bewusst geworden. Welchen Sinn hätte ein Weigerung? Für den Fall, dass er sie wirklich umbringen wollte, stand ihm letztlich jede erdenkliche Möglichkeit offen. Vor allen Dingen hätte er sie dann sicher sofort vergiftet und nicht erst hierher gebracht. Er könnte sie ja auch einfach hier verhungern und verdursten lassen. Letztlich blieb es wie die Wahl zwischen Pest und Cholera. Dessen ungeachtet war ihr Durst inzwischen unerträglich. Zögernd öffnete sie ihren Mund und beobachtete ihn dabei ganz genau. Vielleicht verrieten seine Augen ja seine Absicht.

»So ist es gut«, sagte er mit sanfter Stimme.

Zunächst nahm sie nur einen kleinen Schluck und ließ ihn, ähnlich wie bei einer Weinverkostung, über die geschwollene Zunge laufen.

Seine Augen zeigten nicht die geringste Reaktion und auch das Wasser schmeckte, soweit ihre malträtierten Geschmacksorgane das überhaupt noch beurteilen konnten, nicht auffällig. Kein fremder Beigeschmack. Nichts. Dadurch nun mutiger geworden, begann sie das erfrischende Nass gierig herunterzustürzen.

»Langsam, langsam«, rief Bens und entzog die Flasche ihrem dürstenden Mund. »Du verschluckst dich ja gleich.«

Mit einem Mal war ihr Argwohn verflogen. Wenn er sie wirklich vergiften wollte, dachte sie erleichtert, hätte er sie doch wohl seelenruhig weitertrinken lassen. Sie atmete tief durch. Gleichzeitig trinken und atmen war nicht eine ihrer Stärken. Sie erinnerte sich noch gut daran, wie sie sich anfangs bei ihren längeren Läufen mit Robert regelmäßig fürchterlich verschluckt hatte, wenn sie während des Laufens einen Schluck aus ihrer Labeflasche genommen hatte. Seitdem hatten sie immer kurze Trinkpausen eingelegt.

»Kann ich noch einen Schluck haben?«, bat sie. Wie in einer Wüste schien das erfrischende Nass in jeder Pore ihres trockenen Halses versickert zu sein.

»Natürlich«, antwortete er und setzte die Flasche wieder vorsichtig an ihre Lippen.

Kurz darauf bedankte sie sich atemlos, nachdem sie genug getrunken hatte. Die Flasche war nun auch schon so gut wie leer. Bens schraubte sie wieder zu und stellte sie auf den Boden zurück.

»Geht's jetzt besser?«, fragte er mit einem milden Lächeln. Dabei kam es ihr so vor, als ob er sie jetzt auf einmal sehr genau beobachten würde.

»Ja«, antwortete sie knapp, obwohl ihre Schläfen auf einmal schmerzhaft pochten und ihr Kopf zu zerspringen drohte.

Wieso blendete das Licht auf einmal wieder so stark?, dachte sie und schloss die Augen.

Mit einem Mal begann sich alles in ihrem Kopf zu drehen. Ihr wurde übel. Sofort riss sie die Augen wieder auf. Sie brauchte unbedingt einen Bezugspunkt, mit dem sie das Karussell in ihrem Kopf anhalten konnte. Seltsamerweise nahm sie ihre

Umgebung nur noch wie durch einen Schleier wahr. Selbst die helle Korona der Deckenlampe war verschwommen.

»Gunda?«

Wie aus weiter Ferne drang Bens Stimme an ihr Ohr. Sie drehte den Kopf und erkannte auch ihn nur noch schemenhaft. Er war inzwischen aufgestanden und schien sich leicht zu ihr herunter zu beugen.

»Kannst du mich hören?«

Sie nickte und öffnete den Mund, um zu antworten. Doch bevor ein Wort über ihre Lippen kam, wurde es schlagartig schwarz vor ihren Augen und es schien ihr so, als ob sie in ein tiefes Loch stürzen würde.

Aufmerksam beobachtete er ihre Reaktion. Unruhig zuckten ihre Augen hinter den geschlossenen Lidern. Erst als sie langsam zur Ruhe kamen, beugte er sich dicht neben ihr Ohr.

»Gunda?«, flüsterte er.

Keine Reaktion.

»Gundaaa?«, wiederholte er, diesmal jedoch deutlich lauter. Aber auch jetzt reagierte sie nicht. Mit einem zufriedenen Lächeln richtete er sich auf.

»Heute schließt sich der Kreis«, verkündete er sentimental mit leerem Blick. »Das Blut der Familie, die meine ins Unglück gestürzt hat, wird nun alles sühnen. Und dann kann auch ich endlich Ruhe finden.«

Er zog ein edles *Laguiole* Jagdmesser aus der Jackentasche und klappte es bedächtig auf.

Gunda bekam von alledem nichts mit. Und auch den scharfen Schnitt, der die Schlagader ihres rechten Handgelenks durchtrennte, spürte sie nicht.

Na endlich, dachte Benning, als Hinrichs direkt vor seiner Auffahrt hielt. Gerade erst hatte er seinen Beobachtungsposten hinter dem Küchenfenster verlassen und war zu seinem Wagen gegangen, um sich allein auf den Weg zu machen. Lange genug hatte er nervös von einem Bein auf das andere wippend nach seinem Freund Ausschau gehalten. Ein wenig wunderte er sich allerdings schon, wo Hinrichs so urplötzlich hergekommen war. Er hatte ihn gar nicht kommen hören, obwohl er unübersehbar und unüberhörbar mit Sonderrechten unterwegs gewesen sein musste. Jedenfalls blinkte ein abnehmbares Blaulicht auf dem Dach des alten Passats und das plötzliche Aufheulen des Martinshorns in seiner unmittelbaren Nähe hatte ihn erschreckt zusammenfahren lassen.

»Tut mir leid«, entschuldigte sich Hinrichs, als er Bennings vorwurfsvollen Blick bemerkte, während der sich auf den Beifahrersitz schwang. »Aber es ging nicht schneller.«

Ohne die Augen von Hinrichs zu nehmen, zog er mit einem heftigen Schlag die Tür ins Schloss. »Nun sieh zu. Wir haben schon genug Zeit verloren!«

Vorbei an der Nordseeklinik rasten sie nach Wenningstedt. Sie hatten Glück. Die Straße war weitgehend frei. Der Touristenrückstrom vom Strand war bereits abgeebbt.

Das laute auf- und abschwellende Geräusch des Martinshorns und Hinrichs rasante Fahrweise trieben seinen Puls noch mehr in die Höhe. Krampfhaft umklammerte er mit der rechten Hand den Griff über seinem Kopf, als Hinrichs mit quietschenden Reifen durch die scharfe Rechtskurve im Ortskern preschte. Schon näherten sie sich der Kreuzung an der L 24, wo die Ampel auch noch von Gelb auf Rot sprang.

Hinrichs bremste, während er gleichzeitig, wie ein Formel-1-Fahrer vor einer Haarnadelkurve, Gang für Gang herunterschaltete. Jedes Mal quittierte der Motor des alten Dienstwagens den brutalen Lastwechsel des Getriebes mit einem lauten Aufheulen.

Routiniert vergewisserte sich Hinrichs mit raschen Blicken nach rechts und links, dass er gefahrlos abbiegen konnte. Dann gab er wieder Gas. Und während sie um die Kurve bogen, sah Benning aus dem Beifahrerfenster wie sich ihnen aus Richtung Westerland ein Rettungswagen mit zuckendem Blaulicht näherte.

Wo kommen die denn jetzt erst her?, dachte Hinrichs. Die müssten doch längst vor Ort sein. Schließlich war der Rettungsdienst schon vorhin mitalarmiert worden. Er angelte sein Handy hervor und blickte verstohlen aufs Display. Immer noch kein Anruf von Rathjendorf. Hatte es womöglich Schwierigkeiten gegeben und man noch weitere Rettungskräfte nachgefordert?

»Das wird aber auch Zeit«, schimpfte Benning. »Die sind ja noch langsamer als wir.«

Hinrichs nickte kurz und blickte besorgt in den Rückspiegel. Der Rettungswagen hatte sich inzwischen hinter sie gesetzt und folgte ihnen.

Den Kampener Leuchtturm hatten sie soeben passiert und Benning beobachtete, wie man auf der benachbarten Driving Range des Golf-Klubs Sylt eifrig versuchte im Licht der Abendsonne den eigenen Abschlag zu verbessern.

Noch immer hatte der Vibrationsalarm seines Handys keinen Anruf signalisiert und vor ihnen lag nun schon der Ortseingang von Kampen. Beunruhigt schielte Hinrichs zu Benning, der wieder wortlos nach vorne starrte. Hinrichs bremste etwas ab und konzentrierte sich auf den Verkehr. Weit nach vorne über das Lenkrad gebeugt, versuchte er die richtige Abzweigung nicht zu verpassen. Plötzlich zuckte er zusammen. Der Vibrationsalarm. Ausgerechnet jetzt, wo er nicht rangehen konnte. Inständig hoffte er, dass Rathjendorf ihm nicht mitteilen wollte, Benning ja nicht zu informieren. Aber ihre Absprache war im Grunde eindeutig gewesen.

Jetzt, wo sie sich ihrem Ziel immer mehr näherten, wurde es Benning zusehends mulmiger. Was würde ihn gleich erwarten? - Würde sich ihr Verdacht bestätigen oder waren sie gar gänzlich auf dem Holzweg? Im Moment wünschte er sich nichts sehnlicher, als dass sie daneben gelegen hatten. Selbst wenn das bedeuten würde, dass ihre Suche nach Gunda von vorne beginnen müsste. Doch auf einmal war für ihn alles besser, als die Vorstellung, dass er in wenigen Minuten womöglich 'sein kleines Mädchen' als das sechste Opfer eines Serienmörders identifizieren müsste.

Bei *Manne Pahl* reckten sich neugierig die Hälse der Gäste. Schon wieder störten lärmende Einsatzfahrzeuge den Urlaubsabend. Kopfschüttelnd beobachteten sie, wie Hinrichs mit quietschenden Reifen den Passat abrupt nach rechts in den Wattweg zog.

Ein Fußgänger, der gerade im Begriff gewesen war die Straße zu überqueren, konnte sich im letzten Augenblick noch mit einem beherzten Sprung zurück auf den Gehweg retten.

»Wohl taub!«, schimpfte Hinrichs mit einem Blick in den Rückspiegel. Der Fußgänger, ein älterer Mann, wetterte wild gestikulierend hinter ihnen her. Dabei überhörte er in seiner Aufregung offenbar nun auch noch den Rettungswagen. Erneut zuckte er erschrocken zurück. Hinrichs schüttelte verständnislos den Kopf.

Benning kam es so vor, als ob die Reetdachhäuser, die hier hinter unterschiedlich hohen Syltrosen- und Ligusterhecken die schmale Straße säumten, nur so an ihnen vorbeiflogen. Er stierte starr geradeaus und vermied jeden Seitenblick. Ihm war auch so schon schlecht genug. Schon wieder wurde sein Körper hart in den Gurt gepresst. Hinrichs hatte fast die richtige Abbiegung verpasst und erst im letzten Moment heftig bremsend das Steuer nach rechts herumgerissen. Für einen kurzen Augenblick huschte das Straßenschild durch Bennings Blickfeld: Osterheideweg. - Wie ein Faustschlag fuhr es ihm bei dem Namen in die Magengrube. Mit zusammengekniffenen Augen versuchte er durch die schmierige Windschutzscheibe, die das Licht der tief stehenden Sonne in alle Richtungen streute, irgendwo eine Hausnummer zu erkennen. Doch da markierten bereits links vor ihnen funkelnde Blaulichter ihr Ziel.

Hinrichs preschte in die Einfahrt vor einer großen Reetdachvilla und sprang mit einem Satz aus dem

Wagen. Vor dem Eingang erwartete ihn bereits Kommissaranwärter Meier und trat sofort, als er den Hauptkommissar erkannte, dienstbeflissen auf ihn zu.

»Herr Kommissar«, sagte er mit der Andeutung einer wichtigtuerischen und unterwürfigen Verbeugung. »Die anderen sind schon alle drinnen.«

Unverkennbar wollte der junge Polizist von dem Umstand ablenken, hier nur für die Zugangskontrolle eingeteilt worden zu sein. Hinrichs nickte ihm nur kurz zu und zeigte mit dem Finger in Richtung der offenstehenden Haustür.

»Hauptkommissar Rathjendorf auch?«

»Ja, immer geradeaus. - Im Wohnzimmer!«

Benning war inzwischen auch ausgestiegen und machte Anstalten seinem Freund ins Haus folgen.

»Einen Moment bitte«, sagte Meier und versperrte ihm mit ausgestrecktem Arm den Weg. Mit fragendem Blick sah er zu seinem Vorgesetzten, der auf keinen Fall den Eindruck bekommen sollte, dass er seine Aufgabe nicht ernst nahm.

»Ist schon gut Meier«, sagte Hinrichs und winkte Benning zu sich.

»Du bleibst aber erst mal etwas im Hintergrund«, wies er ihn an und setzte seinen Weg durch den Flur fort.

Benning folgte ihm in einem gewissen Abstand und sah sich vorsichtig im Eingangsbereich um. Rechts von ihm führte eine weiße Holztreppe mit stilvollen Stufenmatten aus rotem Filz in das obere Stockwerk. Daneben gab eine halb offene, ebenfalls weiß lackierte Tür den Blick in eine Küche im typischen Sylter Landhausstil frei. Überall um ihn herum herrschte aufgeregtes

Treiben: Polizisten in Uniform und in Zivil liefen geschäftig durcheinander. Blitzlichter leuchteten auf und mit kleinen Pinseln stäubte man Grafitpulver dorthin, wo man mögliche Fingerspuren vermutete.

Hinrichs war bereits weiter ins Wohnzimmer durchgegangen und stand nun dort mit drei weiteren Personen um einen schweren Ohrensessel herum. Benning blieb im Halbschatten des Flurs hinter der Wohnzimmertür stehen. Von hier hatte er einen guten Blick auf die kleine Gruppe, die vollkommen mit dem, was sich dort auf dem Sessel befand, beschäftigt war. Was das war, blieb für ihn jedoch hinter der hohen Rückenlehne des mit kleinen Messingnägeln beschlagenen Ledersessels verborgen.

Außer Hinrichs und Rathjendorf erkannte Benning noch einen der beiden anderen Beamten. Genau wie heute Morgen, als er noch in Gundas Wagen gekniet hatte, trug er auch jetzt wieder den weißen Overall der Spurensicherung. Und genau wie heute Morgen fotografierte Oberkommissar Helge Fuchs auch jetzt wieder aus allen erdenklichen Winkeln und Positionen. Immer wieder beleuchtete sein Blitzlicht für einen Sekundenbruchteil das, was sich vor ihm auf dem Sessel befand. Sein Kollege kniete derweilen links neben Fuchs und las sorgsam mit einer kleinen Pinzette irgendwelche Dinge von der abgegriffenen Armlehne, um sie anschließend in einem durchsichtigen Plastikbeutel verschwinden zu lassen.

»Entschuldigung!«

Benning zuckte erschrocken zurück. Instinktiv trat er einen Schritt zur Seite, als sich auch schon eine Frau mit einer roten Jacke, auf deren Rücken in großen

Buchstaben 'Notärztin' prangte, behände an ihm vorbeidrängelte. Beate Folkerts, die kurz nach ihnen eingetroffen sein musste, marschierte schnurstracks auf Fuchs zu, der sie zu sich gewunken hatte.

»Herzinfarkt«, sagte sie zu Hinrichs, der sie fragend angesehen hatte. »Ging leider nicht schneller!« Sie zupfte noch einmal ihre Gummihandschuhe zurecht und beugte sich zu dem Sessel herunter.

Zögernd trat nun auch Benning in den Raum, doch schon nach zwei Schritten bedeutete ihm Rathjendorf mit erhobener Hand nicht näherzukommen. Im Gegensatz zu ihrer letzten Begegnung sah ihn der LKA-Beamte dabei diesmal nicht missachtend an. Vielmehr trug sein Gesicht einen Anflug von Mitleid oder zumindest von Betroffenheit.

Benning schluckte und blieb wie angewurzelt stehen. Seine Knie begannen zu zittern. Irgendetwas musste hinter der hohen Rückenlehne sein, was er nicht sehen durfte. Ängstlich blickte er zu Fuchs, der auf dem Display seiner Kamera gerade die letzten Aufnahmen kontrollierte. Hinter Fuchs spiegelte sich die gesamte Szene in den bodentiefen Scheiben der Terrassentür. Benning ließ erleichtert die Schultern sinken. Zwar erkannte man in der verschwommenen Reflexion nur undeutlich die Gestalt eines menschlichen Körpers, jedoch handelte es sich dabei zweifellos um einen Mann. Er saß dort, als ob er nur ein kleines Mittagsschläfchen halten würde. Die Hände ruhten in seinem Schoß und der Kopf war nach rechts an das dafür vorgesehene Polster gelehnt. Der kahle Schädel mit dem schmalen Kinn und dem halb geöffneten Mund ähnelte im verzerrten Spiegelbild der Scheibe einem Totenschädel. Ihm lief es kalt den Rücken herunter.

»Oben ist auch niemand«, ertönte unvermittelt eine Stimme hinter ihm. Zwei junge Bäderpolizisten, die offenbar bisher die oberen Stockwerke durchsucht hatten, standen in der Tür und sahen fragend zwischen Rathjendorf und Hinrichs hin und her. Offensichtlich waren sie sich nicht so richtig schlüssig, wem sie jetzt Bericht erstatten mussten und von wem sie einen neuen Auftrag erhalten würden. Noch bevor der LKA-Beamte reagieren konnte, nahm Hinrichs ihnen die Entscheidung ab.

»Und der Keller?«, fragte er mit wichtiger Miene.

»Auch nichts«, antwortete der eine Beamte, während der andere bestätigend nickte und sogleich ergänzte: »Wir haben das gesamte Haus auf den Kopf gestellt. Es ist definitiv niemand mehr hier.« Stolz auf ihre sorgfältige Arbeit sahen sie ihren Vorgesetzten an.

»Der Garten?« Hinrichs zog fragend seine Augenbrauen hoch und kräuselte die Stirn.

»Da suchen auch schon ein paar Kollegen«, antworteten die beiden fast wie aus einem Mund.

»Und gleich noch vier Augen mehr«, sagte Hinrichs und sah die beiden abwechselnd an. Einen Augenblick stutzen sie, doch dann hatten sie verstanden.

»Jawoll, Herr Kommissar«, riefen der eine Beamte sofort und schob seinen Kollegen zu den geöffneten Flügeln der Terrassentür.

Benning, der alles nur stumm beobachtet hatte, war inzwischen das zur Seite weggeklappte Gemälde über dem Kamin aufgefallen. Hinter ihm befand sich ein weit offen stehender Tresor. Noch während er sich fragte, was es wohl damit auf sich hatte, meldete sich Beate Folkerts zu Wort.

»Wahrscheinlich Blausäure«, konstatierte sie knapp. Sie hatte die oberflächliche Untersuchung des Toten abgeschlossen und dabei war ihr sofort der unverwechselbare Bittermandelgeruch aufgefallen. »Da sind auch noch ein paar Glassplitter in der Mundhöhle.«

»Von einer Zyankalikapsel«, sagte Hinrichs und wies mit dem Kinn zu dem kleinen runden Beistelltisch, der direkt neben dem Sessel stand. Auf ihm befand sich eine kleine mit Samt ausgeschlagene Holzschachtel, in deren Deckel zwei goldene SS-Runen prangten. »Wahrscheinlich ein Familienerbstück.«

»Wohl für schlechte Zeiten«, sagte Rathjendorf zynisch.

Beate Folkerts schaltete ihre Mag-Lite aus und sah zu Rathjendorf.

»Genaueres müssen dann die Kieler sagen. Ich kann hier nur noch eine nicht natürliche Todesursache attestieren.« Sie zückte den Block mit den Totenscheinen aus ihrem Notfallrucksack.

»Wisst ihr schon, wer er ist?«, fragte sie mit einem Blick in die Runde und wies mit dem Kugelschreiber auf den Toten im Sessel.

»Bens ... Peter Bens«, antwortete Fuchs, der gerade im Begriff war seine Kamera einzupacken. Er nahm einen Asservatenbeutel, in dem sich ein Personalausweis befand, aus seinem Pilotenkoffer und reichte ihn ihr.

Benning fühlte sich auf einmal vollkommen deplatziert. Er stand inmitten eines Tatortes und traute sich nicht sich zu rühren. Alle um ihn herum waren mit dem toten Peter Bens beschäftigt und keiner nahm Notiz von ihm. Selbst Hinrichs nicht. Aber was war mit Gunda? - Wo war sie? Und ... lebte sie überhaupt noch? Er sah zu Hinrichs und stammelte leise: »Wir müssen Gunda suchen!« Auf einmal wurde es still und alle Blicke richteten sich auf ihn.

»Das ganze Grundstück wird bereits durchkämmt«, versuchte ihn Hinrichs zu beruhigen. Er machte einen Schritt auf ihn zu und legte ihm freundschaftlich die Hand auf die Schulter. Just in diesem Moment stürmte einer der jungen Beamten, die Hinrichs eben zur Verstärkung in den Garten geschickt hatte, aufgeregt herein.

»Herr Kommissar, wir haben da was in der Mülltonne gefunden!« Ohne auch nur eine Reaktion abzuwarten, machte er wieder kehrt und verschwand in die Richtung, aus der er gekommen war. Sofort machten sich Rathjendorf und Hinrichs auf, ihm zu folgen.

Benning sah ihnen unsicher hinterher. Er versuchte sich nicht vorzustellen, was man alles in einer Mülltonne finden konnte, das einen Polizisten so aus dem Häuschen brachte.

»Als wir vorhin rausgingen, fielen mir die Mülltonnen ein.« Quirlig und heftig gestikulierend lief der Bäderpolizist neben den Kommissaren her. »Ich war mir nicht sicher, ob dort schon jemand nachgeschaut hatte und da habe ich sicherheitshalber noch mal ...« Hinrichs hob die Hand und bedeutete dem jungen Kollegen ruhig zu sein, als sie die Mülltonnen erreicht hatten.

»Diese hier?«, fragte er und wies auf die gelbe Tonne. »Nein, die Restmülltonne.«

Hinrichs nickte und öffnete vorsichtig den Deckel der schwarzen Tonne, auf die der Beamte gezeigt hatte. Während er einen Blick hineinwarf, angelte er sich einen Gummihandschuh, von denen er immer ein paar bei sich trug, aus der Hosentasche. Vorsichtig langte er in die stinkende Tonne und hielt kurz darauf einen beigefarbenen Citybag in die Höhe.

»Das ist Gundas Tasche!«

Benning hatte sich entschieden ihnen doch noch zu folgen und zeigte nun mit entsetztem Blick auf die Tasche.

»Sind Sie sich sicher?«, fragte Rathjendorf und sah ihn ernst an.

»Natürlich!«, antwortete Benning. »Den Griff hat sie selbst geflickt.« Er deutete auf die Wicklungen, die den Henkel an der Öse hielten. Diese hatten sich offensichtlich über die Zeit gelöst und waren danach ungeschickt wieder befestigt worden.

»Sie muss hier noch irgendwo sein!«, rief er laut und drängte sich hastig zwischen zwei Beamten durch. Lauthals schreiend rannte er um die Hausecke in den Garten.

»Gunda! - Gunndddaaaaa!«

15.

Wie durch einen Schleier tauchten die Umrisse des Holzregals vor Gundas Augen auf. Vorsichtig blinzelnd sah sie sich um. Peter war weg. Sie war allein. Alles tat ihr weh. Vor allen Dingen brannte ihre rechte Hand wie Feuer, fühlte sich aber auch gleichzeitig irgendwie kalt und taub an. Schwerfällig drehte sie den Kopf und fuhr erschreckt zusammen. Eine hässliche Wunde klaffte an ihrem Handgelenk.

Dieses Schwein, dachte sie mit Tränen in den Augen. Hatte er ihr also doch was ins Wasser gemischt und ihr dann die Pulsader aufgeschnitten.

Wie viel Zeit war seitdem wohl vergangen? Sie hatte deutlich erkennbar schon eine Menge Blut verloren. Unterhalb der tiefen Wunde war ihr Arm voller Blut und der Ärmel ihrer Bluse war bis weit über den Ellenbogen durchtränkt. Dass sie noch nicht verblutet war, musste zweifellos an der stümperhaften Ausführung des Schnitts liegen, der zwar mit Sicherheit die Sehnen durchtrennt, ihre Schlagader aber offenbar nur angeritzt hatte. Sogar sie wusste, dass man längs und nicht quer schneiden musste. Trotz ihrer Lage huschte für einen Moment ein ironisches Lächeln über ihr Gesicht. Nicht, dass ich mich beschweren will, dachte sie.

Ihr linker Arm war, wie sie mit einem raschen Blick festgestellt hatte, unversehrt. - Doppeltes Glück!

Sie betrachtete wieder die Wunde und hob für einen kurzen Moment vorsichtig prüfend den Arm. Sofort hatte er wieder stärker geblutet. Wie lange könnte sie wohl noch so durchhalten? Auch wenn die Wunde jetzt wieder nur mäßig blutete, brauchte sie unbedingt

Hilfe. Doch woher? Und wenn Peter noch einmal zurückkommen würde, um ihre Leiche verschwinden zu lassen? Wenn sie doch nur wüsste, wie spät es war. Am helllichten Tage würde er es sicher nicht wagen.

Verzweifelt nach einem Ausweg suchend starrte sie an die Decke. Ihre Gedanken verloren sich dabei immer mehr und auf einmal war da wieder diese Müdigkeit.

»Schlaf jetzt bloß nicht ein«, sagte sie laut zu sich selbst. Eine falsche und womöglich unbewusste Bewegung im Schlaf würde zweifellos ihren sicheren Tod bedeuten.

Na, wenigstens merkst du dann nicht, wenn es zu Ende geht, dachte sie für einen kurzen Moment in einem Anflug von Resignation.

»Nein, mein Lieber, so einfach mache ich es dir nicht«, murmelte sie entschlossen. Aufgeben war für sie noch nie eine Option gewesen.

Benning lief ziellos im Garten der Meyer'schen Villa umher. Seine zunehmende Hilflosigkeit schien sich immer mehr in einem unbändigen Bewegungsdrang zu entladen. Endlich brauchte er nicht mehr nutzlos herumstehen. Endlich konnte auch er etwas tun. Gunda war hier. Irgendwo. Das spürte er. Um sich schauend blieb er in der Mitte der weitläufigen Grünanlage stehen. Zwar war der Garten im Vergleich zu seinem riesengroß, dennoch von seiner Anlage her leicht überschaubar: Die Terrasse mit der Sitzgruppe aus Korbgeflecht und einem großen Sonnenschirm lag jetzt rechts von ihm. Durch die immer noch offen stehende Tür erkannte er zwei Männer in schwarzen

Anzügen, die soeben Bens in einen Zinksarg hoben. Links erstreckte sich in etwa zehn Metern Entfernung eine undurchdringliche Hecke aus Kamtschatkarosen, die das Grundstück zum Watt hin abgrenzte. Schräg vor ihm, in der südöstlichen Ecke des Anwesens entdeckte er eine weitere Terrasse, auf der ein kleiner Pavillon stand. Vielleicht ist sie da, dachte er und lief los. Doch bereits auf halbem Weg blieb er zweifelnd stehen. Es wimmelte hier nur so von Polizisten, die jeden Stein umdrehten. In dem Pavillon würden sie sicher als Allererstes nachgesehen haben. Er lief einen kleinen Bogen, ohne nach vorne zu schauen, und landete genau in den Armen von Hinrichs und Rathjendorf, die ihn endlich eingeholt hatten.

»Robbie! Nun bleib mal stehen. Das hat doch so keinen Sinn.«

Hinrichs hielt ihn mit sanfter Gewalt am Arm fest und sah ihn eindringlich an.

»Beruhigen Sie sich«, sagte Rathjendorf und holte tief Luft. »Der Kollege hat vollkommen recht. Wir haben doch schon alles abgesucht! Hier ist niemand mehr!«

»Sie muss hier sein«, antwortete Benning mit wild entschlossenem Blick. »Ich weiß es.«

Hinrichs öffnete den Mund, um etwas zu erwidern. Dabei lockerte er unwillkürlich seinen Griff. Sofort wandte sich Benning mit einer ausholenden Bewegung seines Armes aus der Umklammerung. Und noch bevor einer der beiden Hauptkommissare reagieren konnten, rannte er auch schon nach rechts weg und verschwand blitzschnell zwischen den hohen Syltrosen.

Er lief, als ob der Teufel hinter ihm her wäre. Warum war ihm dieser Weg nicht schon vorhin aufgefallen?, fragte er sich verwundert. Er folgte dem schmalen Pfad und erreichte nach zwei leichten Biegungen eine kleine Lichtung. An ihrem Ende erkannte er zwischen zwei hüfthohen Friesenwällen ein weißes Holztor, wie man es zuhauf auf Sylt fand. Benning trat durch das verwitterte Gartentor auf den dahinter liegenden Wandelpfad, der hier parallel zum Ufersaum verlief.

»Nun mal nicht schlappmachen!«, hatte Rathjendorf gerufen und sich sofort an Bennings Verfolgung gemacht.

»Nun mal nicht schlappmachen!«, äffte Hinrichs ihn nach. Er war froh nach dem Spurt von eben wieder einigermaßen Luft zu bekommen.

»Robbie, ich bring dich um«, fluchte er leise und schleppte sich nun auch in Richtung der schmalen Öffnung zwischen der hohen Hecke.

Rathjendorf hatte in der Zwischenzeit die Lichtung erreicht. Hinter dem weit offenstehenden Gartentor entdeckte er dann auch sofort Benning.

»Sind Sie jetzt zufrieden?«, rief er ihm laut zu und stemmte die Hände in die Hüften. Er schnaufte einmal kurz durch. Seine regelmäßigen Läufe hatten sich mal wieder bezahlt gemacht.

Benning drehte sich um und ging langsam auf den LKA-Beamten zu.

»Aber sie muss hier sein«, antwortete er trotzig und warf mit Schwung das Tor zu.

»Ach ja, und wo? Wie Sie sehen, ist hier absolut niemand.« Rathjendorf präsentierte mit einer theatralischen Geste und weit ausgebreiteten Armen die Lichtung, um die sich das dichte Rosengestrüpp, wie ein verwunschenes Bollwerk, gegen neugierige Blicke und unberechtigten Zutritt stemmte. Rechts und links des Weges türmten sich zwei große Haufen aus getrocknetem Gras, Blättern und kleinen Zweigen, zwischen denen hier und da Eierschalen und vergilbte Kaffeefilter hervor blitzten.

Benning und Rathjendorf sahen sich stumm an, als plötzlich auch Hinrichs prustend und schnaubend zu ihnen stieß. Schwer atmend stützte er sich auf seine Knie und blickte fragend zwischen den beiden hin und her, die sich, wie zwei sich duellierende Cowboys gegenüberstanden.

»Und?«, hechelte er.

»Wie zu erwarten war«, sagte Rathjendorf überheblich. »Nichts.«

»Michael, glaub mir«, rief Benning. »Sie muss hier sein. Ich ...«

»So langsam reicht's mir«, unterbrach ihn Rathjendorf barsch. »Bei allem Verständnis. Aber statt unsere Arbeit zu machen, müssen wir nun auch noch einem wild gewordenen Pressefuzzi hinterherrennen.« Er machte mit der Hand eine abfällige Geste in Bennings Richtung und sah Hinrichs verärgert an. »Hier kann sich anscheinend jeder Hans und Franz in die Polizeiarbeit einmischen. - Wie sollen wir so denn ihre Freundin finden?« Mit seinen letzten Worten hatte er sich wieder Benning zugewandt.

»Meine Stieftochter«, antwortete er schroff und verschränkte trotzig die Arme vor der Brust. »Alle Indizien weisen daraufhin, dass dieser Bens sie entführt hat. Wo soll Gunda sonst sein, als hier?«

Rathjendorf schüttelte resignierend den Kopf.

»Wie auch immer«, sagte er mit ruhiger Stimme und machte sich wieder auf den Rückweg. »Kommen Sie, Hinrichs? Vielleicht haben wir im Haus ja noch irgendwas übersehen.«

»Komm!« Hinrichs, der so langsam wieder zu Atem gekommen war, streckte seinen Arm in Bennings Richtung aus und wandte sich ebenfalls zum Gehen.

»Aber da oben habt ihr doch schon alles abgesucht«, sagte Benning mit verzweifeltem Blick. Er machte zwei Schritte auf das Gartentor zu und wies mit dem Arm in Richtung Watt. »Vielleicht hat er sie runter zum Wasser gebracht.«

»Aber Robbie! - Am helllichten Tage? Bens ist nun schon mindestens eine Stunde tot. Du weißt selbst, wie hell es noch war, als wir hergekommen sind. Also komm. Lass uns zurückgehen.«

Benning nickte matt und sah sich noch einmal um. Das Licht der untergehenden Sonne hob den Abendhimmel noch deutlich von dem hohen Buschwerk um sie herum ab. Auf der kleinen Lichtung war es jedoch mittlerweile merklich dunkler geworden und die Schatten der hohen Rosenbüsche legten sich mehr und mehr über die beiden Komposthaufen.

Niedergeschlagen senkte er den Kopf und folgte Hinrichs, der schon fast im Halbdunkel des Weges verschwunden war. Plötzlich bemerkte er aus dem Augenwinkel etwas, was seine Aufmerksamkeit erregte. Er blieb stehen. Kam es ihm nur so vor, oder waren bei dem rechten Komposthaufen wirklich einige Stellen deutlich dunkler als die anderen? Es sah so aus, als ob hier erst kürzlich jemand gegraben hatte. Er trat einen Schritt näher und betrachtete die Stellen genauer.

»Was ist denn jetzt schon wieder?«, fragte Hinrichs, der sich noch einmal zu seinem Freund umgedreht hatte, um sich zu vergewissern, dass dieser ihm auch wirklich folgte. Seiner Stimme war anzuhören, dass er nun auch langsam genervt war. Irgendwie musste er Rathjendorf recht geben. Die ganze Zeit Bennings Babysitter zu spielen war ihrer Arbeit wirklich nicht gerade zuträglich.

»Wieso liegen hier alte feuchte Blätter ganz oben?«

»Weil dort jemand Kompost geholt hat«, erwiderte Hinrichs und verdrehte die Augen. »Das ist nun mal so bei Komposthaufen.«

»Ach so! Dann hat Bens also Gunda entführt, danach noch etwas Komposterde für seine Blumen geholt und anschließend auf eine Zyankalikapsel gebissen.«

Er hob den Fuß und drückte die Fußspitze mehrmals prüfend auf verschiedene Stellen des Haufens. Deutlich spürte er jedes Mal einen Widerstand, den er von vermoderndem Grünzeug nicht unbedingt erwarten würde. Er beugte sich nach vorne und schob mit den Händen vorsichtig die oberste Schicht der Blätter zur Seite.

»Hier ist was!«, rief er unvermittelt.

»Was denn jetzt schon wieder?« Hinrichs hob missmutig die Augenbrauen und stapfte zu Benning zurück. Dann verwandelte sich sein eben noch gelangweilter Gesichtsausdruck mit einem Mal in maßloses Erstaunen.

»Das gibt's doch nicht!«

Dort, wo Benning eben noch aufgeregt gebuddelt hatte, war nun deutlich ein Teil einer grauen Metallplatte zu erkennen. Das wiederum war für einen Komposthaufen dann doch ungewöhnlich.

Benning sah triumphierend zu ihm herüber. Dabei streifte sein Blick einen Laubrechen, der etwas versteckt an einer verkrüppelten Birke lehnte. Hastig griff er danach und legte damit eilig die restliche Platte frei. Zum Vorschein kam eine schwere Metalltür, die in einem Winkel von ungefähr dreißig Grad auf einem verrosteten und in Beton gefassten Stahlrahmen ruhte. Überrascht sahen sich die beiden für einen kurzen Moment an, bevor sie fast gleichzeitig hastig die rostigen Vorreiber, die sich in allen vier Ecken sowie in der Mitte der Längsseiten befanden, entriegelten. Mit einem lauten Quietschen schwang die Tür schwerfällig zur Seite und gab die Sicht auf eine schmale Betontreppe frei, hinter der sich ein pechschwarzes Loch auftat. Wieder tauschten sie ohne ein Wort ihre Blicke. - Hatten sie hier etwa Gundas Versteck gefunden?

Hinrichs trat einen Schritt zurück und sah zum Weg hinauf. Doch Rathjendorf war längst außer Sichtweite.

»Raaathjendorf«, rief er lauthals in Richtung Haus. - Keine Antwort. Noch einmal probierte er es. Diesmal etwas lauter und die Hände zu einem Trichter geformt. - Immer noch nichts. Verdammt, dachte er. Er musste ihn doch gehört haben. Hier am Ortsrand von Kampen und in unmittelbarer Nähe zum Meer war es jetzt mucksmäuschenstill. Hinrichs meinte sogar die leisen Stimmen von Beamten zu hören, die offensichtlich immer noch damit beschäftigt waren, den Garten abzusuchen.

»Warte hier, ich hole ...«, sagte er schnell und drehte sich zu Benning um. Doch der war bereits verschwunden.

»Robbie«, rief er in das Dunkel der großen Bodenluke. »Du sollst doch ...« Er setzte vorsichtig einen Fuß auf die erste Stufe, zog ihn aber sofort wieder zurück.

»Verdammt«, fluchte er leise. Dann drehte er sich um und stürmte wild fluchend in Richtung Haus davon, um Hilfe zu holen. »Verdammt, verdammt, verdammt!«

Benning fühlte, dass Gunda ganz nah war. Dieser alte Bunker war geradezu perfekt um jemanden zu verstecken. Vor allen Dingen auf einer Insel. Seine Hoffnung, Gunda noch lebend zu finden, wuchs auf einmal wieder. Vorsichtig war er die Treppe hinuntergestiegen und hatte dabei die Stufen mitgezählt, um sich so ein wenig orientieren zu können. Es waren acht. Tief genug, um Schreie nicht nach draußen dringen zu lassen. Die ersten Stufen hatte er noch schwach im Restlicht der aufsteigenden Nacht erkennen können. Genau wie die schwarz-gelbe Markierung, die plötzlich vor seinen Augen aufgetaucht war. Nach all den Jahren war sie noch in einem erstaunlich guten Zustand. Auch wenn an vielen Stellen schon die Farbe abgeblättert war und die Ecken unter einer dicken Schicht Moos lagen, hatte sie ihren Zweck voll erfüllt. Er hatte den Kopf eingezogen und sich leicht geduckt in den niedrigen Gang vorgetastet. Die Arme seitlich ausgestreckt und beide Hände an die feuchtkalten Wände gelegt, schob er sich langsam Schritt für Schritt weiter. Dabei suchte er mit dem rechten Fuß, in halbkreisförmigen Bewegungen, den im tiefen Schwarz des Ganges verborgenen Boden nach möglichen Hindernissen ab. Er hoffte, sich so vor unerfreuliche Überraschungen schützen zu können. Hierbei dachte er weniger an irgendwelche Fallen, die, wie in den Indiana-Jones-Filmen unliebsame Eindringlinge fernhalten sollten, als vielmehr an Unrat, Balken oder Löcher.

Je weiter er die Treppe hinter sich ließ, desto mehr verbreiterte sich der Gang. Inzwischen hielt er nur noch mit einer Hand Kontakt zu der glitschigen rauen Wand links von ihm. Mit der anderen unterstützte er dafür nun seinen Fuß bei der Erkundung des vor ihm liegenden pechschwarzen Tunnels. Wie viele Spinnenweben er dabei zwischenzeitlich eingesammelt hatte, daran wollte er lieber gar nicht denken. Immer wieder schlug er sich abwechselnd heftig auf die Arme, wenn dort irgendetwas zu krabbeln schien. Er hasste Spinnen.

Je tiefer er jetzt vordrang, desto kühler wurde es. Über der angenehmen Abendwärme und dem Duft eines zu Ende gehenden Sommertages, die ihn anfangs noch begleitet hatten, lag nun ein nasskalter, modrig riechender Schleier. Unwillkürlich musste er auf einmal an eine Gruft denken. Ein kalter Schauer jagte ihm über den Rücken. Außer dem scharrenden Geräusch seines tastenden Fußes war es totenstill um ihn herum.

»Au!«, fluchte Rathjendorf und rieb sich den Kopf. Nachdem er Hinrichs Rufe gehört hatte, war er noch einmal zähneknirschend umgedreht.

»Wir haben einen alten Bunker gefunden«, hatte Hinrichs ihm aufgeregt entgegengerufen und ihm den Eingang gezeigt. Umständlich hatte der Inselkommissar dann eine Mag-Lite aus der Hosentasche gezogen und war als Erster in den dunklen Zugang herabgestiegen.

Mit schmerverzerrtem Gesicht fühlte Rathjendorf jetzt nach der Schwellung, die sich bereits deutlich auf seiner Stirn ertasten ließ. Während er Hinrichs gefolgt war, hatte er sich ausschließlich auf den tanzenden Lichtkegel vor ihnen konzentriert, um nicht auf einer der glitschigen Treppenstufen auszurutschen. Dabei hatte er glatt die alte Warnmarkierung übersehen.

Na, prima, dachte er. Das wird bestimmt 'ne schöne Beule geben. Ihm graute vor seinem Spiegelbild, wenn er morgen früh im Bad stehen würde. Sein schmaler Kopf mit der hohen Stirn und mitten drauf ein ... Unweigerlich dachte er an den neusten Körperschmuck, bei dem Metallkugeln unter der Haut eingesetzt wurden. Erst kürzlich hatte er eine Fernsehreportage darüber gesehen. Er hoffte nur, dass er morgen nicht auch so aussehen würde, wie die gehörnte Frau in dem Beitrag.

Er kniff die Augen zusammen und blickte nach vorn. Hinrichs, der von alledem nichts bemerkt zu haben schien, war inzwischen schon am Ende des Ganges. Der Schein seiner Taschenlampe, der eben noch unruhig hin und her gezuckt war, klebte nun an einer alten Holztür. Die beiden dunklen Umrisse davor mussten der Kommissar und dieser Lokalreporter sein.

»Moment«, rief Rathjendorf lauthals und stolperte den Gang hinunter. »Warten Sie gefälligst. Keiner betritt den Tatort!« Schützend hielt er immer wieder die Hand vor sein Gesicht. Auf gar keinen Fall wollte er sich noch irgendwo ein zweites Hörnchen einfangen.

Hinrichs und Benning sahen kurz zurück und dann wieder wie gebannt auf die grau gestrichene Holztür, die an rostigen Metallbändern in zwei fettig glänzenden Angeln hing.

»Ob sie da drin ist?«, flüsterte Benning zaghaft. Er sah zu seinem Freund, der vorsichtig die Hand auf die Klinke legte. Außer den schlurfenden Geräuschen und einem gelegentlichen Fluchen hinter ihnen war es immer noch vollkommen still. Zu still, wie er fand. War Gunda am Ende doch ...? Stand er etwa schon wieder an einem Punkt, der ein grausiges Geheimnis für ihn bereithielt?

Hinrichs nickte ihm kurz zu, dann drückte er zögerlich den Türgriff herunter.

»Halt! Sie sollen doch warten ...

Gunda war erschrocken zusammengezuckt. Trotz aller Bemühungen wach zu bleiben, war sie irgendwann dann doch für einen Moment eingedöst. Das Scharren und das nachfolgende Quietschen hatte sie später wieder hochschrecken lassen. Mit weit geöffneten Augen hatte sie da gelegen. Gleich würde sie seine Schritte hören und dann ...

Nein, sie durfte sich nicht so einfach ihrem Schicksal ergeben. Verzweifelt hatte sie an ihren Fesseln gezerrt, was jedoch nur dazu geführt hatte, dass ihre Wunde wieder stärker blutete.

Sie hatte innegehalten und dann hatte sie die Schritte gehört. Wie beim letzten Mal: erst ganz leise und dann immer deutlicher. Vielleicht sollte ich mich einfach tot stellen, hatte sie gedacht. Peter würde sie losmachen, um ihre Leiche wegzubringen und sie könnte den Überraschungsmoment ausnutzen und einen Fluchtversuch unternehmen. Doch hätte sie dazu überhaupt noch genug Kraft? Matt hatte sie sich zurück auf die Matratze sinken lassen und die Augen geschlossen.

Dann war auf einmal alles ganz schnell gegangen: Sie hatte weitere Schritte gehört und dann hatte jemand etwas gerufen. Verwundert hatte sie noch den Kopf gehoben, als just in dem Moment die Tür aufsprang.

»Gunda!«

Sie konnte es kaum glauben: Robbies Stimme.

»Gunda«, wiederholte Benning und stürmte mit besorgter Miene auf sie zu.

»Robbie«, stieß sie erleichtert hervor. »Gott sei Dank. Ich dachte schon ...«

»Ruhig, Kleines«, sagte er und setzte sich neben sie. »Jetzt wird alles gut.«

Hinrichs zog hastig sein Taschenmesser aus der Hosentasche und beugte sich über Gunda, um sie von ihren Handfesseln zu befreien. Für einen kurzen Moment begegnete er dabei ihrem dankbaren Blick. Er blinzelte ihr aufmunternd zu und wollte gerade den

Strick an ihrem rechten Handgelenk zerschneiden, als er erschrocken zurückwich. Erst jetzt bemerkte auch Benning die Schnittwunde und den blutdurchtränkten Ärmel ihrer Bluse.

»Einen Arzt, schnell einen Arzt!«, rief er aufgeregt und drückte sofort ihre Schlagader ab. Hilfe suchend blickte er von Hinrichs zu Rathjendorf, der soeben den Raum betreten hatte.

»Mist«, fluchte Hinrichs. Er hatte sofort sein Handy gezückt und hielt es nun in verschiedenen Richtungen in die Höhe. »Kein Netz.«

Er hielt dem LKA-Beamten, der immer noch nach seiner Beule tastend in der Tür stand, das Telefon hin.

»Schnell einen Arzt!«

»Ach was ...«, erwiderte Rathjendorf. »... So schlimm ist es nicht.«

»Nicht für Sie«, rief Hinrichs ungehalten und wies mit einer angedeuteten Kopfbewegung auf Gunda.

»Ach so. Natürlich!« Hastig griff Rathjendorf nach dem Handy und wollte gerade losstürmen, als Hinrichs ihn noch einmal am Arm zurückhielt.

»Damit Sie nicht wieder irgendwo vorrennen«, sagte er und drückte ihm die Mag-Lite in die Hand.

Nachdem Rathjendorf im Gang verschwunden war, wandte er sich wieder Gunda zu.

»Wie sieht's aus?«, fragte er besorgt.

»Sie hat viel Blut verloren!«, antwortete Benning mit einem Blick auf die klaffende Wunde. »Sie hat Glück gehabt, dass sie in die Fessel gerutscht ist, als sie bewusstlos war. Dadurch wurde wohl die Blutung etwas unterbunden.«

»Beate wird gleich hier sein«, beruhigte Hinrichs ihn mit einem leichten Klaps auf die Schulter. Dann lächelte er Gunda zuversichtlich an.

Wie zur Bestätigung wurde es auf einmal hinter ihnen geschäftig laut. Sie sahen hinaus in den Gang, wo reflektierende Streifen von Rettungsdiensthosen und kleine tanzende Lichtpunkte die ersehnte Hilfe ankündigten.

16.

»Gute Arbeit«, lobte Rathjendorf und nickte anerkennend. Insgeheim war er doch froh, dass dieser Benning in Kampen mit dabei gewesen war. Wer weiß ob und vor allen Dingen, wann sie Frau Paulsen sonst gefunden hätten. Auch dass sein Sylter Kollege, zumindest für einen Provinzbeamten, wirklich gut ermittelt hatte, war nicht von der Hand zu weisen. Natürlich würde er das niemals offen zugeben. Das wäre ja noch schöner. Ein kleiner honorierender Klaps auf Hinrichs Schulter musste genügen.

Von der Westerländer Polizeistation zum Bahnhof waren es nur ein paar Schritte. Auf dem Weg dorthin hatten die beiden Beamten die vergangenen Tage noch einmal rekapituliert. Der Selbstmord von Sandra Meyer, die ungeklärten Morde und die mysteriösen Hinweise, die sie letztendlich zu Peter Bens geführt hatten. Über Jahrzehnte hatte dieser, wie es im Moment aussah, alle fünf Jahre junge Mädchen, die seiner Schwester ähnlich sahen, getötet. Und immer an einem neunzehnten Juli, ihrem Todestag. Die Frage nach den genauen Hintergründen war er ihnen dann aber doch letzten Endes schuldig geblieben. Einen Abschiedsbrief hatten sie trotz intensiver Suche nicht gefunden. Dafür eine Batterie von Schlafmitteln. Er musste wahnsinnig unter seinen Verlusten gelitten haben.

»Grüßen Sie Ihren Freund von mir«, sagte Rathjendorf und setzte einen Fuß auf die erste Stufe des vorletzten Waggons. »Ich war sicher hier und da ..., na, sagen wir, ... etwas voreingenommen. Ich bin froh, dass zum Schluss noch einmal alles glimpflich verlaufen ist.«

Hinrichs nickte.

»Und Ihnen eine gute Heimfahrt«, sagte er mit unverhohlener Reserviertheit in der Stimme. Seine Sympathie für den LKA-Beamten hielt sich nach wie vor deutlich in Grenzen. Er war heilfroh, dass Rathjendorf nun endlich von seiner Insel verschwand. Und seine anerkennende Geste hätte er sich auch sparen können. Schließlich hätten sie den Fall auch ohne ihn gelöst. Er winkte seinem Kollegen vom Festland noch einmal zu und wandte sich zum Gehen.

»Ach, und Hinrichs«, rief Rathjendorf und lehnte sich aus der offenen Waggontür. Er wies mit dem Finger auf die blaue Strickmütze mit dem weißen Syltlogo auf seinem Kopf. »Vielen Dank für die kleine Aufmerksamkeit. So laufe ich wenigstens nicht wie der Gehörnte herum.«

Hinrichs nickte nur stumm und setzte seinen Weg mit einem breiten Grinsen fort. Dafür wie ein Depp, dachte er. - Wer trägt bei diesen Temperaturen schon eine Strickmütze?

Robert Benning saß an seinem Lieblingsplatz. Hier in den Randdünen und ganz in der Nähe der Nordseeklinik fing er am liebsten Abendstimmungen am Meer ein, wenn er keine Lust hatte, weit zu fahren. Jetzt blickte er über den Rand des Keilrahmens hinaus auf die glitzernde Weite der See. Nur wenige Pinselstriche hatten bisher das eintönig Weiß seiner Leinwand durchbrochen. Viel zu häufig schweiften seine

Gedanken in ganz andere Richtungen ab. Die Bilder der letzten Tage waren einfach noch zu präsent. Die Konzentration und die Muße, einfach nur die Ruhe und den friedvollen Anblick einzufangen, fehlte ihm nach wie vor. Sie ließ sich auch nicht erzwingen und so hatte er im Grunde seine Malutensilien nur mitgenommen, um einen Grund zu haben, seinem kleinen Mädchen an den Strand zu folgen.

Die Ereignisse der letzten zwei Wochen bestimmten immer noch sein Leben. Und nicht nur seins. Eine Woche war jetzt vergangen, seit dieser Albtraum in jener dramatischen Nacht in Kampen ein Ende gefunden hatte. Beate Folkerts und ihr Team hatten wirklich ganze Arbeit geleistet und schon nach drei Tagen hatte Gunda die Nordseeklinik wieder verlassen können. Nur ein weißer Verband erinnerte noch an ihr Martyrium. Zumindest äußerlich. Doch die Narben an ihrer Seele würden sich nicht so einfach ablegen lassen wie in ein paar Tagen das Stückchen Mull.

»Was sie jetzt vor allem braucht, ist viel Ruhe«, hatte die Ärztin in der Klinik ihm mit auf den Weg gegeben.

Er sah hinunter zum Strand, wo Gunda gedankenverloren durch die sanft ans Ufer laufenden Wellen schlenderte. Sie hatte die Schuhe ausgezogen und die Hosenbeine ihrer Jeans etwas hochgekrempelt. Von Zeit zu Zeit fuhr eine leichte Böe des warmen Westwindes, der über die Nordsee herüberwehte, durch ihre blonden Haare. Anscheinend hatte sie seinen Blick gespürt, denn mit einem Mal drehte sie sich um und winkte ihm mit einem verhaltenen Lächeln zu. Er hob die Hand und winkte zurück.

Wie sie sich doch verändert hatte, dachte er mit einem leichten Seufzer. So in sich gekehrt war sie noch nicht einmal nach Hennings furchtbarem Unfall gewesen. Und hatte sie damals möglichst schnell wieder den Kontakt zu ihren Freunden gesucht, so zog sie sich jetzt immer mehr zurück und wollte meistens für sich sein.

»Darf ich erst mal bei dir bleiben«, hatte sie ihn gefragt, als er sie aus der Klinik abgeholt hatte. Er war heilfroh gewesen, dass die Bitte von ihr selbst kam. So hatte er sie nicht erst überreden müssen. Wenn sie sich schon in ein Schneckenhaus zurückzog, war es schließlich das Beste, wenn es in seiner Nähe stand.

Gundas Wohnung hatten sie dann auch nur noch einen kurzen Besuch abgestattet, um ein paar Sachen zu holen. Und während sie im Schlafzimmer verschwunden war, um zu packen, hatte er im Wohnzimmer vor dem großen Spiegel, der dort über dem Sideboard hing, gestanden. Sein Blick war über die zahlreichen Postkarten und Fotos geschweift, die sie an den Rahmen geklebt hatte. Neben Urlaubskarten aus der großen weiten Welt, die ihr Freunde und Arbeitskollegen geschickt hatten, hingen dort auch einige Fotos. Die letzte Silvesterparty bei *Gosch* und ... Für einen Augenblick hatte er innegehalten. Von einer älteren und leicht geknitterten Aufnahme hatten ihn Henning und Anja, in Smoking und Hochzeitskleid, entgegengelacht. Mein Gott, hatte er gedacht, wie jung wir da noch waren. Mit einem Lächeln hatte er seinem Freund zugezwinkert, so, als ob er sagen wollte: »Es ist noch mal alles gut gegangen. Ich habe auf dein Mädchen aufgepasst.«

Sein Blick war anschließend weiter über die kunterbunt gemischten Erinnerungen gewandert, bis er erneut, diesmal an einer anderen Stelle, hängen geblieben war. Er war auf etwas gestoßen, von dem er eigentlich nie mehr hören oder sehen wollte. Wie versteinert hatte er an jene Stelle gestarrt, wo zwischen einer entwerteten Eintrittskarte des *Meerkabarets* von 2005 und dem Foto von Gundas Alice eine Visitenkarte pappte. - Eine Visitenkarte? - Nein, seine Visitenkarte! - Peter Bens, Immobilienmakler.

»Ist was?«, hatte Gunda gefragt, als sie mit ihrer Tasche aus dem Schlafzimmer zurückgekommen war und seinen seltsamen Gesichtsausdruck bemerkt hatte.

»Nein, nein«, hatte er rasch geantwortet und verstohlen die kleinen Papierschnitzel in seiner Hosentasche verschwinden lassen.

Auf dem Weg zu seinem Wagen hatte er die Papierfetzen aus der Tasche gezogen und sie beim Einsteigen unter sein Auto geworfen. Mit zufriedenem Blick in den Rückspiegel hatte er anschließend beobachtet, wie sie beim Anfahren hochgewirbelt worden waren und sie der Wind davongetragen hatte. Auf Wiedersehen Herr Bens. - Auf Nimmerwiedersehen.

Eigentlich war er bis dahin froh gewesen, die ganze Sache wenigstens für sich selbst einigermaßen abgeschlossen zu haben. Daher hatte er sich auch nur widerwillig an die Exclusivstory über den Serienmörder aus Hamburg gesetzt, so, wie die Ingwersen es von ihm verlangt hatte. Er war sogar kurz davor gewesen, ihr alles auf den Tisch zu knallen. Schließlich war er auf die paar Kröten absolut nicht angewiesen. Doch schon nach den ersten Zeilen hatte er bemerkt, dass er noch mit gar nichts abgeschlossen, dafür eine ganze Menge verdrängt hatte. Erst während der Arbeit an seinem Artikel hatte er bemerkt, wie gut es ihm tat, sich so auch alles von der Seele schreiben zu können. Selbstverständlich musste er am Ende das Ergebnis ordentlich einkürzen und überarbeiten. Zu viele persönliche Statements und Emotionen hatten sich eingeschlichen. Aber jeder Bearbeitung folgte auch eine Verarbeitung. Und so war es ihm am Ende wirklich deutlich besser gegangen.

Gunda wohnte nun also erst einmal wieder bei ihm. Das tat ihnen beiden gut. Irgendwie war es ein wenig wie kurz nach Hennings Tod, als ihre Mutter aufs Festland gezogen war. - 'Sein kleines Mädchen' war nun wieder bei ihm. Und das war schön.

Eine schwere Aufgabe stand den beiden allerdings noch bevor: Anja Paulsen wusste ja noch so gut wie nichts von den Ereignissen. Lediglich über die wenigen Zeilen auf Seite 8 des *Flensburger Kuriers* hatte sie von dem Serienmörder auf Sylt erfahren.

»Was ist denn bei euch los?«, hatte sie ihn am Telefon gefragt und er war heilfroh gewesen, dass Anja ihr Abo bei der *Sylter Zeitung* schon vor Jahren gekündigt hatte. So hatte sie auch nicht seinen Artikel gelesen, in dem natürlich von einer Gunda P. die Rede gewesen war. Und so wusste sie nur von einem Serienmörder, der sich seiner Festnahme durch Selbstmord entzogen hatte und dessen letztes Opfer noch gerade rechtzeitig von der Polizei gefunden worden war.

Doch die ganze Wahrheit konnten sie ihr nicht auf Dauer verschweigen. Durften sie auch nicht, denn da war ja auch noch Hennings Brief. Aber zum jetzigen

Zeitpunkt waren weder Gunda noch er in der Lage darüber zu sprechen. Sie brauchten alle noch etwas Abstand.

»Du bist ja nicht viel weiter gekommen!«

Zwei Arme hatten sich von hinten um seinen Hals geschlungen und ihn sanft aus seinen Gedanken gerissen. Für einen Moment schloss er die Augen und sog Gundas Duft, ein Mix aus Sonnencreme und Niveamilch, in sich auf.

»Zu viele dumme Gedanken im Kopf«, antwortete er leise und küsste sie zärtlich auf die Wange. »Ich bin so froh ...«

Doch weiter kam er nicht. Ihr Finger hatte sich auf seine Lippen gelegt. Mit einem bittenden Lächeln sah sie ihn von der Seite an. »Du musst nichts sagen. Bitte. Nicht jetzt.«

Er nickte verständnisvoll. Eigentlich hätte er ihr nur gerne gesagt, wie froh er sei, sie zu haben und wie sehr er sie ... Aber jetzt war wirklich nicht der richtige Moment über Liebe und Zuneigung zu reden. Das sah er ein. Auch nicht, wenn sie sich die letzten Tage so nahe wie lange nicht mehr gewesen waren.

Er zog sie zu sich auf den Schoß und lehnte seinen Kopf an ihre Schulter. Das Gestern ließ sich nicht mehr ändern und Morgen war noch weit entfernt. Was zählte, war der Moment. Und der Moment war schön.

Gemeinsam beobachteten die beiden den roten Ball der Sonne, der sich unaufhaltsam hinter den Horizont schob.

Ja, dachte Benning glücklich, so wie es jetzt war, war es gut. Alles andere würde sich ergeben.

Epilog

»Willst du noch was?«

»Mmmmh«, murmelte Keunemann, ohne von seiner Zeitung aufzublicken. Seine Frau blieb einen Moment unschlüssig stehen. Mmh - ja oder Mmh - nein? Sie blickte auf den abgestoßenen Teller in ihrer Hand, auf dem noch drei lieblos platzierte Scheiben Fleischwurst lagen, deren trockener Rand sich bereits nach oben bog. Schließlich zuckte sie resignierend die Achseln und schlurfte zum Kühlschrank. Mit einem lauten Scheppern landeten die Reste des Frühstücks auf dem mittleren Gitter des sperrlich gefüllten Eisschranks. Sabine Keunemann drückte mit dem Ellenbogen die Tür zu, während sie gleichzeitig mit der anderen Hand nach der Schachtel *West* griff, die vor ihr auf der Arbeitsplatte lag.

Keunemann sah von seiner Zeitung auf. Vorsichtig über den Rand schielend beobachtete er seine Frau, wie sie sich schon wieder eine Zigarette ansteckte. Sie hatte ihm den Rücken zugewandt und lehnte schwerfällig über der Spüle, auf der sich das dreckige Geschirr bereits stapelte. Unter ihrem teilweise zerrissenen Haarnetz lugte hier und da ein bunter Lockenwickler hervor und brachte zumindest so etwas Farbe in das Einheitsgrau ihrer Erscheinung. Der speckige Morgenmantel mit dem ausgewaschenen Blümchendekor spannte sich über ihren kräftigen Rücken. Lange würde der inzwischen dünne Stoff das sicherlich nicht mehr mitmachen. Sein prüfender Blick wanderte weiter und hinunter zu ihren Füßen, die in schmutzigen Frotteeschlappen steckten. Ursprünglich, als sie noch dem Hotel *Elbflorenz* gehört hatten, waren sie schneeweiß gewesen. Er überlegte, wie lange das nun schon her war und kam auf ungefähr sechs Jahre. Damals hatte Sabine bei einem Kreuzwortpreisrätsel ein Städtewochenende für zwei in Dresden gewonnen.

Angewidert verzog er das Gesicht. Musste man sich wirklich so gehen lassen? Eine Frage, die er sich in den letzten Jahren immer häufiger gestellt hatte. Natürlich erwartete er nicht das Aussehen einer Zwanzigjährigen von seiner Frau. Immerhin war sie nun auch schon fast neunundvierzig. Aber das ...

»Vergiss den Einkauf nicht«, krächzte sie unvermittelt und drehte sich zu ihm um, während sie gleichzeitig eine große blaue Wolke zur Decke blies. »Einkaufszettel liegt da.«

Eilig hatte er die Zeitung wieder hochgerissen und verdrehte in ihrem Schutz die Augen.

»Ja, ja«, murmelte er. »Ich gehe ja gleich.«

Ein weiteres Mal fiel sein Blick auf den Artikel im Lokalteil seiner Sylter, der ihn schon die ganze Zeit in seinen Bann gezogen hatte.

'Mordserie aufgeklärt - Serienmörder entzieht sich durch Selbstmord seiner Verhaftung', stand dort in großen Lettern. Und weiter: 'Wie die Polizei mitteilte, wird der 50-jährige Peter B., der sich am Dienstag in seinem Haus in Kampen das Leben nahm (wir berichteten), mit vier weiteren Mordfällen in Norddeutschland in Verbindung gebracht.'

»Sag mal, Andy, wie oft musst du diese olle Zeitung denn noch lesen? Sieh lieber zu, dass du loskommst. Nachher haben die Scheißtouris wieder alles leer geräumt!«

»Wenn du mich auch nicht in Ruhe zu Ende lesen lässt!«, sagte er und hielt dabei weiter die Zeitung wie einen Schutzschild vor sich.

»Ich helf dir gleich«, antwortete sie drohend und drückte sich schwerfällig von der Küchenzeile ab. Hastig legte er die Zeitung zusammen und trank seinen lauwarmen Kaffee aus, während er sich gleichzeitig von seinem Stuhl erhob.

»Ist ja schon gut, Biene«, sagte er eilig und sah sie wie ein kleiner Schuljunge, der nicht gleich pariert hatte, an.

Warum er seine Frau immer noch Biene nannte, wusste er selbst nicht. So, wie er es sagte, war es auch weniger ein Kosename, als vielmehr eine Bezeichnung. Ihre Freundinnen, ihre Familie, alle sagten Biene. Schon als sie sich kennengelernt hatten, war das so. Sie war eben Biene. Auch wenn sie längst nicht mehr so aussah.

Ohne sie anzusehen, schob er sich an ihr vorbei und stellte die Tasse in die Spüle. Er schnappte sich den Einkaufszettel und verschwand im Flur.

»Und bummel nicht wieder so«, rief sie ihm hinterher.

»Ja, ja«, murmelte er so leise, dass sie es auf keinen Fall hören konnte, und ließ die Wohnungstür hinter sich ins Schloss fallen.

Zwei Stockwerke tiefer trat er kurz darauf auf die Straße. Noch einmal warf er einen Blick zu ihrem Küchenfenster hinauf. Eigentlich hatte er fest damit gerechnet, ihr rundes Gesicht dort zu sehen. Sie achtete sehr darauf, dass er nicht, wie sie sich ausdrückte, sinnlos mit den Nachbarn quatschte. Wohlweißlich hatte er daher den Wagen so geparkt, dass er vom Fenster aus nicht zu sehen war und er so ungestört zu seinem Lieblingsplatz gehen konnte.

Im Licht der strahlenden Sonne wirkte die Mietskaserne um ihn herum heute mal nicht ganz so trist, wie sie es in Wirklichkeit war. Zwar hatte man damit begonnen, die ersten Häuser zu renovieren und die ersten schmutzig grauen Fassaden erstrahlten auch schon in einem freundlichen Gelb, aber letztlich waren auch das nur Äußerlichkeiten. Dahinter blieb es sozialer Wohnungsbau.

Er verließ die Elbinger Straße und marschierte, vorbei an seinem Wagen, in Richtung Tinnumburg. Dort in der Nähe der alten kreisförmigen Anlage, die vor Urzeiten als sogenannter Thingplatz errichtet worden war, ließ er sich auf einer Bank nieder. Noch einmal zog er die Zeitung vor, die seit ihrem Erscheinen vor fünf Tagen sein ständiger Begleiter geworden war. Und während seine Augen zum zigsten Mal über die Zeilen huschten, umspielte immer wieder ein leichtes, mal ungläubiges, mal zufriedenes Grinsen seine Mundwinkel.

Es gibt aber auch Zufälle, dachte er. Da fällt der Selbstmord eines jungen Mädchens zufällig auf den 19. Juli. - Seinen 19. Juli. Gemächlich drehte er den Ehering von seinem Finger und betrachtete schmunzelnd das eingravierte Datum: 19.07.1979. Ja, der 19. Juli war sein Schicksalstag. An ihm hatte sich das Tor zu seiner ganz persönlichen Hölle geöffnet. Erst nur langsam, fast schleichend, aber dann ... Dass er überhaupt so lange ausgehalten hatte, wunderte ihn manchmal selbst. Wahrscheinlich lag es aber auch nur an seinem kleinen

Geheimnis. Zwei Buchstaben fehlten noch. Und den letzten würde Sabine selbst markieren. Sogar mit dem Anfangsbuchstaben ihres Namens.

Er ließ mit einem versonnenen Blick die Zeitung sinken und legte den Kopf in den Nacken. Ein paar Schäfchenwolken hatten sich an dem sonst strahlend blauen Sommerhimmel verirrt. Zehn Jährchen hatte er noch vor sich. Doch im Vergleich zu dem, was schon hinter ihm lag, kam es ihm wie ein Wimpernschlag vor. Nur würde Biene so lange durchhalten? So, wie sie hustete. - Egal, ansonsten müsste eben noch jemand anderes ihren Platz im Finale einnehmen. In jedem Fall würde er es zu Ende bringen. Mit oder ohne Biene.

Er beugte sich wieder vor und blickte noch einmal zufrieden auf die Zeitung. Dass die Polizei diesem Peter B. seine Morde angehängt hatte, verschaffte ihm Luft und für die nächsten fünf Jahre Sicherheit. Er musste nur weiterhin geduldig die Füße still halten.

Tja, dachte er. Man muss halt auch mal Glück haben im Leben. Mit einem überheblichen Grinsen faltete er die Zeitung sorgfältig zusammen. Entspannt lehnte er sich zurück und stützte die Ellenbogen auf die Rücklehne der Holzbank. Der Einkauf, fiel es ihm plötzlich siedendheiß ein. Jetzt musste er sich aber sputen.

5201312R00188

Printed in Great Britain
by Amazon.co.uk, Ltd.,
Marston Gate.